DOS COPAS
Y UNA NOCHE

DOS COPAS Y UNA NOCHE

Bilogía Dos más dos I

Ana Álvarez

VERGARA

Primera edición: mayo de 2019

© 2019, Ana Álvarez
© 2019, Penguin Random House Grupo Editorial, S.A.U.
Travessera de Gràcia, 47-49. 08021 Barcelona

Printed in Spain – Impreso en España

ISBN: 978-84-17664-19-0
Depósito legal: B-7.571-2019

Compuesto en Comptex & Ass., S. L.

Impreso en Romanyà Valls, S. A.
Capellades (Barcelona)

VE 64190

Penguin
Random House
Grupo Editorial

Puesto que esta novela va de hermanas, y del tipo de relación tan especial que hay entre ellas, la dedicatoria no podía ser más que para las mías. Por los buenos y malos ratos compartidos, porque sé que siempre están y seguirán estando. Para mis hermanas.

Prólogo

La dama desconocida

Desde la barra del bar del hotel donde estaba tomando una copa, después de un duro día de trabajo, de bregar con una modelo insufrible y muchas horas de hacer fotos poco aprovechables, Cristian la vio entrar. Avanzó con paso inseguro entre las mesas, lanzando miradas a su alrededor como si buscara a alguien, alguien que no encontró. Por un instante sus miradas se enredaron y se quedaron prendidas una en la otra. Después, la de él recorrió con lentitud el cuerpo de la mujer, se detuvo perezosa en el vestido negro y ligeramente escotado, la melena castaña y brillante que le caía sobre la espalda, la figura delgada y bonita, aunque no espectacular, pero sobre todo le atrajo el aire de estar fuera de lugar con el que ella había entrado en el local.

Caminó vacilante sobre los altos zapatos de tacón hasta el otro extremo de la barra y se sentó en un taburete. Pidió un *gin-tonic* y se dedicó a beberlo a pequeños sorbos, bien para saborearlo mejor o quizá para alargar el momento que tardaría en terminarlo, y dar tiempo a que llegase esa persona a la que había ido a buscar.

Cristian se dedicó a inventar hipótesis sobre quién era y qué hacía allí, tan fuera de lugar. A quién esperaría... ¿Una amiga? ¿Un hombre? Rondaría los treinta y no tenía aspecto de sofisticada, aunque sí elegante. De repente se encontró con que no podía apartar la mirada de ella, de cada uno de sus gestos, de la forma en que tragaba su bebida despacio, hasta consumirla casi en su totalidad.

Cuando ya apenas le quedaban un par de sorbos en el vaso comprendió que, con toda probabilidad, ella se marcharía al terminarla, y esa idea se le antojó insoportable. De modo que le hizo una seña al camarero para que le sirviera otra en su nombre. Ella aceptó la copa y, mirando hacia él, inclinó la cabeza en un leve gesto de agradecimiento, ocasión que Cristian aprovechó para acercársele, con su propio vaso en la mano.

—Buenas noches —saludó.

—Gracias por la copa.

—De nada. Es un placer verte beber.

Lorena levantó la mirada y se encontró con la de él, chispeante y divertida.

—¿Un placer verme beber? —Enarcó una ceja—. Lo hago como todo el mundo.

—No, en absoluto. Lo haces de forma muy metódica. Dime... ¿Eres metódica?

Ella se encogió de hombros.

—Eso dicen.

—¿Quién lo dice?

—La gente que me rodea. —Paladeó otro sorbo, despacio.

—¿Y esa gente es...?

—La gente que me rodea —repitió decidida a no decir nada en absoluto sobre sí misma. Esa noche no era ella, no quería serlo.

—¿Esperas a alguien?

—No.

—Al entrar me pareció que mirabas a tu alrededor buscando a alguien.

—Más bien miraba con la esperanza de no encontrar a nadie conocido.

—¿De incógnito?

—Algo así.

—No eres muy habladora.

—Hoy no.

—¿Y qué tiene hoy de especial?

—Que estoy aquí.

—¿Y dónde sueles estar?

—En otro sitio.

—Y supongo que también es algo inusual que hayas aceptado mi copa. —Trató de ahondar en su mirada, pero ella desvió los ojos.

—Sí, lo es.

—¿Puedo preguntar por qué lo has hecho?

—Porque no has dejado de mirarme desde que he entrado. Y porque me apetecía.

—¿Qué te apetecía? ¿Tomar otra copa?

—Puedo pagarme otra copa. Me apetecía que te acercaras.

—¿Sabías que iba a hacerlo?

—Claro... los hombres sois muy predecibles.

—¿Eres una experta en ligar en bares?

—No, pero soy lo bastante adulta para haber conocido a unos cuantos y sé cómo os comportáis.

—Ya. Pues, para tu información, yo tampoco soy experto en ligar en bares.

—¿Y qué es lo que estamos haciendo, entonces?

—No lo sé; dímelo tú.

—Yo solo estoy tomando una copa.

—Yo también. Pero ambos lo hacíamos solos y ahora bebemos en compañía. Ahí está la diferencia.

—Claro.

—¿Cómo te llamas?

—Puedes llamarme María.

—Pero no es tu nombre.

Lorena se encogió de hombros. Le estaba gustando el coqueteo con este hombre tan atractivo. Alto, muy alto, con el pelo rubio oscuro ondulado y unos penetrantes ojos verdes que la habían desnudado al entrar sin ningún disimulo. Nunca lo había hecho antes, era la primera vez que se dejaba abordar en la barra de un bar, y probablemente nunca lo volvería a hacer, pero esa noche iba a disfrutarlo.

—En ese caso, tú puedes llamarme Juan.

—De acuerdo —dijo alzando su vaso antes de darle un metódico sorbo—. Por Juan y María.

—Y por beber en compañía.

—Te ha salido un pareado.

—¿Profesora de literatura?

Ella alzó el vaso para proponer un nuevo brindis.

—Por una noche sin preguntas. Estoy aquí, tomando una copa contigo. Solo importa este momento... Juan. Solo soy una mujer que bebe *gin-tonics*.

—De acuerdo.

—¿Y si nos trasladamos a una mesa? Estaremos más tranquilos. ¿O tienes prisa?

—Ninguna prisa.

Se levantaron de los taburetes y se sentaron en una mesa algo apartada, en un rincón. La penumbra los rodeaba, ya no se distinguían los ojos, los rostros de ambos permanecían en sombra, y Lorena se dijo que hablar con un desconocido resultaba mucho más fácil así, si no se sentía expuesta a la mirada penetrante bajo la luz intensa de la barra.

A la segunda copa siguió una tercera. Lorena empezaba a sentirse contenta, cómoda con aquel extraño que había irrumpido en su noche haciéndola sentir ligera y chispeante. No sabía si era efecto del alcohol o del hombre que la acompañaba, pero no quería que la noche terminara. En algún momento, mientras conversaban de temas intrascendentes, se preguntó qué pensaría Mónica si la viera. Seguro que no se lo creería. Tampoco ella se lo creía, pero lo cierto era que allí estaba, coqueteando con un desconocido, y empezando a desear algo más que tomar unas copas con él.

Por eso, cuando terminaron el cuarto *gin-tonic*, de forma natural él le preguntó:

—Tengo una habitación arriba. ¿Quieres subir?

Ella asintió y lo siguió en silencio, con el estómago lleno de mariposas, de al menos dos metros cada una, y una excitación sexual que no había experimentado en sus veintiocho años de vida.

Juan tenía una habitación de las caras, la suya era más modesta. Una enorme cama de matrimonio presidía el dormitorio, cubierta por una colcha oscura. Flores frescas y una cesta de frutas sobre una mesa.

Se volvió hacia él, y en ese momento el resto del mundo desapareció. Desde el mismo instante en que la besó dejó de ser ella misma. Se perdió en los brazos de aquel desconocido, hizo cosas que nunca había hecho, ni siquiera sospechado que le gustaría hacer. Entregó su cuerpo y su alma al diablo y disfrutó de un placer desconocido hasta entonces. Y al rayar el alba, mientras él dormía plácidamente, agotado y satisfecho, se levantó con sigilo, se vistió y, después de inclinarse sobre él para depositar un último beso sobre sus labios entreabiertos, apenas un ligero roce para evitar que despertara, se perdió en la noche, camino a la habitación que tenía dos plantas más arriba. Se metió en la cama y durmió hasta bien entrada la tarde.

Cuando Cristian despertó, encontró la cama vacía, sin rastro de presencia femenina, y supo que aquella noche y la misteriosa mujer que había estado en sus brazos permanecerían por mucho tiempo en su memoria.

1

Mónica

Dos años después

Sentada en su despacho, Mónica Rivera revisaba un documento que debía presentar ante Patrimonio en un plazo lo más breve posible. Una petición ciudadana había dado la voz de alarma ante el inminente derrumbe de un ala en una ermita del siglo XIV en un pueblo de Segovia. Tras encargar una inspección urgente, le tocaba tramitar el respectivo informe y la restauración, aunque dudaba de que esta llegase a tiempo, debido al estado casi ruinoso del edificio. Había visto las fotografías y en verdad la reparación era urgente, pero tenía serias dudas sobre la resolución. No había fondos, era la respuesta más habitual, sobre todo para reparaciones costosas y que implicaran un gran despliegue de medios. No era como otras que no precisaban la intervención de cuadrillas de albañiles especializados, y que se resolvían con un bajo presupuesto. La restauración de cuadros e imágenes de pueblos pequeños solía llevarlas a cabo su hermana, por muy poco dinero, a veces casi por amor al arte; porque si había algo que Lorena sentía era amor al arte. Cada pieza que caía en sus manos, no importaba el estado de deterioro ni lo escondido y pequeño que fuese el lugar donde se encontraba, era objeto de una pasión y una dedicación que no aplicaba a otras partes de su vida.

También Mónica empleaba todo su esfuerzo para salvar el mayor número posible de obras de arte, y luchaba contra la escasez de dinero y los muchos favoritismos que Patrimonio aplicaba a la hora de aprobar un proyecto.

Ambas hermanas, gemelas idénticas, se habían licenciado en Historia del arte, pero si bien Lorena se había especializado en restauración y utilizaba sus propias manos para realizar su trabajo, Mónica, mucho menos seria y más sociable y emprendedora que su hermana, se ocupaba de obtener los medios necesarios para llevarlo a cabo.

Estaba terminando de cambiar un párrafo, intentando aumentar el sentido de urgencia, a ver si había suerte y el precioso edificio no se derrumbaba durante el invierno que estaba por llegar, cuando el teléfono sonó con una llamada interna.

—¿Sí, Adela?

—Ha llegado un fotógrafo que dice haber sido contratado por Patrimonio para realizar un reportaje sobre la ruta del románico en la provincia de Palencia.

—¿Ahora? Nadie me ha informado sobre esto. Debía haber concertado una cita con antelación. ¿Tú tenías alguna noticia al respecto?

—Ninguna. Pero si estás muy ocupada, puedo encargarme yo, no tengo ningún inconveniente.

Mónica sonrió. Era la frase clave que usaba Adela para hacerle saber que el hombre en cuestión era joven y, sobre todo, atractivo.

—¿Cómo se llama?

—Cristian Valero.

—Entretenlo diez minutos mientras curioseo un poco en Internet para saber cómo respira. Ya que no tienes inconveniente...

—Por supuesto; encantada. —Rio.

—Bien, lo haces pasar dentro de diez minutos.

Mónica tecleó el nombre en Google y en unos segundos apareció la foto de un hombre de complexión atlética, alto, de pelo rubio oscuro un poco ondulado y penetrantes ojos verdes. Se distrajo unos minutos contemplando aquel rostro que la observaba desde la pantalla, y apenas tuvo tiempo de echar un vistazo apresurado a la biografía y a sus trabajos. Parecía competente, además de estar buenísimo. Trabajaba por su cuenta y había realizado reportajes de todo tipo, desde moda hasta cubrir algún conflicto bélico en sus comienzos como fotógrafo.

Un discreto golpe en la puerta le hizo cerrar Google con la información y miró con presteza a la puerta de su despacho. El hombre era aún más alto de lo que había supuesto. Vestía unos vaqueros desgastados, camiseta caqui y una cazadora de cuero abierta sobre la misma. Su mirada se posó en ella e inmediatamente los ojos verdes se abrieron asombrados.

—¿María?

—¿Perdón? Mi nombre es Mónica Rivera.

—Ya sé que María no era tu verdadero nombre.

—Me temo que no nos conocemos —dijo sintiendo una ligera sospecha—. Te aseguro que me acordaría.

—Seguro que sí. —Los ojos verdes chispearon con un ligero atisbo de complicidad.

Mónica levantó una ceja divertida.

—Por lo que parece, tú lo recuerdas muy bien.

—Perfectamente. ¿Estás segura de que no eras tú? Quizá te sientas un poco... violenta por lo que pasó.

—Segurísima. Y créeme que lamento no ser tu «María» y no saber qué pasó.

—Bueno, pues si tú lo dices... pero te aseguro que tienes una doble por ahí. No sé... —Alargó la mano—. Cristian Valero. Soy fotógrafo y Patrimonio me ha contratado para hacer una evaluación fotográfica del estado de edificios y obras de arte de la provincia de Palencia.

—Yo soy Mónica Rivera y me encargo de presentar ante

Patrimonio las peticiones para restauración de muchas más obras de arte de las que puede acometer —dijo estrechándosela.

El apretón fuerte y decidido le hizo desear por un momento ser esa María con quien la había confundido. El hombre, además de un atractivo fuera de lo común, tenía un aspecto indómito y aventurero que le hizo dudar de su primera sospecha.

—Me han dicho que debía ponerme en contacto contigo para que me organices rutas, dietas y todo lo necesario —dijo él sin dejar de ahondar en su mirada, como si al hacerlo pudiera aclarar sus dudas.

—De acuerdo, siéntate. ¿Tienes libertad de acción o te han marcado algún tipo de limitaciones?

—Solo me han remitido a ti; supongo que decides tú.

—¿Tiempo?

—No. Nunca trabajo con límite de tiempo. Cuando considero terminada mi tarea, entrego las fotos y cobro.

—¿Tienes alguna preferencia? ¿Arquitectura, pintura, escultura?

—Todo. El reportaje debe ser completo.

—En ese caso, dame dos o tres días para organizarlo. Pásate de nuevo por aquí digamos... el jueves.

—Mejor te doy mi teléfono y me llamas cuando lo tengas. Mientras, me ocuparé de otro encargo.

—Estás muy ocupado.

Cristian se encogió de hombros.

—Cuando hay trabajo, lo aprovecho. Cuando no lo hay, descanso... Para mí funciona así.

—¿Sueles tener muchos encargos?

—No me quejo.

—Pues genial. Nos vemos en unos días, Cristian.

—Espero tu llamada... Mónica —recalcó el nombre con intención, antes de cruzar la puerta.

Salió del despacho. Ni por un momento lo había convencido de que no era la mujer del hotel de Oviedo, un buen fotógrafo nunca olvida una cara. Y, por si había alguna duda, el pequeño lunar que ella tenía justo donde el pulgar se unía con el índice acababa de confirmárselo. Pero, por alguna razón, la señorita Rivera no quería reconocerlo. Bueno, pues nada... no se conocían, y allí acababan al parecer sus sueños de volver a encontrársela un día y repetir la experiencia que habían vivido dos años atrás. Él era un hombre de mundo, pero no había podido olvidar a la enigmática mujer que había pasado la noche con él en el hotel Tryp de Oviedo. En ese momento, ella había dejado de ser un misterio; tenía nombre, profesión y, al parecer, ninguna gana de recordar el pasado. Carpetazo al asunto.

Mónica se quedó pensativa un rato. ¿Sería posible lo que se estaba imaginando? ¿Lorena se había liado con aquel pedazo de ejemplar de la raza masculina? Porque él estaba muy seguro y, ni por un momento pensaba haberlo convencido de que no le conocía. Pero ella no había estado con él, de eso sí que estaba segura. No lo habría olvidado. Al parecer, tampoco Cristian Valero lo había hecho. ¿Lorena? ¿La seria y controlada Lorena? ¿Y dónde encajaba Ernesto, el novio de su hermana, en todo aquello? Ese hombre callado y tranquilo, y aburrido, que compartía la vida de su gemela hacía ya casi dos años.

Impaciente por naturaleza, decidió averiguarlo y la llamó.

—Hola, Lore...

—¿Qué hay, hermanita?

Como siempre, fue directa al grano.

—¿Cuándo te viene bien vernos para cenar?

Lorena lanzó una breve carcajada.

—Estoy bien, gracias. El trabajo genial y la salud no te digo...

—Deja de burlarte, ya me conoces.

—Claro que te conozco. Nunca pierdes el tiempo con preliminares cuando tienes algo en mente. ¿Qué ocurre?

—Nada, solo quiero cenar contigo uno de estos días.

Lorena miró el calendario.

—Hoy es lunes. ¿Te viene bien el viernes?

—¡Noooo! ¿No puede ser antes?

—No, si no me cuentas de qué va. Ya sabes que no bajo a Madrid hasta el fin de semana, salvo excepciones.

—De un tío.

—¡Acabáramos! De acuerdo, esta noche. Quedo con Ernesto después y así le veo antes del fin de semana.

—Gracias.

—¿Donde siempre?

—Vale. Reservaré. —Mónica sabía que su hermana no ignoraría una petición directa para verse.

—Muy bien; hasta luego.

Lorena colgó sin dudar sobre lo que su hermana quería contarle. Volvía a estar enamorada; se tomaba con mucho entusiasmo cualquier relación que empezaba, pero, por desgracia, ninguna le duraba demasiado. Retomó el trabajo pensando que no le importaba hacer unos kilómetros y dormir en casa o con Ernesto aquella noche. Su gemela era tan impaciente que no aguantaría tres días más para hablarle de su nueva relación.

Mónica entró en el restaurante donde solía quedar con su hermana desde que eran adolescentes. Al cruzar la puerta miró el reloj. Iba con retraso, como casi siempre, pero Lorena estaba ya sentada en su mesa habitual. Era la gemela seria, la puntual, la que tenía la vida organizada, mientras que ella siempre había sido caótica, impuntual y desorganizada. Eso en cuanto a su vida, porque el trabajo lo llevaba a la perfección. Su madre siempre le decía que no se explicaba cómo mantenía todos los documentos de Patrimonio al día si era incapaz de recordar una cita para comer o algo tan simple como llenar el depósito de gasolina del coche. En más de una ocasión había tenido que ir su padre o Lorena a rescatarla con un bidón de combustible adonde se hubiera quedado tirada.

Lorena le sonrió mientras la veía acercarse. Nunca dejaba de sorprenderla el extraordinario parecido entre ambas; eran gemelas idénticas y había que conocerlas muy bien para distinguirlas. Desde hacía tiempo, ellas potenciaban el parecido peinándose igual y usando el mismo tipo de ropa. En lo único en que no coincidían era en sus gustos sobre los hombres. Lorena llevaba casi dos años saliendo con Ernesto, un hombre serio y responsable, mientras que a Mónica le gustaban más del tipo de Cristian Valero, informales, divertidos e incluso un poco peligrosos. Por eso estaba deseando preguntarle a su hermana por él, porque no la imaginaba en absoluto con un hombre así.

Se sentó en la silla que estaba colocada frente a Lorena para poder observar mejor su reacción cuando le preguntase.

—Hola, Mónica —saludó divertida, y siguiendo la costumbre de su hermana fue directa al grano—. Háblame de ese tío.

—No es lo que piensas.

Mónica soltó una carcajada.

—Pienso que estás empezando a salir con alguien y no te puedes aguantar las ganas de contármelo.

—Frío, frío.

—Pues que has conocido a alguien que te gusta a rabiar y te mueres por que yo le dé el visto bueno.

—Más frío aún.

—En ese caso cuéntame qué pasa, me rindo.

—Si te digo que no pasa nada, no te lo vas a creer, ¿verdad?

Lorena negó con la cabeza.

—Claro que no; estás conversando conmigo, de modo que empieza a hablar.

—¿Has encargado ya la cena?

—No, aunque siempre pidas lo mismo nunca sé cuánto te vas a retrasar.

Le hizo señas al camarero para que le sirviese su plato favorito y se decidió a contarle a su hermana el motivo de su reunión intempestiva.

Lorena esperó, consciente de la impaciencia de su gemela, a que los platos estuvieran sobre la mesa. El asunto era, al parecer, lo bastante importante para que Mónica no quisiera que las interrumpiera el camarero.

Cuando al fin tuvieron la comida y la bebida ante ellas, Mónica se lanzó a hablar.

—Patrimonio ha contratado a un fotógrafo para que haga un reportaje sobre el estado de las obras de arte en Palencia y quiere que colaboremos con él.

Lorena se sorprendió. No veía la necesidad de reunirse con tanta urgencia para algo así. A menos que Mónica se hubiera colgado de él.

—¿Y eso supone un problema?

—No lo sé; es Cristian Valero.

Lorena masticó con calma una aceituna sin mostrar ninguna reacción al nombre. Después dijo.

—¿Y quién es Cristian Valero?

—¿No le conoces?

—No. ¿Debería?

—Bueno, él estaba muy seguro de conocerme «a mí». Y puesto que yo no le había visto en mi vida, es de suponer que a quien conoce es «a ti».

—Pues no, yo tampoco tengo el gusto.

—Me llamó María.

Entonces Lorena sí levantó bruscamente la mirada hacia su hermana, con el tenedor detenido a mitad de camino hacia la boca. Una mirada llena de alarma.

—Ajá. Veo que sí le conoces.

—No estoy segura... —dijo sin comprometerse a nada.

—¿No? Altísimo, atractivo como un demonio, con unos

ojazos verdes que quitan el hipo —dijo mientras manipulaba su móvil buscando en Internet hasta que encontró una foto del hombre, que mostró a su hermana—. Cristian Valero.

—Yo le conocía como Juan.

—Y le conociste muy bien, por lo que me dio a entender.

—¿Qué te dijo?

—Primero cuéntame lo que pasó.

Lorena suspiró.

—Fue en Oviedo, cuando fui al congreso de restauración hace dos años. Por la noche, después de cenar, bajé a tomar una copa al bar del hotel, y él estaba en la barra. No dejaba de mirarme, me invitó a una copa..., charlamos..., y acabamos en la cama. Fue una noche increíble. Hice cosas que nunca había hecho antes... ni tampoco después.

Mónica inclinó la cabeza hacia su hermana, en absoluto satisfecha con la explicación.

—¿Qué tipo de cosas? —preguntó con curiosidad y en el tono más bajo que pudo.

Lorena también inclinó la cabeza para no ser oída por los comensales de las mesas cercanas y dijo en un susurro:

—Sexo oral..., sexo anal..., posturas increíbles... Cada vez que me acuerdo me tiemblan hasta las pestañas, Moni.

—Vaya, vaya..., de modo que la señorita metódica también ha follado como una loca por una vez.

—No te burles.

—¿Y Ernesto? ¿Estabas ya con él? Yo chitón, ya lo sabes.

—Nos estábamos conociendo, pero todavía no salíamos juntos.

—¿Y te da lo mismo que Cristian? ¿Te tiemblan las pestañas?

—Con él es diferente, hacemos el amor. Con Juan... Cristian... follé. Como si me fuera la vida en ello; jamás me había pasado nada igual. Y, por Dios, ahora ha aparecido en mi entorno. Espero no tener que verlo, no me siento orgullosa de lo que hice aquella noche.

Mónica entrecerró los ojos en absoluto dispuesta a ponérselo fácil a su hermana.

—Me temo que va a ser imposible. Tendrá que fotografiar lo que estás haciendo.

—¿No puedes pasarlo por alto? No es necesario que le digas nada de la ermita.

—Si lo descubre por su cuenta, podríamos tener problemas.

—Entonces ocupa mi puesto, lo hemos hecho otras veces.

—Ocuparía tu puesto encantada, sobre todo si quiere llevarme a la cama, cariño, pero yo no tengo ni idea de restauración.

—Solo tendrá que sacar fotografías, ¿no?

—No lo sé; me da la impresión de que es de los que hacen los deberes.

—¿Le has dicho que somos dos?

—No hasta hablar contigo y saber qué estaba pasando. El señor Valero está convencido de que fui yo quien pasó la noche con él, aunque le aseguré que no lo conocía de nada.

—Pues no se lo digas. Déjale que siga creyendo que fuiste tú a quien conoció en Oviedo.

—¿Por qué? ¿Piensas que puedes querer repetir? ¿Que Ernesto deje de resultarte atractivo al lado de ese pedazo de hombre?

—No es eso... Yo quiero a Ernesto, estoy enamorada de él. Cristian Valero no va a poner en peligro mi relación.

«Y una mierda», pensó Mónica viendo cómo la respiración de su gemela se había alterado ante la sola posibilidad de encontrárselo cara a cara, pero solo dijo:

—¿Entonces?

—Simplemente preferiría no verlo.

—No creo que puedas evitarlo. Querrá fotografiar el trabajo que llevas a cabo ahora, entre otras cosas, y ya sabes que yo de técnica... Ese examen lo hiciste tú por mí, por si lo has olvidado. Estoy segura de que es de los que vienen a trabajar bien informado y hace preguntas. Tendrás que verlo, Lore.

—De acuerdo... pero no le digas que tienes una gemela. Prefiero que crea que está tratando contigo y que eres una *crack* en restauración, además de relaciones públicas, organización y todo lo demás. Y que fuiste tú quien se acostó con él, aunque lo sigas negando.

—De acuerdo... pero si me tira los tejos... ¿Tengo tu permiso para llevármelo a la cama?

—Pues claro... —se apresuró a decir, aunque sintió un regusto amargo en la boca—, pero no bajes el listón...

—No lo haré. Incluso sería divertido luego comparar y comentar los detalles ¿eh, hermana? Eso no lo hemos hecho nunca, compartir el mismo hombre.

—Seguro que sí... —dijo sin mucha convicción—. Ahora, olvidemos al señor Valero y comamos. Me muero de hambre.

—Vale. —Y alzó su copa—. Por las gemelas Rivera de nuevo al ataque.

Apenas terminada la cena, Lorena se despidió de su hermana con la intención de llamar a Ernesto. Pero cuando entró en el coche, lejos de la mirada escrutadora de Mónica, no fue capaz de hacerlo. Estaba tan agitada, había sido tan inesperado que Juan, mejor dicho, Cristian, volviera a aparecer en su vida después de dos años, que le estaba costando trabajo encajarlo. No había podido evitar que el corazón le empezara a latir con fuerza y que imágenes que creía enterradas regresaran vívidas a su mente.

Se marchó directa a su casa y se sentó a ver una película, pero la cabeza se le iba una y otra vez a la noche en que le había conocido, a esa noche en que se había comportado como otra mujer, como alguien que no era; porque ella no era de las que se iban a la cama con desconocidos, y mucho menos aceptaba propuestas sexuales subidas de tono.

Por fortuna, al amanecer había pensado que nunca volvería a verlo, aunque su cuerpo guardaba memoria de todo lo que habían compartido. La idea de que algo extraño le había sucedido aquella noche le había permitido seguir con su vida convencida de que aquel episodio pertenecía al pasado y que había sido un hecho aislado.

Pero ahora él aparecía de nuevo y, por lo que le había dicho su hermana, también recordaba la noche que compartieron. La sola mención de su nombre y ver su cara sonriente en la pantalla del móvil de Mónica había removido demasiadas cosas. Cosas que ella prefería dejar enterradas.

No se encontraba con fuerzas ni con ganas de volver a verlo, pero su hermana tenía razón, eso iba a ser inevitable. Esperaba que su estratagema surtiera efecto y el encuentro fuera breve y profesional, y con quien tuviera que tratar más a menudo fuera con Mónica.

Se acostó, pero tardó mucho en dormirse y, cuando al fin lo consiguió, sus sueños se poblaron de imágenes que prefería olvidar.

2

Lorena

Lorena sintió un escalofrío en la nuca, apenas unos segundos antes de que sus oídos escucharan la voz grave que recordaba tan bien.

—Buenos días, Mónica. Espero no ser inoportuno.

Todo su cuerpo se tensó, el sudor frío le empapó las palmas de las manos y tuvo que tragar saliva antes de darse la vuelta y mirar al hombre que desde hacía varios días no podía quitarse de la mente.

Había pensado muchas veces en cómo se produciría el encuentro, y en todas ella estaba preparada para verlo, para volver a encontrarse con él. No imaginaba que se presentaría sin avisar en la pequeña ermita donde estaba trabajando. Siempre había pensado que el encuentro habría estado concertado, y ella, mentalizada y protegida por la habitual capa de frialdad con la que podía cubrirse cuando lo deseaba.

Se dio la vuelta despacio, con un nudo de aprensión en la garganta y cientos de mariposas revoloteando en su estómago. Allí estaba... el hombre con el que había tenido el mejor sexo de su vida, el desconocido al que se había entregado como nunca lo había hecho con nadie. Cristian Valero. Con sus casi dos metros de altura y sus ojos verdes recorriéndola de arriba abajo, como aquella noche en el bar. Lorena fue consciente de sus vaqueros llenos de pintura y su vieja camiseta arrugada, del pelo recogido de cualquier forma en la nuca para no mancharlo.

—Hola... Cristian —saludó, mentalizándose para no llamarle Juan—. No te esperaba, podrías haberme avisado de que vendrías.

—Prefiero improvisar. Suelo actuar por impulsos.

—Yo, en cambio, prefiero tenerlo todo controlado.

—¿En serio? —Una chispita burlona brillaba en sus ojos—. ¿Siempre?

—Siempre. En mi trabajo eso es esencial.

—Claro... el trabajo. Sí, supongo que este debe ser concienzudo.

Lorena se volvió hacia el fresco que estaba preparando para su restauración, escondiendo en él sus emociones ante las veladas insinuaciones de Cristian. ¿Habría actuado igual con Mónica días antes?

Pero él se acercó y ella fue consciente de cada paso que daba a sus espaldas. Se detuvo a su lado.

—¿En qué fase del trabajo estás?

—Eh... en la primera.

—¿Limpieza? ¿O ya has empezado a eliminar el salitre de la pared?

Lorena no pudo evitar volverse y mirarlo con fijeza.

—¿Entiendes de restauración?

—He leído un poco sobre el tema, para documentarme.

—Ya me avisaron de que eres de los que hacen los deberes.

Él sonrió y ella sintió que algo se le derretía por dentro. Aquello iba a ser mucho más difícil de lo que pensaba.

—¿En serio? ¿Quién?

—Ah... en Patrimonio. Yo... también hago los deberes y pregunté qué clase de fotógrafo eres.

—No soy un experto en arte, si es lo que deseas saber. Pero soy un buen fotógrafo, un profesional, y procuro documentarme antes de empezar un trabajo.

—¿Y qué tipo de fotos haces normalmente? ¿En qué eres realmente bueno?

—¿En fotografía? —preguntó mirándola a los ojos con los párpados entrecerrados y ladeando la cabeza.

Lorena dio gracias a la penumbra de la iglesia que ocultó el rubor que cubrió su cara y su cuello ante la evidente insinuación.

—Claro, eres fotógrafo, ¿no?

—Pero también soy bueno en otras cosas.

—Ejem... Eso a mí no me interesa. Aquí vas a fotografiar mi trabajo, es sobre eso por lo que pregunto.

—Pues lo que más me gusta hacer es «robar fotos». En el argot de la profesión eso quiere decir pillar a la gente por sorpresa y fotografiarla sin que se dé cuenta.

Lorena sintió pánico de que hubiera alguna imagen de ellos juntos por ahí.

—Para eso debes llevar siempre una cámara encima. ¿Lo haces?

—La mayor parte del tiempo.

—¿Y qué haces con esas fotos?

—Las guardo para mí.

—¿No las publicas?

—Si lo hiciera tendría que pedir permiso o podría encontrarme con una bonita demanda. La mayoría de las veces mis modelos son anónimos... nunca sé ni sus nombres ni dónde localizarles, de modo que no, no las publico. Forman parte de mi pequeña colección privada.

Lorena se preguntó si en esa colección habría una foto de su trasero desnudo entre sábanas revueltas.

Cristián observaba con atención la cara de la mujer y podía adivinar cada uno de los pensamientos que cruzaban por su mente. Aquel día, a la señorita Rivera le estaba costando más trabajo fingir que no le conocía y que nunca había estado en su cama. Se la veía atemorizada de que hubiera usado la cámara mientras estuvo en su habitación. Le gustaría poder decirle que aquella noche en lo único en que había pensado era en hacerle el amor una y otra vez, en darle placer y en recibirlo de ella. Aquella noche había olvidado que era un fotógrafo y fue tan solo un hombre. Ni Juan ni Cristian... solo un hombre quemándose de pasión por una mujer desconocida.

Decidió jugar con ella un poco más y, colocándose detrás, levantó el brazo por encima de su hombro y, acercando mucho su cara, señaló un pequeño reborde en el fresco. Su olfato se llenó de nuevo del olor de ella, el mismo que recordaba, mezclado con la pintura. Lorena pareció ponerse muy nerviosa con la cercanía.

—¿Qué es esto, Mónica? Porque puedo llamarte Mónica, ¿verdad? Señorita Rivera me parece muy frío... entre compañeros de trabajo.

—Sí, por supuesto, Mónica está bien Eso es un resto de una antigua restauración, no muy buena. Voy a quitarlo y tratar de enmendar el desaguisado.

—Tú lo vas a hacer mejor, es eso lo que tratas de decir.

Esta vez Lorena le miró desafiante a los ojos.

—Yo también soy una buena profesional. Sé lo que hago.

—No lo dudo.

—Ahora, si no te importa, tengo que trabajar —dijo apartándose.

—Si no te molesta, tomaré unas fotos mientras lo haces. Y estas no son robadas, las entregaré como parte del reportaje. La restauradora realizando su trabajo.

—De acuerdo —dijo cogiendo agua destilada y detergente neutro y empezando a limpiar con cuidado la superficie en que iba a trabajar.

Dio gracias de que la tarea fuera fácil y rutinaria, simple limpieza pura y dura, porque los leves ruidos que él hacía moviéndose a su alrededor la estaban poniendo bastante nerviosa.

Sentía el *clic* de la cámara una y otra vez y tuvo que morderse la lengua para no pedirle que terminara cuanto antes. Pero se lo pensó mejor y decidió dejarle hacer tantas fotos como quisiera, con la esperanza de que se diese por satisfecho y no volviera por allí.

Cuando los sonidos cambiaron, se permitió volver la cabeza y le vio guardando la cámara en el estuche que llevaba colgado al hombro.

—¿Ya has terminado? —preguntó con alivio.

—Por hoy, sí.

—¿Por hoy?

—Sí. Si no tienes inconveniente, me gustaría tomar más fotografías a medida que vayan pasando los días, para apreciar el cambio en las distintas fases de la restauración.

—Pero has hecho muchas fotos... ¿Cuántas necesitas para el reportaje?

—Los fotógrafos, o al menos yo, podemos hacer cincuenta o sesenta fotos y usar solo una... o ninguna.

—Vaya... eso es trabajar para nada.

—No, en absoluto. Es trabajar para seleccionar lo mejor.

—¿Te consideras el mejor?

—No, no lo soy. Pero sí muy concienzudo. Me pagan por hacer un trabajo y me gusta hacerlo bien, y si eso implica horas de seleccionar y desechar fotos, pues lo hago. Aquí —dijo señalando la cámara— llevo una buena colección de tomas de esta fase de la restauración. Y espero que me demuestres cómo de buena eres y que el resultado final sea realmente espectacular.

A Lorena le molestó que cuestionara su profesionalidad, y le rebatió.

—Yo espero que tú también lo demuestres y que las fotos que acabas de hacer valgan la pena. Aquí no hay mucha luz y...

—Hay la suficiente para tomar buenas fotos, si sabes cómo hacerlo.

—Entonces... —Sin saber qué más decir, carraspeó y añadió—: Tengo que seguir trabajando.

—Supongo que no aceptarías comer conmigo... ya es casi la hora y estoy hambriento.

Lorena negó con la cabeza.

—He tomado algo hace poco, y almorzaré cuando termine mi jornada.

—En ese caso, Mónica... Volveremos a vernos. —Le tendió la mano. Ella titubeó antes de estrechársela.

—No están limpias...

Cristian sonrió y un brillo burlón le cubrió la mirada.

—Sobreviviré a un poco de agua destilada y polvo. Si tú trabajas sin guantes, no puede ser muy terrible.

Lorena alargó la mano hacia él. El apretón fue cálido y vigoroso, pero cuando quiso rescatar su mano se encontró con que él no la soltó de inmediato, sino que la dejó resbalar despacio acariciando la palma y después los dedos, produciéndole un hormigueo en todo el cuerpo.

—Hasta otra, Mónica.

—Adiós, Cristian. La próxima vez, avisa antes de venir.

—Quizá...

Le vio alejarse y salir de la pequeña ermita, su silueta recortada contra la luz que entraba por la puerta abierta. Hasta que no escuchó el sonido del coche alejándose, no se permitió cerrar los ojos y sentarse en uno de los bancos para recuperar el control. ¿Por qué había tenido que aparecer de nuevo? Aquello había sido solo una noche loca y no podía permitirse seguir recordándola y, mucho menos, que Cristian Valero continuara afectándola como acababa de hacerlo. Tenía que terminar esa restauración a marchas forzadas, no importaban las horas que tuviera que dedicarle al día para sacarlo de su vida cuanto antes.

3

Mónica

Durante todo el día, Lorena estuvo tensa y nerviosa. Continuó limpiando la pared y preparando la pintura para la posterior restauración, pero las manos le temblaban y agradeció que las labores de limpieza fueran algo rutinario. Cuando, a la hora de terminar, se subió al coche, miró alrededor buscando inconscientemente la figura de Cristian y suspiró agradecida al comprobar que estaba sola en el descampado de la ermita donde había aparcado por la mañana.

Llevaba horas dándole vueltas a lo ocurrido y había tomado una decisión.

Condujo hasta su casa, en Madrid. Era viernes y estaba deseando disfrutar del fin de semana. La mayor parte de las noches se quedaba en un hostal para evitarse los más de doscientos kilómetros de recorrido, por lo que los viernes dejaba el trabajo a mediodía y disfrutaba conduciendo hasta la capital.

Al llegar, la luz indicadora de un mensaje de voz parpadeaba en el móvil, silenciado durante el camino para evitar distracciones. Así era ella, respetuosa con las normas, precavida y prudente. Pulsó la flechita y escuchó la agradable y bien timbrada voz de Ernesto.

—Hola Lorena, buenas tardes. —Sonrió. Siempre tan correcto y educado, esa era una de las cosas que más le gustaban de él—. ¿Te apetece quedar esta noche? Yo pongo la cena.

Suspiró. Si había algo que no le apetecía aquella noche era ver a su novio. Sentía como si él fuera capaz de adivinar en su cara lo trastornada que se encontraba desde hacía días, y no podía darle ninguna explicación, puesto que ni ella misma era capaz de entender qué le pasaba. Lo llamó.

—Hola, Ernesto, buenas noches.

—Hola. ¿Ya estás en casa?

—Sí, acabo de llegar.

—¿Vienes o voy? —Lo daba por hecho. Era algo habitual y rutinario, los viernes solían cenar juntos y, con frecuencia, también dormir.

—Si no te importa, mejor lo dejamos para mañana. Me duele mucho la cabeza y solo tengo ganas de darme una ducha, tomar una pastilla con algo de cena y meterme en la cama.

—De acuerdo, como quieras, cariño. ¿Quieres que vaya, te prepare yo la cena y luego me vuelva a casa?

—No, no es necesario, Ernesto. Te lo agradezco mucho, tomaré algo ligero.

—Bien, pero cuídate, ¿eh?

—Claro.

—Un beso. Ya te llamo mañana para ver cómo sigues.

—Hasta mañana.

Colgó sintiendo un inmenso alivio por no tener que verle aquella noche, y también un poco de remordimiento por la mentira. ¿Pero qué podía decirle? ¿Que había vuelto a ver a un hombre con el que se había enrollado en el pasado y que al verle se le había removido hasta la última fibra de su ser?

Cogió la ropa y, en vez de ducharse, llenó la bañera y se metió en ella. El agua caliente rodeó su cuerpo, sensibilizó sus pezones y le acarició el vientre como si fueran las manos cálidas de un hombre. Y aquella noche solo había un hombre en su mente, un hombre que no debía estar allí. Hasta entonces no había sido consciente de la huella que Juan —Cristian—, había dejado en ella. Con los ojos cerrados empezó a acariciarse, sintiéndose culpable, con la sombra de Ernesto pendiendo sobre ella.

Cuando salió de la bañera llamó a Mónica.

—Hola, Lore... ¿Qué tal?

—Ha venido —dijo a bocajarro.

—¿Quién?

—Cristian.

—Ah... Me llamó el otro día para preguntar si estábamos restaurando algo en este momento y le di el nombre de la ermita, pero añadí que me llamara antes de ir.

—Pues no lo ha hecho, se ha presentado de improviso.

—¿Y?

Lorena suspiró ruidosamente y Mónica lanzó una risita y trató de que no se escuchara a través del teléfono.

—Saltaban chispas, Moni. Jugó conmigo como el gato con el ratón... Se despachó a gusto.

—¿Y tú qué hiciste?

—¿Yo? Tratar de no temblar y de mantener el tipo lo mejor que podía... que no fue mucho, la verdad. Debió de notar a leguas lo nerviosa que estaba. Se hartó de hacer fotografías y dijo que volvería cuando estuviera más avanzado el trabajo, para hacer un seguimiento.

—¡Ah!

—Moni, no quiero que vuelva.

—No vas a poder impedirlo. Tiene que hacer un trabajo y creo que es de los que se toman eso muy en serio.

—Quizá yo no pueda impedirlo, pero tú sí.

—¿Yo? ¿Cómo?

—Queda con él... desvía su atención de mí... A ti no te supone ningún esfuerzo, tú sales con hombres a menudo, eres libre... Yo, en cambio... hoy no he sido capaz de quedar con Ernesto, tampoco la otra noche después de cenar contigo fui a su casa. Siento como si le estuviera poniendo los cuernos. Por favor...

—No es tan fácil, Lore; no saltan chispas entre el señor Valero y yo.

—Tú no necesitas chispas para llevarte a un hombre a la cama.

—No sé cómo tomarme eso...

—Por Dios, Mónica, no te estoy insultando. Estoy diciendo que tú eres más liberal que yo, más desinhibida, que basta con que te atraiga un hombre para que le des una oportunidad.

—¿Y qué te hace pensar que Cristian me atrae?

—¿No te gusta? Es guapísimo.

—Lo es.

—Y es tu tipo.

—Si tú lo dices...

—Claro que sí. Es atrevido, aventurero, provocador... el tipo de hombre que te gusta a ti, no a mí.

—¿Seguro?

—Pues claro que seguro. Por favor, Moni... ¿Lo harás? Queda con él, lígatelo, fóllatelo, haz lo que quieras, pero desvía su atención de mí. Quiero a Ernesto, estoy enamorada de él, pero esto puede afectar a nuestra relación. Ayer pensaba que eso no era posible, que Cristian Valero pertenecía al pasado, pero hoy... después de verlo... no estoy tan segura. ¡Ayúdame!

—De acuerdo, saldré con Cristian, pero no te garantizo que funcione, ¿eh?

—Claro que funcionará. Cree que somos la misma persona. Y si te ve a ti con frecuencia, aparecerá por aquí mucho menos para hacer fotos.

—Está bien.

—Te daré unas nociones básicas de restauración. Tenías razón, es de los que hacen los deberes.

—Muy bien; quedamos el sábado próximo, si te parece. Mañana no puedo y, si me llama antes, le daré largas.

—Hasta entonces. Gracias.

—No hay de qué, pero me debes una.

El martes siguiente Cristian se presentó de nuevo en el despacho de Mónica. Esta le había llamado para tratar algunos asuntos relacionados con el contrato para el reportaje que debía llevar a cabo, aunque hubiera preferido hablar con su hermana antes, el papeleo no admitía demora y no podía esperar a la semana siguiente.

Adela tenía orden de hacerlo entrar en cuanto apareciera. Dos timbrazos cortos en el teléfono interior le avisaron de su llegada.

Cristian entró en el despacho llenándolo con su presencia. Mónica, sentada tras la mesa de trabajo, tenía un aspecto pulcro y elegante con su pantalón negro, su blusa gris claro y su melena castaña peinada a la perfección. Tras recorrerla con la mirada, Cristian pensó que la prefería con la ropa de trabajo, el pantalón vaquero viejo y lleno de manchas de pintura y la camiseta deformada por el uso, como la viera en la ermita. En ese momento se veía pulcra y atractiva, pero no le producía el cosquilleo que había percibido días atrás. El mismo de la noche de hacía dos años, cuando incluso desde la otra punta de la barra del bar se había sentido atraído hacia ella, como impulsado por un imán.

Él vestía con su habitual desaliño, unos pantalones de loneta negros, camiseta azul y su omnipresente cazadora de cuero ajada.

—Hola, Mónica. Tú dirás para qué me has llamado.

—Para que firmes el contrato.

—Ya firmé uno con Patrimonio.

—Sí, pero este es para mi empresa en particular. Esta es una empresa privada que trabaja para Patrimonio.

—¿Y en qué se diferencian los contratos?

—En este te comprometes a entregar todas las fotos que hagas o, al menos, destruir las que no utilices.

—Eso es por lo del otro día, ¿no?

Mónica se sintió en desventaja. No sabía a qué se refería, de modo que guardó silencio. Si iban a fingir ser una sola persona, Lorena debería darle algo más que unas clases básicas de restauración el sábado. Tendría que ponerla al corriente de todas las conversaciones que tuviera con él, tanto pasadas como futuras. Esperó a que él aclarase un poco la situación.

—Aunque te dije que a veces solo utilizo una o dos fotos de todas las que hago, el resto las guardo en un archivo personal si me gustan, o las destruyo si no considero que tengan la calidad necesaria. Soy un fotógrafo ético y no voy a vender a nadie fotos que ya he cobrado.

Mónica empezó a entender.

—De todas formas, quiero asegurarme.

—De acuerdo; dame ese contrato.

Ella le tendió un par de folios mecanografiados, que él estudió con detenimiento.

—Puedes sentarte, no cobro.

Cristian levantó una ceja.

—¿Hoy no estás deseando verme desaparecer cuanto antes?

—¿Por qué iba a querer eso?

—El otro día, en la ermita, si hubieras podido me hubieras echado en cinco minutos, no lo niegues.

—Estaba trabajando.

—¿Y hoy no?

—Sí, pero es un trabajo diferente.

—Ya... ¿Y cómo lo haces para estar en dos sitios a la vez?

Mónica contuvo la respiración.

—Evidentemente no puedo estar en dos sitios a la vez. Los compagino. Suelo dedicar un par de mañanas al papeleo que Adela no puede solucionar sola y, el resto, al trabajo de campo.

—Entonces fue pura casualidad que el otro día te encontrara en la ermita.

—Sí, así es. Por eso sería conveniente que antes de ir allí, llamases.

La mirada penetrante de él no consiguió ponerla nerviosa, sino que la sostuvo sin problemas.

—¿Y cuál de las dos ocupaciones te gusta más?

—Ambas.

—No me lo creo. Yo adoro fotografiar, pero odio tener que lidiar con contratos y papeleo. Una cosa está reñida con la otra.

Mónica sonrió.

—No es mi caso.

—Empiezo a sospechar que eres una persona muy compleja, Mónica.

Ella emitió una leve risita.

—¡No sabes tú cuánto!

Cristian terminó de leer el documento y, a continuación, sacó un bolígrafo del bolsillo interior de su cazadora de cuero y lo firmó.

—Ya está. Aquí tienes tu contrato.

—Gracias, Cristian —dijo ella recogiendo los papeles y guardándolos en una carpeta que había sobre la mesa.

—¿Cuándo calculas que habrás avanzado en la restauración lo suficiente para que se puedan apreciar los cambios? Para pasarme por allí.

—Pues... no sé. A veces se avanza en pocos días y, en otras ocasiones, se tarda más. No he adelantado apenas desde que estuviste allí —advirtió para ganar tiempo hasta que pudieran reunirse Lorena y ella.

Los trabajos de restauración los llevaba su hermana y no le informaba de en qué punto se encontraban en ningún momento. Empezaba a pensar que aquella farsa iba a ser difícil de mantener porque Cristian Valero era un hombre muy observador, además de muy atractivo.

—Mónica... —Los ojos verdes la observaban con detenimiento, como si tratase de decidir si continuar hablando o no.

—¿Sí?

—¿Dónde se puede tomar por aquí un café decente? No he desayunado aún.

—En la calle de atrás hay un local pequeño donde se desayuna muy bien y el café es excelente.

—¿Puedo invitarte a uno?

Ella se encogió de hombros.

—Bueno... Si te esperas unos minutos a que le dé instrucciones a Adela, puedo escaparme un cuarto de hora.

—Mi estómago podrá soportar unos minutos más sin alimento. La compañía lo vale.

—Espérame fuera, por favor.

Lo acompañó hasta la puerta del despacho y le pidió a Adela que entrase. Esta miró hacia arriba cuando se cruzó con Cristian y contempló sin disimulos la alta y atractiva figura del fotógrafo.

—Cierra la puerta.

—¿Qué ocurre, Mónica?

—Voy a salir un rato a tomar un café con él.

—¡Vaya! Yo que esperaba que se fijara en mí.

—Tú tienes novio.

—Mujer, por un café...

—La próxima te tocará a ti, te lo prometo. Pero te he llamado porque tengo que advertirte de una cosa. En lo que respecta al señor Valero, Lorena no existe.

—¿Cómo que no existe?

—Somos una. Yo, Mónica, llevo a cabo el trabajo de oficina y las restauraciones, alterno mi tiempo entre ambas ocupaciones. No tengo una gemela ni ninguna otra hermana.

—Vale. ¿Y no vas a decirme qué os traéis entre manos?

—Cosas de mi hermana; pero va a ser divertido.

—Ten cuidado, ese tío tiene pinta de ser muy listo.

—Lo sé. Ahí está la diversión.

—Bueno, jefa... tú mandas. Espero que sepas lo que haces.

—Yo también —suspiró.

Cogió una chaqueta y salió a reunirse con Cristian.

Caminaron por la calle uno al lado del otro, y Mónica, a pesar de su 1,78 de estatura, se sintió pequeña a su lado. Él debía de sobrepasar el metro noventa y suspiró pensando en cómo había debido de sentirse su hermana en brazos de un hombre semejante. No le extrañaba que no hubiera podido olvidarlo.

Él llevaba una mochila al hombro, también de cuero, que parecía pesar bastante. Tras doblar la esquina y recorrer unos cuantos metros, llegaron al pequeño local, donde se acomodaron en una mesa junto a la ventana.

Mónica pidió un café con leche y Cristian un café doble, tostadas y zumo.

—¿Vas a comerte todo eso?

—Claro. ¿Y tú no tomas nada de comer?

—He desayunado en casa. A media mañana solo tomo un café o una fruta.

—¿Cambias de hábitos de comida y de horarios según estés aquí o en la ermita? El otro día comiste fuerte a media mañana. ¿O me mentiste para no almorzar conmigo?

—No... no... cuando trabajo en la ermita llevo algo para tomar en un momento en que pueda parar. Hay trabajos delicados que no se deben interrumpir.

—Pues cambiando tan a menudo de hábitos vas a acabar con el estómago destrozado.

Ella se encogió de hombros.

—Es lo que hay.

Cristian acomodó la mochila entre sus piernas, en vez de colocarla en una silla vacía a su lado.

—¿Llevas algo valioso ahí?

—Mi cámara o, mejor dicho, una de ellas. Suelo llevar alguna encima casi siempre. Ya te dije que me gusta robar fotos.

Mónica pensó que era otra de las cosas que tendría que preguntarle a su hermana el sábado. Para no ponerse en evidencia se limitó a decir:

—¿Tienes muchas cámaras?

—Unas cuantas.

—¿Y cuál es tu favorita?

—Depende del momento y de lo que quiera conseguir, pero una de mis preferidas es la bifocal.

Mónica bebió con placer un largo sorbo de café y comentó:

—He oído hablar de cámaras digitales, analógicas, compactas... pero ¿qué es una cámara bifocal?

Cristian sonrió mostrando una dentadura perfecta, se limpió con cuidado las manos en una servilleta y se agachó hacia la mochila hurgando en ella.

—Estás de suerte.

Sacó una cámara que parecía doble.

—Esto es una cámara bifocal. Tiene dos objetivos —añadió mientras señalaba con el dedo los dos cristales redondos colocados uno debajo del otro—. Cuando disparas hace dos fotos en apariencia iguales, pero no lo son. Hay una diferencia de unos centímetros en el encuadre, lo que supone una pequeña desigualdad en ellas que no se aprecia más que por alguien acostumbrado a observar todos los detalles.

—Como tú... —dijo ella soltando una risita.

—Pues sí, como yo. ¿Tiene gracia?

—Para mí, sí.

—Explícamelo.

—Bueno, me hace gracia que haga fotos iguales, pero a la vez diferentes... con una diferencia sutil.

Cristian sacudió la cabeza y dijo:

—Eres muy rara, Mónica Rivera...

—Tiene que ser divertido.

—Nunca lo había visto así, más bien interesante.

Levantó la cámara y la enfocó con ella.

—¿Vas a hacerme una foto robada?

—No, puesto que me ves hacerla.

Mónica se atusó el pelo y sonrió con coquetería a la cámara. Cristian disparó.

—Has posado.

—Sí... ¿Acaso querías que no lo hiciera? ¿Que te dejara hacerme una foto bebiéndome el café? ¿Tan poco *glamour* piensas que tengo?

—No es cuestión de *glamour*, sino de naturalidad... hazlo.

—Hummm, bueno...

Cogió la taza con cuidado y se la llevó a los labios bebiendo un sorbo.

«Sigue posando», pensó Cristian. Y no pudo evitar recordar a la figura tensa que se encogía casi involuntariamente cada vez que disparaba en la ermita.

—El otro día me dio la impresión de que no te gustaba que te hicieran fotos.

—No me gusta que me fotografíen mientras trabajo.

—Entiendo. ¿Entonces no te importaría que te hiciera una sesión? ¿Posar para mí?

—¿Lo dices en serio?

—Sí.

—¿Por qué?

Cristian miró el resultado de la foto que acababa de hacer y se lo mostró.

—La cámara te quiere. Y a mí me gusta trabajar con gente así.

Por un momento el ceño de Mónica se frunció.

—¿Qué tipo de fotos pretendes hacer? ¿Desnudos?

—Sí tú quieres... o vestida... o a medias. Tú eliges; yo solo quiero fotografiarte a ti, el resto me es indiferente.

—¿Y qué harías con las fotos?

—Dártelas a ti, si las quieres.

—¿Cuánto me costaría?

—Nada. Cobro los encargos, pero no siempre trabajo por dinero. Esto ha sido idea mía, así que no te cobraré.

—Quiero pagarlas, siempre que no me pidas una cantidad exorbitante.

—Vale, si lo prefieres así. Pon tú el precio.

—¿Cuándo sería?

—Esta semana estaré un poco ocupado. ¿Te viene bien el fin de semana próximo? ¿O entre semana?

—Como tú quieras.

—Nos llevará un buen rato, por eso yo prefiero el fin de semana. No me gustan las prisas cuando trabajo.

—De acuerdo.

Terminaron de desayunar. Cristian pagó y recorrieron el camino en sentido inverso. En la puerta de la oficina se despidieron.

—Ya te llamo.

—¿Dónde está tu estudio?

—Donde tú quieras.

—¿No tienes?

—No tengo un local, si te refieres a eso. Yo monto el estudio en cualquier lugar. Tu casa, la calle, el campo... ve pensando dónde y qué tipo de fotos quieres.

—Hummm... fotos sexis, creo.

—Entonces, mejor en tu casa, ¿no? Así estarás más relajada.

—Me lo pensaré.

—De acuerdo. Antes me pasaré por la ermita para ver cómo va el trabajo.

—Llama primero.

—Me gusta improvisar, pero reconozco que pegarme un viaje hasta Palencia para nada no es rentable.

—Hasta entonces, Cristian —dijo mientras le tendía la mano. En vez de estrecharla, él se agachó y la besó en la mejilla levemente.

—Si vamos a trabajar juntos, la mano es algo muy frío.

Mónica le vio alejarse calle abajo, con su mochila al hombro, y entrar en un gran coche todoterreno.

«No me extraña que Lorena esté encoñada contigo», pensó.

4

Ernesto

Ambas hermanas se reunieron el sábado en casa de Mónica. Sus respectivas viviendas eran muy distintas, cada una reflejaba la personalidad de su dueña. Si la naturaleza les había dado un físico casi idéntico, su carácter y forma de ser, como ocurre con gran parte de los gemelos, eran muy diferentes y se reflejaban en sus casas.

Mónica vivía en un *loft* amplio y luminoso, con un gran salón diáfano, ocupado en su mayor parte por un sofá blanco, una cocina abierta con barra americana y una escalera sin barandilla, que partía de una esquina y subía hasta un dormitorio también abierto al salón. En él, los pocos muebles eran una cama y un gran armario donde guardaba un nutrido guardarropa. La única puerta que había en la vivienda era la del baño, con una ducha funcional y acristalada.

Lorena, en cambio, habitaba en un piso convencional, con los espacios compartimentados y separados entre sí. Dos dormitorios, un salón pequeño, un estudio donde realizaba restauraciones de piezas menores, cocina y baño. Este último con una enorme bañera en la que sumergirse para quitarse la tensión del día y también el olor a productos químicos que, a menudo, la impregnaba al terminar la jornada de trabajo.

Ambas hermanas, al finalizar los estudios se habían ido a vivir juntas, pero pronto se dieron cuenta de que no iba a funcionar, de modo que decidieron de mutuo acuerdo tirar cada una por su lado. Pero eso sí, habían creado una empresa común en la que cada una llevaba a cabo una parte del trabajo, se reunían a comer al menos una vez por semana y se llamaban por teléfono casi todos los días. El vínculo entre las gemelas era intenso y difícil de romper.

Lorena entró en casa de su hermana. Vestía unos *leggins* oscuros y un jersey grande y cómodo, en tono salmón. El pelo lo llevaba suelto, algo extraño en ella puesto que por lo general le molestaba para trabajar y se lo recogía en la nuca con una larga aguja de marfil, comprada en un viaje que hizo con Ernesto.

Mónica, en cambio, todavía estaba en pijama. Acostumbrada a estar siempre impecable en el trabajo, los fines de semana en casa se permitía descuidar su aspecto y olvidarse de ropa y maquillaje.

El salón presentaba el mismo desaliño de su dueña: una manta tirada con descuido sobre el sofá, un vaso sobre la mesa de centro, restos del almuerzo en la barra americana que separaba salón y cocina.

—No me ha dado tiempo a recoger —se excusó al ver que su hermana miraba a su alrededor.

Lorena soltó una risita.

—Es tu casa, Moni. No te disculpes conmigo, puedes tenerla como quieras.

Con un par de movimientos, colocó todo en el fregadero y se volvió.

—Voy a prepararme un café. ¿Quieres algo?

—Un té, gracias.

Poco después, sentadas ambas en el amplio sofá de cuero blanco, con una taza en la mano, Mónica sacó el tema que las había reunido.

—¿Empiezas tú o yo?

—Yo soy la que tiene que darte unas nociones sobre restauración.

—Me temo, Lore, que esto va mucho más allá de eso. Si vamos a fingir ser una sola mujer, deberemos contarnos todo lo que hablemos con él porque, de no ser así, nos va a pillar en dos días. No es ningún tonto el señor Valero.

—De acuerdo. Primero la lección que no te aprendiste en su día.

Mónica soltó una carcajada.

—Para eso estabas tú. Y recuerda que yo te hice el proyecto económico.

Ambas sonrieron al recordar las travesuras de su juventud, cuando se hacían pasar la una por la otra en exámenes y otras circunstancias. Pero nunca lo habían hecho con un hombre hasta el momento presente.

Después de media hora de tecnicismos de los que Mónica tomó nota de forma exhaustiva para memorizarlos más tarde, pasaron al hombre.

—Cuéntame qué pasó en la ermita.

—Llegó de improviso. Me miraba como si quisiera comerme, y eso me puso muy nerviosa. Empezó a preguntarme sobre el trabajo, sabiendo lo que decía. Se movía a mi alrededor como un depredador rondando a su presa y yo volví a sentir el mismo deseo animal que me había empujado a irme con él en Oviedo. Sentía como si, en cualquier momento, fuera a saltar sobre mí, a abrazarme y a tocarme, y lo más terrible es que deseaba que lo hiciera. Ernesto pasó a un segundo plano, como si no existiese... en aquel momento lo único real para mí era Cristian Valero y su cuerpo en la misma habitación que yo. Sentía que se acordaba de cada detalle de lo que habíamos hecho juntos hacía dos años, aunque no dijo nada... solo lanzó algunas insinuaciones que yo capté, aunque las ignoré sin darme por aludida. Se acercó por detrás y pasó un brazo por encima de mi hombro. Reconocí su olor y él también olfateó mi cuello, aunque sin acercarse demasiado.

Aquí, Mónica anotó algo en su cuaderno.

—¿Qué has escrito?

—Cambiar de perfume —aclaró—. La memoria olfativa permanece por años.

—Sí, es buena idea. Después empezó a hacer fotos. Yo estaba de espaldas, pero era consciente de que no todas las hacía al fresco. Algunas iban dirigidas a mí. Me sentía tensa, deseando que terminara y se fuera de una vez, pero cuando acabó me dijo que volvería, que su trabajo no había hecho más que empezar, porque aunque había hecho muchas fotos solo utilizaba unas pocas.

—Eso me lo dijo también a mí.

—Cuando se fue, me dejó descolocada durante todo el día. Agitada y nerviosa.

—Y cachonda.

—¡No!

—¡Vamos, Lore, reconócelo!

—De acuerdo... —admitió—. También cachonda.

—¿Y tuviste que acudir a tu novio para que lo solucionara?

—¡Claro que no! ¿Por quién me tomas? No puedo evitar que Cristian Valero me ponga a mil, pero no soy tan rastrera como para acudir a Ernesto y que calme el deseo que me provoca otro hombre. No, lo solucioné yo sola. Algo que no hacía desde que tengo pareja.

—Bien. Ahora me toca a mí. Estuvo en el despacho anteayer para firmar el contrato. Luego me invitó a un café.

—¿Y aceptaste?

—Es lo que me pediste, ¿no? Que desviara su atención de ti.

—Sí, claro —dijo con un suspiro.

—Me comentó que pasaría esta semana por la ermita para ver cómo va el trabajo. Me prometió llamar antes, de modo que cuando lo haga te avisaré para que estés preparada.

—Gracias.

—También me ha pedido que pose para él. Quiere hacerme una sesión de fotos, aparte del trabajo.

—¿Qué tipo de fotos?

Mónica soltó una carcajada.

—Yo fui menos sutil y le pregunté si quería que posara desnuda. Me dijo que eso lo decidiera yo, que quería fotografiarme a mí, el cómo le daba igual.

—Si lo haces, no olvides que tienes una cicatriz de la operación de apendicitis y yo no.

—Eso no es problema, podría haberme operado después de haberlo conocido.

—Cierto.

—O taparla con maquillaje. Mientras desayunábamos me hizo unas fotos con una cámara bifocal. Al parecer hace dos fotos a la vez, prácticamente iguales, pero con algunas diferencias en el encuadre. Como nosotras, iguales, pero no del todo. Me hizo mucha gracia la similitud.

—¿Tú crees que sospecha algo? ¿Que fue una insinuación?

—No, claro que no. Le pregunté por sus cámaras y sacó esa de la mochila. Me dijo que era una de sus favoritas.

—Ya.

—Bueno, ¿seguimos?

—Seguimos.

Continuaron contándose con detalle los encuentros y conversaciones que habían mantenido con el fotógrafo para no caer en ningún error que delatara el engaño. Cuando ya no hubo nada que ignorasen, Lorena se levantó.

—Debo irme, he quedado con Ernesto para cenar. Vendrá a buscarme en breve.

—¿Y vas a ir así vestida?

—¿Qué tiene de malo mi ropa?

—Nada, salvo que oculta tu cuerpo a la perfección. ¿Por qué no te pones algo atrevido y sexi para variar?

—Porque la única vez que lo hice acabé en la cama con un desconocido.

—Pues ahora hazlo para tu novio. Para que se ponga tan cachondo que no se pueda acabar ni el postre y te arrastre hasta el asiento trasero del coche y te folle allí como un animal en celo.

—Ernesto no es así.

—Todos los tíos son así si se les da la munición suficiente. Hazlo, y ya verás cómo se te quitan todas esas tonterías con el señor Valero.

—¿Tú crees?

Mónica se encogió de hombros.

—Por probar no pierdes nada.

—No tengo ese tipo de ropa, tendré que ir a comprar algo la semana que viene.

—Yo sí tengo, y somos de la misma talla, recuérdalo. ¿Por qué dejar para mañana lo que puedes hacer hoy? Vamos arriba.

Arrastró a su gemela por la escalera de hierro que llevaba al piso superior y abrió el enorme armario.

Empezó a sacar ropa y a echarla sobre la cama.

—Escoge.

Lorena levantó uno a uno los vestidos desechándolos de inmediato.

—¿No tienes algo más de mi estilo?

—Esta noche no te vale tu estilo, nena. Se trata de volver loco a tu novio para que te dé una noche de sexo desenfrenado que saque de tu mente todo vestigio de Cristian, ¿no?

—Sí.

—Pues hay que ir a por todas. Este.

Levantó un vestido rojo vino corto y ajustado, con un insinuante escote en uve.

—Pruébatelo.

Le quedaba como un guante, aunque un poco ajustado en el pecho, lo que hacía que aún este resaltara más.

—Estás para que te coman enterita... de la cabeza a los pies.

Lorena sonrió. A Ernesto no le entusiasmaba el sexo oral, y a ella tampoco hasta que Cristian la había hecho correrse una y otra vez con la boca antes de penetrarla. Pero, quizá con aquel vestido las cosas cambiaran y también Ernesto quisiera comérsela enterita, como insinuaba Mónica.

Su hermana le ahuecó el pelo con los dedos y se lo acercó a la cara, dándole un aspecto agresivo.

—Perfecta. Ahora solo queda esperar a que llegue tu novio. Y si con este aspecto no te devora, más te valdría mandarlo a paseo.

Se miró al espejo y tuvo que reconocer que se veía sexi y atractiva.

—Ernesto es un buen amante —comentó.

—Entonces, genial —dijo Mónica callándose que, si en vedad lo era, por qué no la hacía olvidar su noche con Cristian Valero.

Cuando el móvil vibró sobre la mesa del salón, Lorena comprobó que la llamada era de Ernesto y salió a reunirse con él. Su hermana le guiñó un ojo antes de cerrar la puerta tras ella.

Subió al coche, y se sentó al lado de su novio; la falda se le subió hasta medio muslo y los ojos de él se deslizaron por sus piernas. Luego la miró a la cara con el ceño levemente fruncido.

—¿Lorena? ¿Eres tú?

—Claro...

Ernesto asintió.

—Por un momento me has parecido tu hermana. Conmigo no utilizaréis esos jueguecitos típicos de las gemelas de cambiaros una por la otra, ¿verdad?

—Por supuesto que no. Además, a ti no podríamos engañarte, ¿no? Me conoces demasiado bien.

—¿Entonces por qué vas vestida como Mónica? ¿O has decidido cambiar tu guardarropa?

Lorena suspiró. Odiaba mentirle, pero no podía decirle la verdad.

—Me he derramado el té encima y Mónica me ha prestado esto. Le dije que íbamos a salir a cenar y ha insistido en que llevase uno de sus vestidos y no pantalones.

—Estás muy guapa, pero no es tu estilo.

—¿Entonces no te gusta?

Ernesto lanzó una apreciativa mirada a las piernas y al escote y dijo:

—Claro que sí, pero me gusta más cuando vas vestida de Lorena. De «mi» Lorena.

Se sintió irritada.

—Pues llévame a casa y me cambio.

—No, no, qué va... Vas a alegrarme la noche, cariño, a nadie le amarga un dulce. Pero quiero que sepas que para mí estás igual de preciosa con esta ropa que con el chándal de andar por casa.

Lorena cerró los ojos por un momento.

«Esto es amor —se dijo—. Amor de verdad, el que yo quiero en mi vida. Un hombre que me encuentre preciosa con un chándal viejo y deformado.»

Pero no podía controlar la ligera decepción que se había instalado en su mente.

Llegaron al restaurante, uno de los más caros de la ciudad. Ernesto podía permitírselo, era biólogo en uno de los laboratorios farmacéuticos más importantes de la comarca. Y tampoco era tacaño; cuando salían a cenar la llevaba a sitios con estilo, con buena comida y ambiente selecto. Si iban al teatro, tenían los mejores asientos; si hacían un viaje, se alojaban en hoteles de cinco estrellas.

Por supuesto, había reservado y, también en esta ocasión, les dieron una buena mesa; nunca dejaba nada al azar.

Lorena tomó asiento frente a él, quería que la viera, que estuviera pendiente de su escote toda la noche y que se saltara el postre como había predicho Mónica. Mientras le veía desplegar la servilleta con calma, con sus manos firmes y elegantes, pensó:

«¡Sáltate el postre, por favor! Dame la pasión que necesito esta noche.»

Aunque lo del asiento trasero del coche jamás sucedería con Ernesto, él siempre había dejado claro que su lugar favorito para hacer el amor era la cama. Pero, a pesar de ser convencional, era un buen amante. Se tomaba el tiempo necesario para hacerla disfrutar y parecía adivinar lo que prefería en cada momento. Ella deseó con toda su alma que también esa noche adivinara lo que quería.

Cogió la carta y la leyó con atención. Escogió un plato de pescado y Ernesto hizo lo mismo. Por un momento contempló al hombre guapo que tenía delante. Estatura mediana, delgado y elegante. El cabello rubio corto y cuidado, los ojos marrones en los que le gustaba perderse de noche después de hacer el amor, la boca fina y suave. Las manos de dedos largos que acariciaban con suavidad. Él le sonreía a través de la mesa.

—¿Lorena?

Salió de su momentánea abstracción.

—¿Qué?

—Te he preguntado cómo va el trabajo.

—Perdona, estaba distraída.

—¿Puedo preguntarte en qué pensabas?

—En lo guapo que eres.

—¡Vaya... gracias!

—De nada. —Sonrió—. El trabajo va bien.

—¿El fresco está muy dañado? La otra noche parecías agotada.

—Me dolía la cabeza. Y no, no parece estar demasiado mal, para encontrarse medio escondido en una ermita rural. Creo que en poco tiempo estará terminado.

«Al menos eso espero», pensó. Cuanto antes estuviera terminado, antes saldría Cristian Valero de su vida otra vez.

—¿Y a ti? ¿Cómo te ha ido la semana? ¿Habéis avanzado algo en el nuevo proyecto?

Sacar el tema del trabajo de Ernesto garantizaba un buen rato de no hablar de otra cosa. A él le apasionaba lo que hacía y casi nadie se interesaba por ello, por lo que, cuando encontraba la ocasión, se extendía en las explicaciones.

Durante toda la cena la conversación giró sobre fórmulas,

avances y márgenes de errores. Lorena no estaba dispuesta a permitir que la conversación decayese, tenía miedo de que se produjera un silencio, de que Ernesto se diera cuenta de que la cabeza se le iba con frecuencia lejos del restaurante.

Cuando terminaron, él sugirió:

—Me han dicho que aquí la tarta de frambuesas es excelente. La bañan en licor antes de servirla.

—¿Quieres postre?

Él frunció el ceño.

—¿Tú no? Adoras los postres, siempre pides un solo plato para poder disfrutarlos. ¿No tienes hambre? ¿Te sientes mal?

—No, no es eso... no sé por qué pensé que a ti no te apetecería...

—Aunque a mí no me apeteciera, que no es el caso, eso no sería motivo para que no lo tomaras tú. Pediré la carta.

—No, no hace falta. Me apetece la tarta de frambuesas; por lo que has dicho debe de estar deliciosa.

Les trajeron dos enormes trozos de tarta. Lorena hundió la cucharilla en el suyo y paladeó el sabor. Ernesto tenía razón, era exquisita. Se dijo que era una estupidez perderse ese placer para adelantar un poco lo que estaba segura sucedería más tarde. Ernesto estaría impaciente por llevarla a la cama y se aguantaba para que ella disfrutase de todo lo que le gustaba de la velada, postre incluido.

Terminada la cena, cuando de nuevo subieron al coche, él le preguntó:

—¿Tu casa o la mía?

—La tuya.

Solían alternar las respectivas viviendas para pasar el fin de semana. Y aquella noche Lorena necesitaba salir de su entorno habitual.

Llegaron al piso de Ernesto y este ofreció:

—¿Te apetece una copa? ¿Ver una película?

Lorena se sintió irritada de nuevo. Llevaban una semana sin verse. ¿No podía arrancarle la ropa de una puñetera vez y arrastrarla a la cama? ¿No podía dejar de ser tan correcto y educado y darle lo que quería? Se acercó a él y lo besó en la boca con fiereza. Ernesto respondió al instante abrazándola y profundizando el beso. Luego, se separó y le sonrió.

—Ya veo que tienes otros planes. Vamos.

La agarró de la mano y se encaminaron al dormitorio. Levantó la colcha, la desnudó despacio mientras besaba lentamente todo su cuerpo, como solía hacer. Lorena suspiró y se resignó a que aquella iba a ser una noche como todas las demás.

Ernesto se tomó su tiempo para acariciarla, sin percatarse de la urgencia que invadía a Lorena. La excitó, le hizo el amor y la llevó al orgasmo poco a poco, controlando los tiempos para llegar juntos. Después, la acercó a él, la rodeó con el brazo y se durmió de inmediato. Ella se quedó mirando al techo con un regusto amargo en la boca e incapaz de conciliar el sueño.

«Esto es lo que me gusta de él —se decía una y otra vez—. Ernesto es así, y yo estoy enamorada.»

Cuando comprobó que no conseguiría dormir por mucho que lo intentara, y que empezaba a correr el riesgo de que otras imágenes se colaran en su cabeza, se levantó y salió al salón. Abrió el bar y, tras servirse una generosa ración de whisky, se sentó en el amplio sofá a bebérsela, confiando en que la ayudaría a descansar.

5

Té o café

El lunes siguiente, a media mañana, Lorena se encontraba en la ermita retocando con minuciosidad y cuidado la esquina inferior del fresco, la que en peor estado se encontraba, cuando sonó el móvil. Un respingo hizo que se le cayera la espátula con la que rellenaba un trozo de yeso que había desaparecido a causa de la humedad. Se apresuró a recogerla y mirar quién la llamaba. Más tranquila al comprobar que se trataba de su hermana, se limpió las manos en el trapo que tenía en el suelo y respondió.

—Hola, Moni, buenos días.

—¿Lo son?

—¿Por qué no iban a serlo?

—¿Significa eso que el sábado todo salió como esperabas? ¿Que Ernesto te tuvo toda la noche en danza y que ya ni te acuerdas de que existe un tío llamado Cristian Valero?

—No, no significa eso.

—¿No funcionó?

—Me temo que no. Ernesto es un animal de costumbres y se comportó como siempre.

—Entonces creo que voy a darte una mala noticia. Cristian me ha preguntado si estaré mañana en la ermita.

—¿Mañana? ¿Tan pronto?

—Sí.

—¿No puedes retrasarlo un poco más? ¿Dos o tres días?

—Lore, ¿qué ganarías con eso? Solo estar varios días más llena de nervios. Quítatelo de encima cuanto antes.

—Sí, tienes razón. De acuerdo, le veré mañana. Gracias por avisar.

—De nada.

Cortó la llamada y salió un momento a tomar el aire. Necesitaba respirar y hacerse a la idea de que lo vería al día siguiente. Tenía casi veinticuatro horas para mentalizarse. Lo conseguiría. Trataría a Cristian de una forma profesional y eficiente. Lo ocurrido la última vez estuvo motivado por la sorpresa. Todo iría bien en esa ocasión.

Al día siguiente, Lorena se convenció a sí misma de que estaba preparada para enfrentarse a Cristian. No obstante, mientras trabajaba, permaneció atenta a cualquier ruido que se pudiera producir para que su llegada no la pillara desprevenida.

Sobre media mañana un fuerte cosquilleo en la nuca le hizo comprender que él estaba allí, aunque no había escuchado abrirse la puerta. Se obligó a seguir trabajando, fingiendo una indiferencia que no sentía.

Escuchó los leves pasos apenas perceptibles a su espalda, caminaba como un gato que se acerca a su presa para sorprenderla, y logró no sobresaltarse cuando él dijo justo detrás:

—Buenos días, Mónica.

—Hola, Cristian —respondió sin mirarle.

—Veo que no ha avanzado mucho el trabajo...

—Te equivocas. Ha evolucionado bastante, lo que pasa es que un ojo inexperto no lo aprecia.

—*Touché!*

—Cuando lo fotografíes, y si eres tan buen observador como dices, al comparar las fotos con las del otro día notarás la diferencia.

—Lo soy, no te quepa duda. Y si hay alguna diferencia, por pequeña que sea, la veré. Estoy acostumbrado a observar los detalles. El manejo de Photoshop me obliga a ello.

—Entonces, manos a la obra. Los dos tenemos trabajo que realizar.

Él enarcó una ceja.

—¿Estás tratando de echarme de nuevo? Hoy no te lo voy a permitir.

Lorena respiró hondo. Lo había intentado.

—Bueno, pues entonces tómate el tiempo que quieras; yo tengo que seguir trabajando.

Cristian la agarró con suavidad por el brazo. Los dedos de él quemaban a través de la vieja sudadera y tuvo que hacer un tremendo esfuerzo para no dar un tirón que la librase del contacto. Solo le había tocado el antebrazo, y cualquier reacción por su parte sería exagerada y él se percataría de que la había perturbado y eso rompería la imagen de normalidad que deseaba transmitirle.

—No tan rápido. Es la hora del café —invitó él, mostrando un termo que sacó de su eterna mochila.

—¿Café? Yo no tomo café... —Lorena recordó que Mónica sí lo tomaba y Cristian lo sabía— cuando restauro. Si se derrama sobre la pared el resultado puede ser catastrófico.

—No tenemos por qué tomarlo aquí —dijo él—. Detrás de la ermita hay un banco donde podemos sentarnos a saborearlo y, de paso, charlar un poco sobre la sesión del sábado. Hace un día precioso de otoño.

Comprendiendo que no iba a tener escapatoria, Lorena se resignó a salir con él y, peor aún, a beberse el café que no le gustaba en absoluto.

—De acuerdo, dame un minuto para limpiarme las manos.

Se agachó y, cogiendo un frasco de gel desinfectante, se aplicó una pequeña cantidad en las palmas y las frotó con vigor una contra la otra.

Cristian la observó hacerlo y su vista se posó sobre el pequeño lunar en la unión entre el pulgar y el índice. Se había fijado en él la noche que pasaron juntos, lo había besado y lamido a conciencia. Qué poco podía imaginar entonces que esas preciosas manos correspondían a una restauradora porque, dijera lo que dijese, era más una restauradora que una administrativa. La pasión contenida, la excitación la rodeaba cuando estaba en la ermita y no cuando se encontraba en el despacho.

Lorena salió con Cristian detrás. Sentía la mirada de él en su trasero mientras caminaba, y empezó a perder el poco aplomo que había conseguido reunir.

La explanada estaba preciosa, Cristian tenía razón. Los colores del otoño, los ocres, marrones y dorados se mezclaban en una combinación perfecta que solo la naturaleza podía conseguir. El fotógrafo que había en él no se pudo contener y, sacando una cámara de su mochila, disparó aquí y allá captando el momento.

—Hay una luz perfecta —dijo a modo de disculpa—. Dentro de cinco minutos habrá cambiado.

Lorena se sentó en el banco y lo observó mientras trabajaba. Se sobresaltó un poco cuando volvió la cámara hacia ella y disparó dos veces seguidas.

—¿Qué haces?

—Te inmortalizo en este momento.

—No, por favor, no lo hagas.

—¿Por qué no? Te encanta que te hagan fotos.

Lorena se encogió de hombros.

—Pero no ahora.

—¡Vamos, Mónica! Relájate y posa.

—No me apetece.

—De acuerdo. Pero espero de verdad que te apetezca el sábado, porque no me gusta trabajar con alguien que se siente incómodo con la cámara.

—El sábado irá bien.

Cristian soltó una leve carcajada y se inclinó para mirarla

a los ojos. Los de él la observaban divertidos, mientras ella intentaba desviar la vista.

—Eres muy rara. ¿Te lo habían dicho antes?

—Alguna vez —dijo nerviosa ante su cercanía.

Cristian se perdió en sus ojos y encontró en ellos algo que nunca había visto con anterioridad. Una especie de temor oculto, como el de un animal acorralado, y se dijo que no era eso lo que quería de Mónica Rivera.

Contuvo las ganas de besarla que de pronto le habían asaltado y se retiró, sentándose en el banco a su lado.

—De acuerdo, nada de fotos hoy. Pero te advierto que me desquitaré el sábado.

—Me parece bien.

Sacó el termo de café y Lorena se dispuso a beberse el repugnante líquido. Nunca lo había soportado, prefería el té y el chocolate caliente; en cambio, su hermana era una auténtica adicta a la cafeína.

Cristian desenroscó el tapón del termo que se convirtió en un vaso de metal y de su mochila sacó una taza de plástico. Vertió en ellos una cantidad de café con leche.

—Ya tiene azúcar, pero si lo quieres más dulce tengo algunos sobres en la mochila.

—¿Eso es una mochila o un pozo sin fondo?

—Más bien un kit de supervivencia. A veces voy por ahí y no encuentro dónde comer o dormir. Soy precavido y suelo llevar encima todo lo necesario para sobrevivir unas horas.

Lorena cogió uno de los vasos, el que le pareció más pequeño, y bebió un sorbo. Sintió el líquido caliente deslizarse por su garganta y trató de contener una mueca de repugnancia, que a él no le pasó desapercibida.

—¿No está bueno? No soy ningún chef, pero suelo preparar un café decente.

—Sí, sí, está muy bueno.

—Por un momento me pareció que no te gustaba.

—No es eso, es... que no tengo un buen día hoy. Todo me cae mal.

—¿El trabajo?

—Un poco de todo. Restaurar un fresco es una gran responsabilidad, Patrimonio está muy encima.

—Lo imagino. Pues esto es perfecto para relajarte un poco y soltar estrés. Tomar un café en plena naturaleza, en buena compañía...

Lorena pensó que su compañía era lo que más estrés le ocasionaba, pero tuvo hasta miedo de pensarlo porque temía que su mirada inquisidora adivinase más de lo que deseaba. Cristian alargó la mano y cogió la de ella, apretándola con suavidad.

—Por Dios, Mónica, estás temblando... relájate, mujer, seguro que haces un buen trabajo. No es la primera vez que restauras un fresco, ¿verdad?

—No.

«Suéltame la mano, maldita sea», pensó notando el cosquilleo recorrerle el brazo y deseando, por un lado, dar un tirón y, por otro, que él avanzara en su caricia, que recorriera su brazo hasta el hombro como había hecho en Oviedo. La mirada de Cristian se volvió más oscura y ambos fueron conscientes de que los dos estaban recordando lo mismo. Con una leve caricia del pulgar, él la dejó ir y Lorena apuró su café casi de un trago, conteniendo las ganas de vomitar.

—Tengo que volver al trabajo —dijo levantándose y dirigiéndose a la ermita.

Cristian permaneció sentado en el banco, consciente de la corriente sexual que se había apoderado de ellos durante unos segundos. Respiró hondo y se preguntó por qué demonios Mónica fingía ignorar lo que sucedía entre ellos, y por qué se comportaba de un modo tan diferente cuando estaba en el despacho y en la ermita. ¿Por qué se negaba a reconocerlo como el hombre con quien había compartido una noche inolvidable?

Cuando se relajó lo suficiente para no abalanzarse sobre

ella y besarla hasta que aceptara la realidad, regresó al interior de la iglesia con la cámara dispuesto a cumplir su trabajo, y también a robarle alguna que otra foto a la mujer que ocupaba sus pensamientos desde que la había vuelto a encontrar; aunque en realidad nunca había salido de ellos del todo desde la primera vez que la vio y la tuvo en sus brazos.

Lorena volvía a estar muy tensa. Fingía trabajar mientras le escuchaba, como la vez anterior, disparar la cámara una y otra vez a sus espaldas. Ninguno de los dos habló durante un tiempo que a ella se le antojó interminable, y a él, muy corto.

—Ya he terminado —dijo acercándose para despedirse.

—Espero que hayas conseguido buenas fotos.

—No lo sabré hasta que llegue a casa.

—Seguro que sí.

—Nos vemos el sábado, ¿no?

—Sí, por supuesto.

—Por un momento pensé que podías haberte arrepentido.

—No, nada de eso.

—¿Has pensado ya la ropa que te quieres poner, el lugar y todo lo demás?

—No del todo. Mejor te llamo el viernes y concretamos.

—Perfecto. Y ven relajada, como el otro día. Si estás como hoy, poco podremos hacer.

—Sí, sí... lo sé. No te preocupes, el sábado estaré a la altura. Hoy solo tengo un mal día.

—Bien, pues que mejore tu día —dijo inclinándose y besándola en la cara.

Lorena contuvo el aliento; por un segundo creyó que no iba a conformarse con la mejilla. De hecho, deseó que no lo hiciera, pero él se separó y se alejó por el pasillo entre los bancos en dirección a la puerta.

Cuando escuchó el sonido del coche de Cristian alejarse por la estrecha carretera que bajaba hasta el pueblo, se sentó en el primer banco y enterró la cara entre las manos. No entendía qué le pasaba, por qué no podía sentir ese hormigueo y ese deseo cuando estaba con Ernesto. Por qué era más intensa una caricia en su mano de Cristian que un orgasmo con su novio.

Comprendiendo que no iba a calmarse sin ayuda, rebuscó en su bolsa de trabajo y sacó dos pastillas de valeriana que había guardado «por si acaso» y se las tomó con un sorbo de agua. Después, salió a dar un paseo por los alrededores antes de volver al trabajo.

6

Sesión de fotos

Mónica terminó de dar un vistazo a su casa antes de que Cristian llegase. Había hecho caso a su hermana y limpiado y recogido todo su desorden habitual. No había prendas de ropa en el sofá ni sobre la cama; tampoco platos en la encimera ni en el fregadero. Contenta de haberlo conseguido pero consciente de que no duraría mucho, le hizo una foto y se la mandó a Lorena.

Inquieta y nerviosa por naturaleza, se sentía incapaz de sentarse a esperar a que él llegara. Habían quedado sobre las cuatro, Cristian dijo que prefería la luz del atardecer.

Lorena respondió el mensaje de su hermana con una llamada.

—Qué bonita está tu casa cuando la ordenas.

—¿Verdad que sí?

—¿Estás nerviosa?

—No, ¿por qué iba a estarlo?

—Pues porque lo vas a meter en tu casa a hacer una sesión de fotos. Tu casa, tu intimidad...

—No estoy nerviosa en absoluto. Es un fotógrafo que viene a hacer fotos. Yo no me muero por los huesos del señor Valero.

—Yo no me muero por sus huesos, Moni.

—Ya, solo por su pene, ¿no? Que si va a juego con el resto de su cuerpo tiene que ser de los que hacen hasta daño.

—No hace daño.

—Por supuesto que no; si lo hiciera tú no estarías deseando repetir.

—Moni, yo no... yo...

—Ya lo sé, tú estás enamorada de tu Ernesto, pero eso no quita que te quieras tirar a nuestro fotógrafo favorito. Y si eso no es cierto dime por qué coño estoy yo aquí hoy intentando atraer su atención sobre mí para librarte a ti de la tentación.

Lorena suspiró y no dijo nada. Su hermana no había dicho más que la verdad.

—Pero no te preocupes, nena. Esta tarde, a poco que la cosa se ponga a tiro me lo llevo a la cama a que se saque la espinita, y de paso yo me encuentro un buen revolcón.

—¿Te... te vas a acostar con él hoy? —preguntó Lorena sintiendo un nudo duro en la boca del estómago.

Mónica captó al instante el cambio de tono en la voz de su gemela y sonrió.

—Claro. De eso se trata, ¿no? Yo me lo follo, aunque sin mucho entusiasmo, él se desengaña, comprende que las cosas han cambiado desde Oviedo y te deja en paz.

—Sí, sí... eso es.

—Lore, ¿qué pasa? ¿No quieres que lo haga? Todavía estás a tiempo. Una palabra y solo sesión de fotos.

—No, Moni, es lo que habíamos hablado. Solo que no pensaba que fuera a ser esta tarde.

—Lo que pasa es que no te gusta un pelo que me acueste con él.

—Eso me da igual.

«Y una mierda», pensó.

—No te preocupes, seré una amante sosa y aburrida para que se desengañe y se olvide de lo que pasó en vuestra noche desenfrenada.

—No es fácil ser aburrida con Cristian. Yo suelo ser bastante convencional, pero con él...

—Te desmelenaste.

—Sí.

—Bueno, pues yo no lo haré; te lo prometo. Me tenderé en la cama, le dejaré hacer y procuraré que acabe rápido.

—No, Moni. Disfrútalo porque merece la pena.

—Vale. Pues ya lo comentamos mañana. Están llamando, debe de ser él.

Cristian llegó cargado con varias bolsas negras de nailon que depositó con cuidado en un rincón.

—¡Cuántas cosas!

—Todavía tengo más en el coche. Una buena sesión necesita mucho material, y no sabía cuánta luz natural tenías aquí. Montar un buen estudio es complicado. Hay que estar preparado para cualquier eventualidad. Para poca luz, para mucha... Ahora vuelvo con el resto.

Salió y regresó a los pocos minutos cargado con varias bolsas más.

—Ya está todo. ¿Empezamos?

—¿Quieres un café antes?

—Solo si tú lo necesitas para sentirte cómoda.

—Estoy cómoda.

Cristian la observó. Se la veía relajada y tranquila, sin asomo de la tensión que había padecido en la explanada de la ermita días atrás.

—Sí, eso parece. Aunque quizá debería aceptar ese café para saber cómo te gusta. Está claro que el que yo te preparé el otro día, no. Hiciste auténticos esfuerzos para tragarlo.

Mónica sonrío recordando lo que Lorena le había contado sobre su invitación en la puerta de la ermita.

—Soy muy especial con el café. Mejor no me lo vuelvas a preparar.

—De acuerdo.

—Empecemos, entonces.

Cristian se despojó de la cazadora de cuero, quedándose en vaqueros y camiseta, y comenzó a desembalar el material. Mónica contempló con detenimiento el cuerpo atlético del hombre, los músculos moviéndose bajo la tela, el trasero marcado por los pantalones y entendió aún mejor la fascinación que despertaba en su hermana. Sin embargo, no se pudo imaginar en la cama con él, aunque se hubiera comprometido a hacerlo. No le costaría ningún esfuerzo mostrarse pasiva, si es que llegaban a enrollarse, algo de lo que no estaba segura. Como bien le había dicho a Lorena, no saltaban chispas entre Cristian y ella.

Él seguía moviéndose, colocando el equipo. Sacó un trípode que afianzó en medio de la habitación y al que atornilló una cámara que guardaba dentro de una mochila acolchada.

—¿Hoy no traes la cámara bifocal?

—No. Hoy solo analógica y digital. ¿Algún problema?

—No, no... tú eres el experto.

Mónica lo observaba trabajar mientras montaba dos *flashes*. Se movía con soltura y parecía haberse olvidado de que ella estaba allí, silbando una canción pegadiza mientras sus manos iban colocando y atornillando piezas. Seguía contemplándolo a sus anchas, y comparándolo con Ernesto que, aunque guapísimo, carecía del atractivo sexi y animal del hombre que tenía delante.

—Bueno, vamos a ello. ¿Tienes pensado dónde quieres las fotos? ¿Con qué ropa?

Mónica se miró el vaquero y el jersey ajustado que llevaba.

—No sé... me he puesto esto, pero la verdad es que no tengo ni idea. Pensaba que tú me aconsejarías.

—¿Me das libertad para hurgar en tu guardarropa?

—Claro. Por aquí —dijo precediéndolo por la escalera hacia la planta de arriba. Abrió las puertas correderas que ocultaban una nutrida colección de prendas de todo tipo, desde vestidos sofisticados hasta vaqueros raídos.

—Elige.

Él fue removiendo perchas tratando de localizar el vestido negro que ella había llevado la noche que se conocieron en

Oviedo. La sola idea de fotografiarla con aquel traje le empezó a provocar una erección, que controló al instante.

Sacó una camisa de gasa blanca semitransparente, una bata de raso negro corta y abierta delante, un vestido verde oscuro ajustado y elegante y varias cosas más. Mónica le observaba echar prendas sobre la cama, que con tanto cuidado había despejado un rato antes.

Después, se volvió hacia ella.

—Todo esto vale. Ahora decide tú.

—Va a ser difícil.

—No tienes por qué escoger solo uno. Puedes cambiarte las veces que quieras, tenemos toda la tarde. Yo, al menos, no tengo prisa.

—Yo tampoco.

—Empezaremos abajo, en el sofá.

—¿Vas a hacerme fotos sentada en el sofá?

—Hacer fotos sentado hace que el modelo se relaje. Pero no solo te fotografiaré así; un sofá como el tuyo da mucho juego y ofrece infinitas posibilidades.

—De acuerdo; tú mandas.

—Para el sofá escoge algo de color. Blanco con banco no queda bien.

—¿La bata negra?

—Perfecta.

Cristian bajó y la esperó mientras ajustaba el ángulo de la cámara para enfocar el sofá. Hizo varias pruebas de luz y con los *flashes*. Los leves pasos de Mónica en la escalera le hicieron alzar los ojos para mirarla. Estaba preciosa, con la bata ajustada con un lazo en la cintura y un poco abierta sobre el pecho. Totalmente controlada, en absoluto nerviosa ni insegura. Podría trabajar con ella sin problemas a pesar de que se le abriese un poco la bata, sin sentirse incómodo.

Antes de que se sentara se acercó y le hundió las manos en el pelo revolviéndolo y dejándolo como si acabara de salir de la cama. Mónica lanzó una carcajada.

—Acabas de destruir media hora de secador.

—No te preocupes, con un buen cepillado volverá a su sitio. He hecho esto antes.

—¿Para sesiones de foto o en la vida real?

—Un poco de todo.

—Bien. ¿Cómo me pongo? ¿Derecha? ¿Recostada?

—Sabes posar. No quiero fotos rígidas, siéntate y muévete a tu aire que yo disparo. Si hay algo que quiera que hagas, ya te lo diré. Debe parecer que te acabas de levantar, así que tú misma. Compórtate como lo haces siempre.

—¿Y si me pillas en medio de un bostezo o con los ojos guiñados?

—Pues esa foto no servirá, y punto. Pero la naturalidad es importante.

Ella empezó a moverse y a hablar.

—¿Me acabo de levantar para ir al trabajo o de pasar la noche con un tío bueno?

—Lo del tío bueno, mejor. —Rio—. No creo que ir a trabajar siente muy bien. Salvo que te apasione lo que haces. Puedes pensar que vas a ir a la ermita si quieres, cuando estás allí tu expresión cambia bastante. Hay más pasión, aunque las fotos salen peor.

—¿En serio? ¿Por qué salen peor?

—Supongo que porque estás muy tensa.

—Ya. Es verdad, lo estoy.

—Quieta... no te muevas... —advirtió él captando un ligero desperezo con los ojos cerrados y la cabeza un poco echada hacia atrás.

—Perfecta esta. Sigue moviéndote. Ahora, cruza las piernas.

Durante un rato trabajaron en silencio, impartiendo solo alguna que otra sugerencia que Mónica captaba a la perfección. Después, Cristian propuso:

—Ya es suficiente, ahora cámbiate de ropa y busquemos otro espacio. Quizá la terraza antes de que cambie la luz.

—¿Qué me pongo?

—La camisa de gasa con unos *leggins*.

—La camisa se transparenta un poco.

—Con un sujetador del mismo color o, si no te sientes cómoda, con un top o una camiseta debajo. Pero que sea blanco.

—De acuerdo.

Cristian volvió a mover el equipo adaptándolo al nuevo entorno y a la luz cambiante de la tarde.

Mónica bajó poco después, con la camisa sobre un sujetador blanco.

—¿Bien así?

—El pelo recógetelo de forma informal. Que queden mechones sueltos.

—Vale.

Entró en el baño y salió poco después. Cristian sonrió; había captado su sugerencia. Un par de mechones caían sobre la cara, pero él había esperado que se hubiera recogido el pelo como lo hacía cuando trabajaba en el fresco. Había fantaseado con soltar aquella aguja y ver caer los mechones sobre la espalda.

—¿No tienes la aguja de marfil que usas en la ermita?

—No... qué va. La suelo dejar allí.

—Vaya. Bueno, no pasa nada. Así estás bien.

Mónica se colocó en la terraza y Cristian empezó a disparar. De frente, de perfil, de espaldas. La línea de su cuello relajada le hizo pensar qué pasaría si lo besara. ¿Se enfadaría? Borró ese pensamiento de su cabeza y siguió con su tarea.

A la camisa siguió un vestido de cóctel y la sesión se hizo en la cocina y en la barra americana que la separaba del salón con una copa de vino en la mano.

—Creo que es suficiente —comentó Cristian por fin—. ¿O quieres alguna otra?

—No. Estoy cansada, llevamos ya mucho rato

—Sí, aunque parezca una tontería una sesión de fotos resulta agotadora, tanto para el fotógrafo como para quien posa.

Él empezó a guardar el material con sumo cuidado. Cada cosa en su sitio, cada cable, cada pequeña pieza tenía su hueco en las diferentes fundas. Cuando todo estuvo recogido, Mónica, sentada todavía en un taburete junto a la barra, le preguntó:

—¿Tienes prisa?

—Ninguna, ya te lo he dicho.

—¿Te apetece terminar la botella? —Señaló el vino aún colocado dentro de una cubitera con hielo—. Una vez abierta, se estropea con rapidez. Además, has trabajado muchísimo, te mereces una copa.

—De acuerdo.

—Prepararé algo para picar.

Se dirigió al frigorífico y cortó un poco de queso que colocó en una bandeja. También unas aceitunas y unas patatas que volcó de un paquete recién abierto. Sacó otra copa y lo llevó todo hasta la mesa colocada ante el sofá, en el que se sentó con gesto desenvuelto. Cristian se acomodó a su lado, bastante cerca, sin que ella rehuyera su proximidad.

—Por una tarde muy divertida —dijo Mónica alzando la copa.

—Opino lo mismo.

—Ya me dices cuándo están las fotos. ¿Tienes idea de cuántas vas a aprovechar?

—Hasta que no las vea, no puedo decírtelo. Pero no te hagas ilusiones, no serán muchas.

—¿Y si las quiero todas?

—No.

—Te las pagaré...

—Ni aunque lo hagas a precio de oro. Un fotógrafo no entrega un trabajo que considera malo. Tú verás solo las que yo quiera que veas, no se hable más.

—Vale. ¿Y puedo preguntarte cuáles son tus favoritas?

—Las del sofá. Y las de la ermita del otro día.

—¿En serio?

—Sí. No son tan buenas fotos como estas, pero hay algo en ellas que no sale cuando posas. Una naturalidad de las que estas carecen.

—Vaya...

—Es extraño, pero es así. Supongo que no querrás que te haga una sesión de fotos en la explanada.

—No.

—Es que es muy extraño, cuando estás allí pareces... diferente. ¿Eres bipolar, acaso?

—No... no creo. Es solo que el trabajo de restauración crea en mí una tensión que no tengo habitualmente.

—Será eso.

—¿Y cuál de mis dos yo te gusta más? —Dejó que una nota de coquetería se colara en sus palabras, mientras le miraba insinuante.

—¿La verdad?

—La verdad.

—Pues, aunque te parezca raro, a mí también me lo parece porque hoy estás preciosa, la restauradora. A pesar de los vaqueros manchados y el olor a trementina mezclado con tu perfume habitual.

Se inclinó hacia ella y aspiró el perfume.

—Aquí hasta el perfume huele diferente. Es el mismo, pero huele diferente.

—Eres muy observador.

—Me lo han dicho antes.

Mónica no se había movido cuando Cristian se inclinó hacia ella y él lo tomó como una invitación. Acercó la cara un poco más y se arriesgó a besarla, aunque no descartaba un rechazo.

Sin embargo, ella entreabrió los labios y respondió con pericia; entrelazó su lengua con la de él y profundizó el beso. Se dejaron caer contra el respaldo del sofá y alargaron la caricia durante unos minutos, las manos de Cristian enredadas en la melena castaña, las de ella sobre el cuello masculino. Luego, al separarse, él clavó sus ojos en los de Mónica y dijo:

—Has aprendido a besar.

—¿Qué?

—Que ahora besas mucho mejor, pero has perdido algo, no sabría decirte qué, pero algo.

Ella entrecerró los ojos.

—Cristian, tú y yo nunca nos hemos besado antes.

Él ladeó una sonrisa.

—Si tú lo dices...

Y volvió a besarla.

Mónica se esforzó por poner una pasión que no sentía. Cristian besaba bien, muy bien, pero no conseguía excitarla lo suficiente. Sobre todo, cuando se coló en su mente la voz de su hermana diciendo con acento desolado:

«¿Te vas a acostar con él hoy?»

Se separó. Él la miró con fijeza a los ojos.

—Mejor lo dejamos, ¿no? —preguntó.

—Sí. Esto ha sido un error, Cristian.

—Opino lo mismo.

Apuró su copa de vino y comió un poco de queso.

—¿No te importa que me quede a terminar esto? Estoy hambriento.

—Por supuesto que no. Comamos y bebamos.

Durante un rato, el que tardaron en terminar la botella y las viandas que había sobre la mesa, charlaron sobre Patrimonio y los problemas que Mónica tenía en encontrar la financiación necesaria para las restauraciones. Eludió con habilidad las preguntas sobre la ermita, a las que respondía solo de forma general y sin profundizar en el tema. Cuando ya no quedó una gota de vino ni una cuña de queso o una aceituna, Cristian volvió a sondear a la preciosa mujer sentada a su lado buscando una pizca de deseo en su mirada. No lo encontró y, con un suspiro de desánimo, se levantó para marcharse.

Mientras colocaba las bolsas en el maletero del coche, con cuidado de que el vaivén no estropease nada, dio rienda suelta a su decepción. Había esperado mucho de esa sesión fotográfica. Confiaba en que, mientras la realizaban, se estableciera entre ellos una comunicación más íntima, menos formal. Mónica había posado de forma magistral, como una auténtica modelo, y de ello saldrían unas fotos excepcionales, pero en ningún momento había encontrado en ella esa chispa que veía en sus ojos cuando estaba en la ermita. El nerviosismo y la tensión a flor de piel que la rodeaba cuando estaba restaurando. Tampoco el deseo contenido que él percibía, idéntico al suyo propio, cuando estaban cerca. Por mucho que Mónica insistiera en que nunca se habían besado antes, él sabía que sí lo habían hecho. Besarse y mucho más. Tanto que esa noche se había quedado prendida en su recuerdo durante dos años, a pesar de que no esperaba volverla a ver.

Cuando la encontró en la oficina de la empresa de restauración, su sorpresa fue mayúscula, pero ante la negativa de ella a reconocerle, decidió dar carpetazo a la historia. Para lo que no estaba preparado fue para lo que sintió al verla en la ermita. Su pulso se aceleró, su respiración se agitó y los recuerdos de aquella noche en Oviedo volvieron con nitidez a su memoria, y le golpearon con fuerza. Comprendió que no había sido una noche más, ni una mujer más, sobre todo cuando al acercarse advirtió en ella la misma turbación que sentía él, y que tan bien había sabido disimular unos días antes en la oficina.

Con esos pensamientos martilleándole en la cabeza, condujo hacia su casa, acosado por el recuerdo de los besos fríos que habían intercambiado aquella tarde. Mónica le había besado con una técnica perfecta, muy lejos de los inexpertos y apasionados besos de María. De los que él había esperado compartir aquella tarde, y que confiaba le ayudarían a conocer mejor a aquella mujer que le gustaba mucho, y que intuía podía ser alguien especial en su vida. Pero hubiera sido un error quedarse, aunque quizá Mónica no le hubiera rechazado; tenía claro que no era el momento.

Cuando llegó a su casa, se preparó una cena ligera para completar lo que había tomado en casa de Mónica y se puso a visualizar por encima las fotos que acababa de tomar.

Lorena había quedado con Ernesto para ver una película. Tenía que distraerse de la idea de Mónica y Cristian en la cama. Tampoco tenía ganas de hablar, así que la posibilidad de ver algo era perfecta. Los dos eran muy aficionados al cine y pasaban muchas tardes en casa viendo una película detrás de otra.

Pero aquel día no conseguía concentrarse, la cabeza se le iba y cada vez se sentía más desolada, aunque una vocecita perversa en su cabeza le decía que eran celos y no desolación lo que sentía. Le decía que era ella y no su hermana quien debía estar en brazos de Cristian Valero esa tarde.

Miraba a Ernesto, enfrascado en la trama que se desarrollaba en la pantalla, y se sentía una traidora, una mentirosa y una falsa por lo que le estaba haciendo. Ella siempre había ido con la verdad por delante, pero si le decía lo que le pasaba iba a terminar una relación que funcionaba a la perfección por un capricho que se le iba a pasar. Se le tenía que pasar.

Ahora que Mónica se iba a acostar con Cristian, todo cambiaría. Pero si no era así, hablaría con Ernesto y se lo contaría.

La película terminó, prepararon una cena que ella apenas probó y, aduciendo un fuerte dolor de cabeza, se fueron a la cama sin tocarse, para alivio de Lorena. Ernesto se volvió de espaldas para darle su espacio y ella luchó para contener las lágrimas que pugnaban por salir mientras intentaba conciliar el sueño. Jamás pensó que Cristian volviera a aparecer en su vida, y mucho menos lo que su presencia despertaría en ella. No era de las que creían en el amor a primera vista, el suyo por Ernesto se había ido fraguando y fortaleciendo a lo largo de varios meses hasta acabar en la relación que en esos momentos tenían. Pero no podía negar que Cristian despertaba en ella algo que su novio nunca le había provocado, y era un deseo tan intenso y devastador que no se sentía capaz de controlar. Ni los celos que la carcomían ante la idea de que en aquellos momentos su hermana estuviera en sus brazos. Cerró los ojos y trató de dormir, pero lo único que consiguió fue rememorar imágenes de su noche con Cristian, lo que la deprimió aún más.

7

Una visita inesperada

Lorena aguantó como pudo el domingo sin llamar a su hermana, pero con la esperanza de que esta se pusiera en contacto con ella a lo largo del día. No lo hizo, y no se atrevió a llamarla temerosa de interrumpir algo especial. No tenía ninguna duda de que así sería también para Mónica; Cristian era un hombre que dejaba huella.

El lunes, en cuanto estuvo segura de que su hermana estaría ya en el despacho, no pudo dominar más la incertidumbre y la llamó impaciente y temerosa a la vez.

—Hola, Lore —saludó Mónica.

—¿Qué? —preguntó directa.

—¿Qué, qué?

—Sabes muy bien a qué me refiero, Moni. ¿Qué pasó el sábado?

—Tuvimos nuestra sesión de fotos. Es buen fotógrafo el *jodío*... exigente, minucioso y muy profesional.

—¿Y después?

—Nos sentamos a tomar una copa de vino...

—¡Ve al grano! —Respiró hondo antes de preguntar—. ¿Te acostaste con él?

La angustia era tan patente en la voz de Lorena que su hermana estuvo tentada de decirle la verdad, pero sabía que si lo hacía no la ayudaría a descubrir los sentimientos que

Cristian empezaba a despertar en ella. Esos que se negaba a admitir.

—Sí.

El suspiro al otro lado del teléfono sonó casi como un sollozo. A Mónica se le encogió el corazón, pero siguió adelante.

—Tenías razón, folla de puta madre. Pero como te prometí, no me dejé llevar por la pasión, me mostré más bien fría y poco participativa. Si lo que quieres saber es si tuvimos una noche loca y desmadrada, no fue así. Echamos un polvo de lo más normalito y luego se fue. Me dijo que había ganado técnica, pero había perdido algo y no hizo el más mínimo intento de repetir, de modo que creo que te has librado de él.

—Estupendo, Moni —dijo Lorena sintiendo una lágrima cálida deslizarse por su mejilla. El corazón acababa de rompérsele en pedazos, pero era mejor así—. Gracias.

—No hay de qué.

«Lo siento, nena, es por tu bien.»

—Te dejo, Lore, debo trabajar; tengo una reunión con Patrimonio en cinco minutos.

—Vale.

Lorena apagó el móvil y lo guardó en el bolsillo del pantalón. Abatida, salió de la ermita con la sensación de que se ahogaba allí dentro, que apenas podía respirar. Las imágenes de su hermana en la cama con Cristian inundaban su mente, y no se creía en absoluto que se hubiera mantenido fría y poco participativa. Con él eso era imposible.

Se sentó en el banco donde habían tomado el café y pensó en la química que aún había entre ellos. ¿Habría notado la diferencia? Había dicho que follaba mejor, pero había perdido algo. Y quizá eso había hecho que no quisiera repetir. En Oviedo no se había conformado con hacerlo una sola vez. Ni dos. No había sido un «polvo normalito» lo que habían compartido aquella noche de hacía dos años.

Por un momento pensó qué pasaría si volvieran a acostarse juntos. ¿Sería igual que entonces? ¿Saltarían chispas, fuegos artificiales y erupciones volcánicas como aquella noche o el tiempo transcurrido marcaría una diferencia? Pero nunca lo iba a averiguar, porque ella no le iba a ser infiel a Ernesto.

Cuando estuvo más calmada, entró de nuevo y se puso a trabajar, deseando alejar de su mente la idea descabellada que se le acababa de ocurrir.

Dos días después, Cristian volvió a aparcar en la explanada de la ermita.

A pesar de la decepción del sábado anterior, del beso frío y controlado que habían compartido, no podía dejar de pensar en ella, y casi sin darse cuenta se encontró conduciendo por la serpenteante carretera que llevaba hasta allí, sin siquiera pararse a averiguar si ese día Mónica trabajaba en el despacho o en el fresco.

Cuando vio el coche aparcado se relajó. En la tablet llevaba unas fotos para mostrarle, que le servirían de excusa para presentarse sin ser invitado.

Bajó del coche y, con la mochila al hombro, se acercó a la puerta. En el umbral se detuvo a contemplarla mientras trabajaba y un deseo feroz de arrancarle la aguja de marfil del pelo y hundir las manos en la melena castaña se apoderó de él. Y de otras cosas. Luego recordó el beso del sábado anterior y se contuvo. Algo había fallado aquella tarde, no sabía bien qué.

Lorena se sintió observada y volvió la cabeza. El corazón le dio un vuelco al ver a Cristian parado en la entrada, observándola. Miles de pensamientos le cruzaron la mente, todos ellos relacionados con lo que había ocurrido entre él y Mónica después de la sesión de fotos. Debería haber hecho de tripas corazón y preguntado a su hermana los detalles. Pero la sola idea de saberlos se le antojaba insoportable.

—¿Qué haces aquí?

—Pasaba cerca y te he traído unas fotos para que les des el visto bueno.

—Cristian, nadie pasa cerca de aquí, esto está a muchos kilómetros de todo.

—También para ti, ¿no? ¿Haces a diario los casi doscientos kilómetros que hay desde Madrid?

—No. Bajo a Madrid solo cuando tengo que ocuparme de algo urgente que Adela no puede solucionar, y los fines de semana. El resto del tiempo me alojo en un pueblo cerca de aquí.

—Yo volvía de entregar un trabajo y, como me gusta conducir, no me importó desviarme un poco para enseñarte las fotos. Tenía la intuición de que te encontraría, que hoy no estarías en la oficina

—¿Fotos del fresco?

—No, las tuyas. Salgamos un momento, no nos llevará mucho tiempo. Fuera hay mejor luz, los colores se apreciarán mejor.

—De acuerdo.

Se limpió las manos con el gel y lo siguió hasta el banco de la explanada. Se sentó en un extremo y él se acomodó a su lado, muy cerca. Lorena empezó a ponerse nerviosa y a Cristian no le pasó desapercibido.

—No temas, hoy no he traído café.

—Solo fotos.

—Exacto... solo fotos.

Cogió la tablet y buscó la carpeta con el nombre de Mónica. La abrió y la pantalla se llenó de iconos correspondientes a otras tantas imágenes. Las fue abriendo una a una. La primera que contempló fue una de su hermana bebiendo una copa de vino, ese vino que quizá había compartido con él tal vez en la misma copa. Que quizás había derramado sobre su cuerpo desnudo para beberlo después, como había hecho con ella en Oviedo.

No pudo evitar que su mirada se posara en su boca, grande y generosa, y el pulso se le aceleró. Por suerte, Cristian estaba mirando el aparato y no se dio cuenta, o al menos eso esperaba.

Más fotos... Mónica en el sofá, sexi a más no poder con su bata negra de raso medio entreabierta, que parecía ofrecerse al fotógrafo en cada gesto. Los celos la corroyeron por dentro, incapaz de creer lo que su hermana le había dicho sobre lo de comportarse fría y poco participativa.

—¿Qué te pasa? —preguntó él levantando la vista de repente—. ¿No te gustan?

—Sí, claro que me gustan... son muy buenas. Es solo que estoy algo sorprendida.

—¿Pensabas que no soy tan buen fotógrafo como digo y que iba a sacar una mierda de fotos?

—No, no es eso. Es que yo no sabía que pudiera posar tan bien... no era consciente de que me mostraba tan...

—¿Tan...? —volvió a preguntar acercándose más.

—Tan sexi...

Cristian sonrió y la recorrió con la mirada de arriba abajo. Los pantalones manchados de pintura, la camiseta verde oscuro cubierta por una sudadera vieja, el pelo recogido con la aguja de marfil sobre la nuca.

—Al contemplarte ahora nadie lo diría, la verdad. Pero lo eres, Mónica; eres tremendamente sexi.

Cada vez estaba más cerca. Lorena no podía separarse sin caerse del banco. Echó la cabeza un poco hacia atrás para poner más distancia entre ellos, justo lo suficiente para que Cristian captara el destello de deseo en sus ojos. Soltó la tablet en el banco, alargó la mano hacia Lorena y, tras agarrar la aguja con dos dedos, tiró de ella y liberó el pelo que se desparramó brillante sobre los hombros.

—Mucho mejor así —susurró con voz ronca, cargada de pasión. Y agarrándole la nuca con una de sus enormes manos, la besó antes de que pudiera retroceder.

Lorena, a su pesar, entreabrió los labios y le permitió entrar en su boca. Le dejó hacer al principio, solo unos instantes, para luego enredarse con él en un beso apasionado, el tipo de beso que no había experimentado desde hacía dos años. Se aferró a sus hombros con fuerza y Cristian la rodeó con los brazos y la atrajo hasta aplastar sus pechos contra él. Ladeó la cabeza para profundizar el beso, hasta hacerla jadear contra su boca. Cuando tuvo que respirar, se separó y la miró con intensidad. Y encontró los ojos de la misteriosa desconocida del hotel Tryp de Oviedo, esa mujer que se le había entregado como nadie más lo había hecho. Esa mujer que había marcado un antes y un después en su vida.

—Joder... —susurró— ¿Por qué no me besaste así el sábado? Todo habría sido muy diferente...

«Entonces, Mónica tiene razón», pensó. No respondió, solo se encogió de hombros.

—Hubiéramos podido repetir aquella noche en Oviedo... aún existe la misma química entre nosotros.

—No...

Cristian colocó la mano sobre su boca para hacerla callar. No permitiría que lo negara de nuevo.

—Calla, Mónica, no lo digas. No repitas que esa noche no existió; los dos sabemos que sí.

—De acuerdo, existió. Pero pertenece al pasado. Hace dos años de eso... tengo novio ahora.

Cristian se separó, incrédulo.

—¿Tienes novio? No te creo.

Lorena cogió su móvil del bolsillo y buscó entre las fotos una de ella y Ernesto dándose un pico.

—Ernesto —dijo con la foto en la pantalla.

—Una pregunta. ¿Ya estabas con él aquella noche?

—No. Le conocía, pero todavía no estábamos juntos. Empezamos a salir unos meses después.

—¿Y sientes con él lo mismo que conmigo? ¿Gritas como lo hiciste entonces? ¿Te corres una y otra vez hasta perder la consciencia?

—Por supuesto.

—Entonces ¿por qué me has devorado la boca hace unos instantes?

—Yo no te he...

Cristian no le dio tiempo a terminar la frase. Sabía lo que iba a decir y no le permitiría que lo hiciera, que se engañara a sí misma ni a él. Volvió a besarla, esta vez con un beso exigente que pedía una respuesta, respuesta que Lorena le dio a su pesar. La besó una y otra vez, sin casi permitirle respirar, solo jadear y apretarse contra él para buscar su cuerpo. Clavarle los dedos en la espalda para mantenerlo cerca. Cristian la levantó en vilo sin dejar de besarla y la colocó sobre su regazo a horcajadas y ella se frotó contra su erección mientras gemía en su boca. La mano de él se deslizó bajo la ropa, levantó el sujetador con impaciencia y buscó el pezón, que pellizcó sin miramientos. Lorena se frotó contra él con más ímpetu, arqueó la espalda y alcanzó un orgasmo que la hizo gemir y convulsionarse sin control en cuestión de segundos. Después, consciente de lo que había ocurrido, se separó y agachó la cabeza, avergonzada.

—¿Qué es lo que no me has devorado? —preguntó él levantándole la barbilla y mirándola con los ojos entrecerrados.

—Cabrón... —susurró—. Acabo de decirte que tengo novio. Me has obligado a besarte y a...

—Yo no te he obligado a nada... me he limitado a besarte. La respuesta ha sido solo tuya, la que se ha movido sobre mí hasta correrse has sido tú. Y sí, me has dicho que tienes novio, pero quizá deberías replanteártelo porque dudo mucho que esto hubiera pasado si él te hace sentir todo eso que afirmas.

—Estoy enamorada de Ernesto.

—Si tú lo dices...

—¿Por qué me haces esto? ¿Es para demostrar que tienes poder sobre mí?

—No, Mónica. Porque me gustas mucho, porque no he olvidado Oviedo y he vivido dos años con la esperanza de volver a encontrarte. Y ahora que lo he hecho, no te voy a dejar ir sin más. Puedes decirle a tu Ernesto que si quiere conservarte va a tener que hacerlo mejor y luchar por ti, porque yo no voy a renunciar. Y mucho menos después de esto —dijo, y le posó de nuevo la mano sobre el pecho para rozar el pezón con el pulgar.

Lorena se levantó y se apartó con brusquedad.

—Por favor, Cristian, no lo hagas. Sal de mi vida. Quiero a Ernesto, me gusta la vida que tengo con él. Entrega tu trabajo y márchate.

—Ni de coña.

—Al menos no vuelvas a la ermita. Búscame en el despacho.

—Sí, allí te pones el uniforme de ejecutiva agresiva y puedes controlar mejor tus emociones, ya me he dado cuenta. Pero no te servirá de nada. Después de lo que acaba de pasar no voy a renunciar, aunque te escondas en el despacho o en esa casa tan preciosa que tienes. Lo que empiezo a sentir por ti va más allá de un calentón, nunca ninguna mujer me ha interesado tanto, y creo que te sucede lo mismo. ¿Por qué no darnos una oportunidad? Quiero llevarte a cenar, a dar un paseo, o permanecer aquí contigo viendo cómo trabajas sin que me eches con cajas destempladas a la primera de cambio.

—Ya te lo he dicho, porque tengo novio.

—Pero eso no impide que te sientas atraída por mí. Deberías averiguar lo que de verdad sientes... y quieres.

Él alargó la mano y le acarició los mechones que colgaban a ambos lados de su cara.

—Vete ahora.

—Sí, ya me voy. Pero volveremos a vernos.

—En el despacho.

—Donde tú digas.

Lo vio recoger la tablet y guardarla en la mochila, meterla en el maletero y subir al coche

Se perdió por la carretera llena de curvas y ella se quedó allí sentada con el alma dividida y el cuerpo agitado pidiéndole lo que sabía que solo Cristian Valero podía darle.

8

Confesiones

Lorena no consiguió continuar con el trabajo. Se sentía agobiada y confusa y la sola idea de ver a Ernesto el fin de semana le producía tal sensación de traición que decidió sincerarse con él, aun a riesgo de perderlo.

A media tarde se marchó al hostal donde se quedaba durante la semana y, tras cambiarse de ropa, cogió el coche y se presentó en casa de su novio sin avisar.

Este abrió mucho los ojos cuando la descubrió en el umbral.

—¡Lorena! Menuda sorpresa... solo es jueves.

—Lo sé. Espero no pillarte en un mal momento.

—Claro que no, para ti nunca es un mal momento. Pasa.

Apenas entró, se relajó de repente. Todos los nervios que había sentido durante el trayecto en coche se evaporaron. Nunca había sido una cobarde ni una mentirosa y ocultarle a Ernesto lo que le ocurría le empezaba a pasar factura.

Él la contempló serio por un momento y le dijo:

—No vienes solo a verme, ¿verdad?

—No. Hay una cosa que tengo que contarte.

—Sentémonos entonces. ¿Qué te ocurre? ¿Estás enferma?

Lorena negó con la cabeza mientras le seguía al interior y se sentaba a su lado en el sofá.

—Habla pues.

Respiró hondo y decidió ignorar todas las frases que había ensayado por el camino. Empezó por el principio.

—Hace un par de años, cuando todavía no estábamos juntos, conocí a un hombre en un congreso. Pasé la noche con él. Nunca había hecho algo así antes ni tampoco después. Regresé a casa y no volví a tener noticias suyas; luego nosotros empezamos a salir juntos y no volví a acordarme de aquello.

—Y si eso ocurrió antes de que empezáramos a estar juntos, ¿por qué me lo cuentas ahora?

Lorena se mordió levemente el labio.

—Porque ha vuelto a aparecer en mi entorno. Es fotógrafo y Patrimonio lo ha contratado para que realice un reportaje sobre el románico en la provincia de Palencia.

—Lorena, ¿tratas de decirme que sientes algo por ese hombre?

—No... Trato de decirte que me siento muy confusa. Yo te quiero, de eso no tengo ninguna duda, pero cuando él está cerca algo se remueve dentro de mí. No puedo explicártelo, no es amor; pero no puedo mirarte a los ojos sin sentir que te engaño, que te miento. Y eso me está destrozando.

Ernesto guardó silencio por un momento. Luego la miró a los ojos.

—¿Y qué es lo que quieres? ¿Simplemente que sepa lo que ocurre?

—Quisiera que nos tomáramos un tiempo sin vernos. Necesito aclararme, Ernesto. Me siento fatal con todo esto.

—De acuerdo. Si no estás segura de lo que sientes por mí...

—Sí lo estoy. De lo que no estoy segura es de lo que siento por él.

—Es lo mismo, Lorena.

—No... no lo es. Lo de Cristian fue solo sexo y de verdad que no había vuelto a pensar en ello hasta que ha aparecido de nuevo en mi vida. A ti te quiero...

—Entonces ¿dónde está el problema?

Lorena enterró la cara entre las manos.

—¡No lo sé! Y necesito tiempo para averiguarlo.

—¿Necesitas aclararte o lo que quieres es volver a acostarte con él sin el remordimiento de estar conmigo y sentir que me traicionas?

—No, no es eso, de verdad. No quiero acostarme con él, no tengo intención de hacerlo.

—Bien... tómate el tiempo que necesites. Cuando te aclares seguiré aquí, si todavía quieres que esté. Una relación es algo más que sexo, al menos para mí.

—Lo sé. Y la nuestra funcionaba perfectamente.

—Hasta que apareció él.

—Aún funciona, es solo que no puedo mentirte. Necesito que sepas lo que me pasa —dijo sin ocultarle las lágrimas que rodaban por su cara—. No estoy rompiendo contigo, ¿vale? Solo necesito tiempo para aclararme.

—De acuerdo. Sabes dónde encontrarme cuando lo hagas.

Se levantó y, tras murmurar un leve «gracias», salió del piso. Subió al coche y se dirigió a casa de su hermana.

Esta, al igual que Ernesto, se sorprendió al verla en su puerta.

—¡Lore! ¿Qué pasa? Todavía no es fin de semana.

—¿Tú también? ¿Tan previsible y cuadriculada soy que el hecho de que haya adelantado un día mi llegada os causa extrañeza?

Mónica se encogió de hombros.

—Un poco metódica y cuadriculada sí que eres. Pero algo pasa, ¿no? Has llorado, aún hay restos de llanto en tu cara.

Lorena entró y se acomodó en el amplio sofá blanco donde Mónica había posado para Cristian unos días atrás. No pudo evitar pensar que quizá habían hecho algo más que posar en él, y preguntó:

—¿Dónde fue?

—¿Dónde fue qué?

—¿Dónde te acostaste con Cristian? ¿En la cama o aquí en el sofá?

Mónica abrió mucho los ojos y sintió una punzada de remordimientos.

—¿Has llorado por eso?

—No. Solo lo pregunto por curiosidad. Mis lágrimas son por otro motivo. He hablado con Ernesto y le he contado lo de Cristian; no podía seguir mintiéndole. Hemos decidido darnos un tiempo hasta que yo me aclare. Por eso lloro, Moni. Sé que le he hecho daño y no se lo merece.

—¿Cómo se lo ha tomado?

—Bien. Ha dicho que cuando tenga claro lo que siento que estará ahí, si quiero seguir con él. Yo no me merezco eso, porque lo único en lo que pienso es en meterme en la cama con Cristian. Esta mañana vino con la excusa tonta de enseñarme unas fotos de tu sesión del sábado y nos besamos. El mundo entero se removió a mi alrededor, y...

—¿Y?

—Me corrí sentada en su regazo mientras nos besábamos. Por eso decidí hablar con Ernesto.

—Pues adelante, acuéstate con él. Sabes que hasta que no lo hagas no vas a poder aclarar lo que sientes.

—No, Moni. Si lo hago, y descubro que lo de aquella noche solo fue sexo y que lo que pasa es que lo tengo mitificado, no tendría la poca vergüenza de presentarme ante Ernesto y decirle que es él con quien quiero estar. Debo resolverlo sin acostarme con Cristian. Lo que voy a hacer es no ver a ninguno durante un tiempo, para decidir con libertad lo que quiero.

—¿Y cómo lo vas a conseguir?

—Me voy a quedar en Palencia, no voy a venir a Madrid durante unas semanas.

—Cristian no dejará de aparecer por la ermita.

—Le pedí vernos solo en el despacho y ha aceptado. Confío en que lo cumpla.

—Bueno, si crees que funcionará...

—Tiene que funcionar, o mi vida se va a ir al garete.

—No se va a ir al garete, solo cambiará, Lore. Y es posible que incluso para mejor.

—No... ¿Qué demonios hago yo, metódica y cuadriculada, con un fotógrafo *freelance* que va de la ceca a la meca y ni siquiera tiene un estudio en un sitio fijo? Aparte de que no estoy segura de que él quiera algo más serio que una noche de sexo como la que tuvimos hace dos años. Yo soy una mujer de relación estable.

—Nunca sabrás lo que él quiere si no le das una oportunidad.

—No voy a hacerlo, Moni. Voy a luchar contra la atracción que Cristian Valero ejerce sobre mí para poder recuperar mi relación con Ernesto. Eso es lo que quiero, y lo que voy a conseguir.

—Tú misma; si lo tienes tan claro, adelante. Y fue en la cama.

Lorena levantó la vista hacia su hermana. Una punzada de angustia palpitaba en sus ojos.

—¿Qué?

—Antes me preguntaste si nos acostamos en la cama o en el sofá. Empezamos a besarnos aquí, mientras saboreábamos el resto de la botella de vino que había abierto para las fotos.

Mónica advirtió como las manos de su hermana se retorcían una contra la otra. Acalló la punzada de lástima que por un momento la invadió, y continuó con su explicación.

—Luego subimos... nos quitamos la ropa uno al otro y nos metimos en la cama.

Lorena recordó la primera vez que estuvo con Cristian en el hotel de Oviedo. No habían llegado a la cama, lo hicieron contra la pared de la habitación a medio vestir, incapaces de contenerse en cuanto empezaron a besarse.

—No... hace falta que me cuentes nada más.

—Pensé que querrías saber los detalles por si surge en una conversación.

—No voy a volver a tener una conversación con él. Ya te he dicho que me voy a encerrar en la ermita.

—Sí, lo había olvidado. Entonces, como esta va a ser nuestra última noche juntas durante un tiempo, vamos a celebrarlo. Abramos una botella de vino y pidamos algo de comida. Y ¿sabes una cosa, hermana? Cuando todo esto acabe, y logres desengancharte del señor Valero... y vuelvas a estar bien con Ernesto... a lo mejor me planteo buscarle e ir a por él. Folla de escándalo y me costó la misma vida mantenerme fría y contenida.

Lorena sintió una garra helada apretarle las entrañas y susurró con voz ronca:

—Trae ese vino. Hoy me he ganado una buena cogorza.

9

Comida campestre

Después de haber hablado con Ernesto, Lorena se sintió mejor. Retomó su trabajo sin el miedo a que Cristian se desplazara hasta la ermita, y los remordimientos por los besos compartidos unos días atrás se mitigaron. También ayudó el hecho de que el fotógrafo desapareciera durante unos días.

Pero cuando durante toda una semana no tuvo noticias de él no pudo evitar preocuparse. Por mucho que se repetía que era lo que deseaba, y que se alegraba de que hubiera aceptado que ella mantenía una relación estable con otro hombre y la hubiera dejado en paz, una vocecita interior le susurraba que no era normal que se rindiese tan pronto.

Después de pedirle que se vieran solo en el despacho, sospechó que se hubiera tomado sus palabras al pie de la letra y que su hermana estuviera siendo el objeto de sus visitas... y de sus besos... y de muchas más cosas.

Tenía que averiguarlo, debía saber si era así, porque la idea de que estuviera con Mónica se le hacía insoportable.

Cuando el teléfono móvil de esta sonó y el identificador de llamadas le mostró el nombre de Lorena, sonrió. Mucho había tardado en telefonearla después de que decidiera esconderse en el pueblo y en la ermita.

—¡Hola, Lore! ¿Cómo va todo? —Su tono jovial y desenfadado contrastó con la voz tensa de su gemela.

—Bien. Tranquilo todo por aquí.

—¿Avanzas en el trabajo?

—Sí, bastante. La parte que estaba en peor estado ya se encuentra casi lista, y el resto es más fácil y rápido. ¿Y por ahí?

—Todo estupendo también. Patrimonio nos ha ampliado un poco el presupuesto, así que andaremos más desahogadas este semestre.

—Genial.

Se hizo un leve silencio en la línea. Lorena, sin decidirse a hacer las preguntas que la carcomían; Mónica, esperando con paciencia que las hiciera. Conocía lo suficiente a su hermana para saber que aquella no era solo una llamada de cortesía.

—Ejem... ¿Sabes algo de Cristian?

Una sonrisa iluminó la cara de Mónica.

—No. ¿Y tú?

El suspiro de alivio traspasó la distancia y se dejó oír claro y preciso.

—Tampoco.

—Estupendo. Se ha tomado en serio lo de dejarte en paz, ¿no?

—Eso parece... Le hablé de Ernesto y creo que ha sido definitivo.

—Me alegro... A ver si pasas página de una vez y vuelves a la ciudad los fines de semana. Te echo de menos.

—Estoy mucho más tranquila y, como el fresco avanza a buen ritmo, seguro que volveré definitivamente en poco tiempo.

—Pero no trabajes demasiado. Sal de vez en cuando, pasea...

—Lo hago. ¿Y tú?

—Yo, ¿qué?

—¿Sales?

—Pues claro. Siempre dedico los fines de semana a divertirme, ya lo sabes.

—¿Sola?

—Lore, si quieres saber si estoy quedando con Cristian, no. No lo he visto desde la sesión de fotos. Has debido de ahuyentarlo de forma muy contundente porque no ha vuelto a dar señales de vida.

—Mejor así.

—Sabes que tendrá que venir más tarde o más temprano para entregar el trabajo, además de mis fotos.

—Claro que lo sé, pero cuanto más tarde, mejor. Así yo lo tendré todo controlado.

«Una mierda lo tienes controlado. Estás muerta de celos.»

—Estupendo. Ahora te tengo que dejar, Lore. Tengo unas llamadas que hacer.

—Vale, ya hablamos.

Más relajada colgó, se volvió con entusiasmo hacia la pared y comenzó a aplicar pigmentos donde estos se habían desprendido, sumergiéndose en el trabajo. Un toque de claxon en la explanada la hizo dar un respingo un rato después.

Tras limpiarse las manos con el gel y un trapo, salió a recibir a su visitante, fuera quien fuese.

—¡Cristian! —susurró al verle bajar del todoterreno con una mochila en la mano.

No lo esperaba; al menos no que la avisara de su llegada. Siempre le gustaba sorprenderla, pero en esta ocasión se había anunciado para no sorprenderla.

—Hola, Mónica. He venido a invitarte a comer —dijo alzando la mochila.

Lorena respiró hondo.

—Te pedí que nos viéramos en el despacho.

—Y yo sé el motivo. No quieres correr el riesgo de que te bese, o te toque... allí te sientes a salvo. Pero puedes estar tranquila, eso no va a suceder. Pienso respetar tu relación o lo que sea que tienes, pero a cambio me gustaría que comiéramos juntos.

—Ya te dije que no como...

Cristian se detuvo a pocos pasos de ella, sin rozarla siquiera.

—Sé lo que dijiste... pero se trata de trabajo. Me gustaría que me explicaras algunos detalles sobre la restauración y prefiero que lo hagas aquí, así me documentaré mejor. Y respecto a comer, lo haremos aquí fuera, el fresco no correrá el riesgo de mancharse.

Lorena suspiró, resignada.

—De acuerdo. ¿Qué quieres saber?

—Almorcemos primero. Hace un día precioso para una comida campestre.

Se sentó en el banco y, tras abrir la mochila, extendió en el asiento un mantel de plástico, sobre el que colocó un *tupper* con filetes empanados. De un bolsillo lateral y térmico extrajo dos latas de refresco de cola.

—Espero que el menú sea de tu gusto.

—Lo es.

—Sé que el otro día tomamos vino, pero con esa carretera que baja hasta el pueblo beber alcohol no es muy recomendable.

—Nunca bebo cuando trabajo, un pequeño error puede arruinar una obra de arte, y por supuesto tampoco si tengo que conducir. Aunque aún me quedan unas horas aquí.

Cristian cogió con los dedos uno de los filetes y le dio un bocado. Lorena le imitó.

—Están muy buenos.

—Receta de mi madre.

—¿Los ha preparado ella?

—No, murió hace unos años, pero yo aprendí la receta.

Por un momento estuvo tentada de preguntarle por la muerte de su madre, por su familia, pero guardó silencio. Cuanto menos supiera de él, de su entorno y de su vida, más fácil le sería olvidarle cuando terminase el trabajo.

Durante unos minutos se dedicaron a comer en amistosa compañía, libres de cualquier tipo de tensión. Cristian se guardó mucho de exteriorizar el deseo que le invadía cada vez que se hallaba cerca de ella y trató de mentalizarse de que estaban en el despacho. Allí no sentía las ganas acuciantes de besarla que le acometían en la ermita. Sin lugar a duda su estilo de restauradora le excitaba más que el sofisticado de empresaria. Decidido a averiguar más de la mujer que tenía delante, se aventuró a preguntarle sobre su vida anterior.

—¿Puedo hacerte una pregunta personal?

Ella se envaró.

—Tranquila, no es «demasiado» personal, sino sobre tu trabajo. ¿Por qué te hiciste restauradora?

Lorena dio un sorbo a su bebida, visiblemente más relajada.

—Porque me encanta el arte y siempre he lamentado el terrible estado en que están algunas obras. Es una vocación, como los médicos. Ellos curan personas y yo cuadros, frescos, policromía de esculturas...

—Eso lo entiendo, pero ¿por qué crear tu propia empresa? ¿Por qué no trabajar para otros o directamente para Patrimonio?

—Lo intenté, pero la falta de presupuesto hacía que se quedaran sin restaurar muchas obras que merecían la pena. Con mi propia empresa puedo bajar los precios y llegar a más «pacientes».

—O sea, que no te haces rica con esto.

—¡No, qué va! —Se miró los pantalones baratos y manchados de pintura y la sudadera deformada—. ¿Tengo aspecto de rica?

—Ahora no, pero en la oficina sueles vestir ropa de calidad. Y la colección de vestidos y complementos que vi en tu armario indica un poder adquisitivo alto.

Lorena sonrió recordando el extenso guardarropa de su hermana. Mónica gastaba una buena parte de su sueldo en vestirse.

—En la oficina tengo que mantener una imagen, no puedo ir con estos trapos.

—Y cuando sales con tu novio, ¿cómo vistes?

Ella empezó a sentirse incómoda con la pregunta. Pisaba terreno resbaladizo y se pensó un poco la respuesta.

—Arreglada y cómoda. Algo intermedio entre la oficina y la ermita.

—¿No te cansas de tantas transformaciones? ¿Quién eres, realmente?

Ella se encogió de hombros.

—Una mujer que ama el arte por encima de cualquier cosa.

Cristian levantó una ceja.

—¿Más que a tu novio?

—He dicho cosa, no persona. Pero no quiero hablar de Ernesto, me has dicho que no ibas a sacar temas personales.

—De acuerdo, no hablaremos de tu novio. Hablemos de ropa. ¿Qué has hecho con el vestido que llevabas en Oviedo? No lo vi en tu armario, me hubiera gustado fotografiarte con él.

—No recuerdo... —mintió para no decir que estaba guardado en una bolsa protectora junto a la ropa de otras temporadas. En su armario, no en el de Mónica.

—Estabas preciosa con él... sexi y a la vez elegante. Me atrapaste en cuanto te vi.

—Cristian, tampoco quiero hablar de Oviedo. Me has dicho que esto era por asuntos de trabajo.

—De acuerdo, solo trabajo. O me echarás de nuevo con cajas destempladas, ¿no?

Lorena se limitó a terminar de comer el nuevo filete que había cogido y no respondió.

—Bien, vayamos adentro, tengo algunas preguntas que hacerte.

Después de recoger en la mochila los restos del almuerzo, entraron en la ermita. Cristian llevaba una larga lista de consultas que hacer y, cuidando mucho de no acercarse demasiado para no ponerla en guardia, las fue desgranando.

Lorena se relajó y respondió a todas con profesionalidad y sin reticencias. La actitud de él le confirmaba que no intentaría besarla ni tampoco pretendía ponerla nerviosa. Como había dicho, era solo trabajo, y ella podía lidiar con eso.

Cuando terminó, Cristian guardó en su mochila las anotaciones y le pidió permiso para tomar nuevas fotografías, que debían contrastar con las anteriores. Como las otras veces, aprovechó para robarle alguna a la restauradora, sonriendo para su interior al verla por primera vez relajada en la ermita. No tanto como en el despacho, pero menos en guardia que las ocasiones anteriores, y comprendió que su cambio de actitud iba a llevarle a conocer mejor a esa mujer tan extraña, que se le estaba metiendo bajo la piel muy rápido. Mónica Rivera le gustaba y le intrigaba a la vez. El halo de misterio que la había rodeado en Oviedo no había hecho más que aumentar, y el interés que sentía por ella y que empezaba a traspasar lo sexual, también.

—Ya he terminado —comentó guardando la cámara—. Me marcho.

—Espero que la información te haya servido.

Él esbozó una media sonrisa que hizo aletear mariposas en el estómago de Lorena.

—Me ha aclarado muchas cosas, sí —confesó, aunque no se refería a temas de restauración. Le había quedado claro que, si quería llegar a ella, debía hacerla bajar la guardia y para eso tenía que dominar el deseo que le inspiraba, contener las ganas de tocarla, de besarla y de revivir la noche en que la conoció—. ¿Puedo volver?

Lorena contuvo el aliento.

—Me gustaría seguir tomando fotos del proceso de restauración. Pretendo hacer un informe exhaustivo de las distintas fases por las que va pasando el fresco. Solo trabajo, lo prometo.

—De acuerdo, si es solo trabajo...

Cristian le tendió la mano para despedirse. Aunque lo que le gustaría era abrazarla y besarla hasta dejarla sin aliento, se contuvo. Pero se negaba a irse sin rozarla siquiera, aunque solo fuera una mano.

Lorena la estrechó sintiendo la fuerza y el calor que desprendía, los dedos le temblaron ligeramente con el roce de los de él. El apretón duró más de lo necesario y bastante menos de lo que ambos deseaban.

—Adiós, Mónica.

Una parte de su mente quiso gritar: «Lorena, soy Lorena», pero solo sonrió y susurró:

—Adiós, Cristian.

Y le vio marchar, esta vez con pesar y no con alivio. Con el corazón agitado y el calor de él aún en sus dedos. Ocultando en su mente el deseo de que la besara, y a la vez agradecida y decepcionada por que no lo hubiera hecho.

10

Nueva visita al despacho

Después del almuerzo compartido en la explanada, Cristian a duras penas podía contener las ganas de ver a Mónica de nuevo. La charla sobre trabajo había distendido el ambiente, y la tensión sexual contenida de otras veces se había relajado un poco, y con ello las reservas de la mujer, siempre en guardia cuando él aparecía en la ermita. Intuyendo que no sería bien recibido si se presentaba de nuevo por allí, decidió pasar por el despacho, apenas tres días después de la charla y el almuerzo compartido. Algo en su interior le decía que encontraría a Mónica realizando su labor administrativa esa mañana.

Para ello, y sin pensárselo demasiado, se encaminó a la pequeña oficina donde estaba situada la empresa. Adela, como siempre, le sonrió al verle entrar.

—Buenos días. ¿Mónica se encuentra aquí hoy?

—Sí, está en el despacho.

—¿Crees que podría recibirme?

—Seguro que sí. Espera un segundo.

Adela entró en el despacho de Mónica, que leía un informe y, cuando alzó la vista de los documentos, le guiñó un ojo con picardía.

—Tu fotógrafo favorito solicita audiencia. Está arrebatador hoy —añadió.

—Hazle pasar.

Se sintió agradecida por la interrupción. El tedioso informe le estaba dando dolor de cabeza y Cristian le brindaba la oportunidad de desconectar durante unos minutos.

Él entró, llenando con su presencia la habitación, y clavó la mirada en la mujer que lo contemplaba desde el otro lado de la mesa. La melena impecablemente peinada, sin un solo cabello fuera de lugar, el vestido elegante y a todas luces caro que cubría su cuerpo le daba un aire sofisticado que no presentaba en la ermita. Allí, entre pinturas y disolventes parecía una persona distinta, más natural, más auténtica.

—Buenos días, Mónica —saludó.

—Hola, Cristian... ¿Qué te trae por aquí?

Él sonrió. Esperaba una frase parecida, hacía muy pocos días desde su último encuentro.

—Pasaba cerca y no he desayunado. Pensé que quizá te apetecería un café... o un té. Después del almuerzo que compartimos el otro día, confío en que no te niegues.

Mónica tuvo que hacer un esfuerzo para no fruncir el ceño. ¿Almuerzo? Lorena no le había dicho nada sobre eso. Su instinto le decía que no debía aceptar, pero la imperiosa necesidad de abandonar el despacho y el tedioso informe por un rato fue demasiado tentadora.

—Un café rápido, estoy muy ocupada.

Se levantó con presteza y juntos se dirigieron a la cafetería donde ya desayunaran una vez. Caminando junto a ella, a Cristian le llegó de forma sutil el perfume que desprendía y le pareció algo diferente al apreciado en otras ocasiones, y que le excitaba sobremanera.

—Hueles distinto. —No pudo evitar comentarle.

—Pues no sé, llevo el mismo perfume de siempre. —Se alegró de haber comenzado a usar la misma fragancia de Lorena, desde que decidieran fingir que eran una sola persona, porque sin lugar a dudas él era un hombre que se fijaba en los detalles—. Debe de ser cuestión de hormonas.

Cristian frunció el ceño, divertido.

—¿Hormonas?

—Sí. ¿No sabías que las mujeres olemos diferente en distintos momentos del ciclo menstrual?

—No tenía ni idea. En realidad, nunca he estado con una mujer el tiempo suficiente para advertir esos detalles.

—¿Nunca has tenido novia?

Habían llegado a la cafetería y Cristian postergó la respuesta hasta encontrarse sentados a una mesa.

—Nunca he salido con una mujer de forma continuada —admitió—. He sido un trotamundos, sin detenerme demasiado tiempo en un sitio ni en una relación.

—Pero vivirás en algún sitio, ¿no?

—Digamos que mi casa está en Madrid, aunque paso largas temporadas fuera.

Alargó la mano y acarició la de Mónica por encima de la mesa. La de ella no tembló, como esperaba, ni tampoco su corazón se agitó. De todas formas, persistió en la caricia.

—Estoy dispuesto a que eso cambie, Mónica. Me gustas mucho, tanto que me estoy planteando quedarme en un mismo sitio, y empezar algo serio si me das la oportunidad.

Ella retiró la mano con rapidez. Esas palabras no le estaban destinadas y se sintió muy incómoda.

—Hemos venido a desayunar.

—Claro. Disculpa. He vuelto a olvidar a tu novio.

Mónica encargó el café al camarero que se había acercado a tomar nota. Se sintió algo tensa al percibir la mirada de Cristian. Cuando el camarero se alejó, él comentó.

—Lo tomas normal.

—¿A qué te refieres?

—Al café. Has pedido café con leche. Cuando yo lo llevé a la ermita parecía que te morías de asco, y pensé que te gustaba de alguna forma especial.

—No, es que... no siempre me apetece tomar café. En ocasiones prefiero el té.

Él se encogió de hombros.

—¿También tiene que ver con el ciclo menstrual?

—Podría ser —respondió con una sonrisa.

—Lo tendré en cuenta.

De pronto, Mónica se sintió cansada de fingir. El juego que llevaban a cabo había tenido su gracia en la niñez y en la adolescencia, pero ya eran adultas, y estaban jugando con los sentimientos de un hombre. Un hombre al que Lorena le gustaba lo suficiente como para cambiar de vida y dejar de ser un trotamundos. Tendría que hablar con su hermana para que pusiera fin a aquel desatino.

—¿Cómo llevas el fresco? —preguntó Cristian tratando de aliviar con la pregunta sobre trabajo la tensión que se había producido en Mónica cuando le acarició la mano. Una tensión que no tenía nada de sexual, pero ya estaba acostumbrado a que, cuando se ponía la ropa elegante, la preciosa mujer que tenía enfrente se recubría de una capa de frialdad que no podía menos que desconcertarlo.

—Va bien —respondió escueta.

—No le queda mucho, según me dijiste.

—No, lo terminaré pronto.

—Necesitaré hacerle algunas fotos cuando esté acabado, para completar mi trabajo. Quiero incluir un informe de las distintas fases de la restauración, eso supondrá algo nuevo y original.

—¿Y el resto del reportaje?

—Ya está terminado. Solo quedan las fotos finales del fresco. Después entregaré el encargo.

—Y no volveremos a verte.

Cristian hurgó en la mirada castaña de Mónica tratando de descubrir si había alivio o pesar en ella ante la posibilidad de que eso sucediera. Pero solo encontró una muda interrogación.

—Yo espero que sí volvamos a vernos. Ya sé, ya sé que tienes novio, pero confío en que me permitas tomar algún café o un té juntos... incluso que te invite a cenar... por los viejos tiempos.

Mónica leyó claramente en la mirada de Cristian que esperaba mucho más que un simple café o una cena. Ese hombre no iba a rendirse y más tarde o más temprano Lorena aceptaría lo que despertaba en ella. Y mandaría a Ernesto al diablo.

—Ya veremos... —dijo evasiva, sin comprometerse a nada.

—¿Qué vas a hacer después? ¿Te dedicarás solo al papeleo?

—¡Qué va! Hay varios cuadros en pésimo estado reclamando mi atención. ¿Y tú? ¿Algún encargo a la vista?

—Tengo varias opciones, pero aún no me he decidido por ninguna.

No quiso hablar de la oferta de viajar a África como fotógrafo para una ONG, que aceptaría sin dudar si ella no se hubiera cruzado de nuevo en su camino. Quizá se tomaría unas pequeñas vacaciones, si no encontraba un encargo que lo retuviera en Madrid, y se dedicaría a cortejarla sin piedad hasta vencer su resistencia. Sabía dónde vivía y dónde trabajaba, y estaba seguro de que solo era cuestión de tiempo que aceptara que lo que sucedió en Oviedo no había sido solo una noche de sexo, y que algo había perdurado en el tiempo. Algo que les hacía temblar cuando estaban cerca, la mayoría de las veces. Algo que se podía convertir en amor si le daban la oportunidad. Era la primera vez que su cabeza y su corazón forjaban esa palabra al pensar en una mujer, y no iba a dejarlo pasar. El dichoso novio tendría que luchar por ella, si quería conservarla.

La voz de Mónica le interrumpió los pensamientos.

—Tengo que volver al despacho. Hay un informe que debo redactar antes de que termine el día.

—¿Irás mañana a la ermita?

—Si acabo el informe hoy, sí. Te avisaré cuando termine el fresco.

—Si tardas, pasaré antes por allí.

—Como quieras.

Se levantaron y se despidieron en la puerta de la cafetería. Cristian se inclinó hacia ella al pasar y aspiró el perfume, que estaba seguro olía diferente. Cuestión de hormonas.

11

Una llamada a medianoche

Cristian se hizo el firme propósito de esperar con paciencia a que Mónica le llamase al finalizar la restauración. No quería arriesgarse a ser pesado y estropear la buena relación que se había forjado en su último encuentro en la ermita, porque en Madrid ella siempre era cordial. Pero no se consideraba un hombre paciente y le estaba costando mucho no coger el coche y desplazarse con cualquier excusa para verla.

Tampoco a Lorena le resultaba fácil el aislamiento. Mónica le había contado su desayuno con Cristian y le había pedido que le dijese la verdad, que había dos hermanas Rivera, y aclarase el desconcierto que veía en los ojos del hombre cuando la miraba. Cristian lo entendería mucho mejor si era ella quien le confesaba el engaño que si lo descubría por sí mismo. Y acabaría por hacerlo, porque no era ningún tonto.

Sin embargo, Lorena se mantenía reacia. El ligero respiro que estaba teniendo le daba esperanzas de retomar su relación con Ernesto, aunque también se sintiera algo decepcionada porque Cristian hubiera aceptado poner distancia. No conseguía entenderse y sus estados de ánimo se disparaban de un sentimiento a otro varias veces al día como si estuviera en una montaña rusa emocional.

Cuando diez días después de la última visita de Cristian

seguía sin noticias de él, su estado de agitación y nerviosismo era tal que no se reconocía. Había llamado a su hermana cada tarde con la esperanza, y a la vez el temor, de que ella le confesara que se veía con el fotógrafo, pero esta no lo mencionaba en sus charlas. También Ernesto le había telefoneado, pero no se había visto capaz de darle una respuesta a la pregunta no formulada que adivinaba en su conversación. Su charla se había limitado a la salud y el trabajo de ambos. Cuando terminó la llamada, se sintió de nuevo una traidora porque su corazón no echaba de menos a su novio y sí al hombre que había vuelto a irrumpir en su vida para ponerla del revés.

Sintiéndose incapaz de soportar otra noche más de insomnio y soledad, cerró la ermita y condujo hasta Madrid.

Se presentó en casa de Mónica a las nueve de la noche, necesitada de compañía y de distracción.

—¡Lore! —murmuró su hermana abrazándola y algo preocupada por las profundas ojeras que rodeaban sus ojos—. ¿Ha ocurrido algo? ¿Cómo no me has avisado de que venías?

Lorena se encogió de hombros.

—Necesitaba compañía... pero si esperas a alguien... —El temor se pintó en su cara por un momento.

Mónica la tranquilizó de inmediato.

—A nadie, pensaba pasar una agradable velada delante del televisor. Siéntate, pareces agotada.

Tras dejarse caer en el sofá, confesó:

—No duermo demasiado bien desde hace días.

—¿Cristian?

—Y Ernesto.

—Sigues sin aclararte. —No era una pregunta. Lorena negó con la cabeza.

—Claro lo tengo... quiero volver con Ernesto, pero me preocupa no echarle de menos... como una especie de liberación con la distancia. Supongo que es porque no siento la presión de estar atada a él mientras esta situación termina. De todas formas, al fresco le quedan dos o tres semanas como mucho y después Cristian saldrá de nuestras vidas y todo volverá a la normalidad.

—¿Estás segura de que es eso lo que quieres?

Ella asintió sin mucho convencimiento.

—Pero esta noche no quiero hablar de hombres... ni de uno ni del otro. Necesito una noche de chicas, de película acompañada de una botella de vino. Tienes, ¿verdad?

Mónica sonrió.

—Por supuesto, y prepararé algo para acompañarlo. Aún no he cenado.

Después de que se bebiera una buena parte de la botella, algo que Mónica le permitió, Lorena se sentía bastante borracha. No tanto como para perder la noción de lo que hacía o decía, pero sí para desinhibirse y que no le importara reconocer ante sí misma el deseo y la atracción que Cristian le inspiraba.

Después de comer y un rato de charla confidencial, en el que Lorena puso al corriente a su hermana de muchos detalles de su noche con Cristian que hasta entonces había mantenido guardados en su recuerdo, Mónica la ayudó a subir trastabillando la escalera que conducía al dormitorio, a desnudarse, y vestida solo con unas braguitas y una camiseta interior bordeada de encaje, la metió en la cama.

—Moni... —dijo con voz suplicante y algo pastosa por el alcohol.

—¿Qué?

—No lo hagas...

—¿Qué no quieres que haga?

—Buscarle... acostarte con él de nuevo. Estoy muy, muy, muy celosa.

—De modo que no lo quieres para ti, pero tampoco para otra. Eso se llama ser como el perro del hortelano, que ni come ni deja comer.

—Soy consciente de que se acuesta con otras, es un hombre muy sexi y muy atractivo... pero contigo es diferente... ¡No puedo soportar la idea de imaginaros juntos en la cama!

—Fue idea tuya.

—Ya lo sé... pero no vuelvas a hacerlo, ¿vale?

—Vale. Y ahora, duerme la mona.

Cinco minutos después, su respiración acompasada le hizo saber que dormía. Se acomodó a su lado, como cuando eran pequeñas y se colaban una en la cama de la otra para compartir confidencias hasta altas horas de la noche.

No podía conciliar el sueño, Lorena se agitaba en la cama de un lado a otro, y pronto comprendió la naturaleza de la inquietud de su gemela. El nombre de Cristian apareció en sus labios entre suspiros y gemidos, e incluso una mano acariciadora le recorrió el vientre buscando algo que evidentemente ella no tenía.

—Soy yo, gilipollas... —susurró divertida—. ¿Y tú eres la que quiere esconderse en Palencia para no verlo? ¿Y volver con Ernesto?

De pronto, una idea divertida pasó por su cabeza. Se levantó con sigilo de la cama y cogió el móvil. Marcó el número de Cristian a pesar de que era más de la una de la madrugada y le susurró a la espalda de Lorena:

—Lo siento, cariño, pero esto también es necesario... Tú nunca darás el paso.

La voz de Cristian sonó muy despierta a pesar de la hora tardía.

—¿Mónica?

—Sí, esa soy yo. Mónica.

—¿Se puede saber qué tripa se te ha roto? Es muy tarde.

—¿Quieres follar?

La boca de él se secó de golpe.

—¿Y qué pasa con tu señor novio, ese Enrique del que tan enamorada estás?

—Ernesto.

—Bueno, Ernesto. ¿Acaso te ha dejado insatisfecha y acudes a quien sabes que te hará disfrutar como una loca? —preguntó con voz acariciante y llena de sensualidad.

«Joder, Lore, si dejas escapar a este hombre eres gilipollas», pensó.

—No, exactamente. He hablado con él y nos hemos dado un tiempo... para aclararme.

Una sensación de júbilo recorrió a Cristian de arriba abajo.

—Entiendo. ¿Y quieres empezar a aclararte esta noche?

—Me gustaría, sí... si a ti te viene bien.

—Dame media hora para llegar.

—Estupendo. Y... Cristian, una cosa más. Me he tomado un par de copas para armarme de valor y llamarte... y por si mañana me arrepiento, no me recuerdes que te he llamado. Di que viniste por propia iniciativa, a entregarme fotos, o porque me echabas de menos o lo que quieras, pero no me digas que te he telefoneado.

—Qué rara eres, joder. De acuerdo, no puedo dormir de lo caliente que estoy, y eso es verdad. Desde esta mañana. Estaré ahí en un pispás, no cambies de idea.

—No lo haré. Te dejo la llave bajo el felpudo.

—¿Como en las películas?

—Algo así.

—¿Tan borracha estás que no puedes salir a abrirme la puerta?

—No, pero si me tambaleara un poco rompería la magia, ¿no? Además, me gusta la idea de esperarte en la cama.

Cristian se la imaginó subiendo un poco bamboleante la escalera hasta el dormitorio, y a él agarrándola para impedirle caerse...

—No, no la rompería. Pero si prefieres darle un poco de misterio al asunto, por mí fantástico. Nuestras noches juntos están llenas de eso. Hasta ahora, preciosa.

Se metió en la ducha mientras un par de fotos terminaban el proceso de revelado, las colgó a secar en la cuerda habilitada para ello y en menos de quince minutos conducía hacia el *loft* de Mónica, excitado como un quinceañero que va a echar un polvo por primera vez.

Mónica se vistió sigilosamente, cogió la llave de repuesto y la colocó bajo el felpudo. Después buscó las llaves del piso de Lorena, las guardó en el bolso y salió de su casa. Subió las escaleras hasta la planta superior y esperó allí sentada en los peldaños hasta que escuchó entrar a Cristian. Después cogió el ascensor y se marchó a casa de su hermana a pasar lo que quedaba de noche.

Cristian localizó las llaves, abrió con cuidado y entró en el *loft*. Llamó con suavidad.

—¿Mónica?

No obtuvo respuesta. Con cuidado subió los escalones y la vio en la cama, dormida o fingiendo estarlo, con el pelo revuelto sobre la cara, un tirante de la camiseta caído sobre un brazo mostrando un pecho casi en su totalidad. Empezó a desnudarse con precipitación, con los dedos torpes por la impaciencia, y se metió en la cama con ella.

Inmediatamente la chica se giró y, apenas él la rodeó con los brazos y empezó a besarle el cuello, abrió los ojos.

—¿Cristian? —preguntó medio adormecida.

—Sí, pequeña... soy yo, Cristian. O Juan, o como quieras llamarme.

La besó en la boca y ella se apretó contra él, pensando en su duermevela que el sueño se estaba volviendo muy real. Y decidió aprovecharlo.

Lo recorrió con las manos, encontrándolo desnudo por completo, como en Oviedo... como en sus fantasías.

—Aquí sobra ropa, ¿no crees? —Cristian se deshizo de la camiseta y las braguitas de ella con rapidez—. Mucho mejor así. Ahora estamos en igualdad de condiciones, Mónica.

—No me llames Mónica; en mis sueños, no.

—¿María entonces?

—Vale.

Volvió a sentirse María. Las manos de Cristian, su boca recorriendo sus pechos, mordiendo sus pezones, la transportaron de nuevo al pasado, al placer exquisito que había sentido en sus brazos y que nunca había vuelto a experimentar desde entonces. Se deshizo de su abrazo y, bajando en la cama, hizo algo que deseaba hacía mucho y que Ernesto siempre había rechazado: se metió el pene duro y excitado en la boca todo lo que pudo. Cristian lanzó un grito incontenible de placer que la hizo profundizar aún más sin importarle la sensación de náusea que experimentó en un primer momento, y que enseguida desapareció. Atenta a los suspiros de Cristian, lo acarició con los labios, con la lengua, sintiendo el poder de controlar el placer de él, embriagándose con la sensación mucho más que con el vino que había ingerido. Mientras lo llevaba al límite del orgasmo se dijo que debía preguntarle a su hermana por la marca de vino para tener una botella en su casa para las noches solitarias. Si le provocaba sueños como ese, estaba dispuesta a convertirse en alcohólica.

Cuando notó que él no iba a aguantar mucho más lo dejó salir de su boca despacio, apretando con los labios cada centímetro, y luego se sentó a horcajadas sobre él y lo hundió en su interior en un solo movimiento. Estaba tan excitada que su cuerpo se adaptó sin problemas al enorme pene sin sentir la más mínima molestia, pensando al sentirse llena que el tamaño sí que importaba. Cuando iba a empezar a moverse, Cristian la sujetó por las caderas.

—Quieta... quédate quieta un poco, no te muevas, siénteme dentro y nada más.

Fue muy difícil obedecerle. Su cuerpo excitado le pedía moverse, frotarse con aquel miembro que la llenaba, que al fin sentía dentro de ella, aunque fuera en un sueño. Un sueño muy real.

Cuando Cristian, que también apretaba los dientes para poder controlarse, le soltó las caderas, ella se movió frenética sobre él. Su intención de ir despacio para alargar el momento fue inútil, apenas descendió un par de ocasiones, su cuerpo tomó el mando y se movió como había deseado hacer muchas veces en las últimas semanas. Alcanzó un orgasmo brutal y desgarrador en cuestión de segundos. Gritó. Una y otra vez, como nunca lo había hecho antes, ni siquiera en Oviedo. Con la cabeza echada hacia atrás, el cuerpo arqueado y los pulmones a punto de estallar.

Después, se dejó caer sobre el pecho macizo cubierto de vello y dejó que sus brazos la rodearan para calmar el temblor que aún sentía estremecerle todo el cuerpo. La boca de Cristian le besó la sien húmeda de sudor y le susurró en el oído un eco de sus propios pensamientos.

—Nunca has sentido esto con él, reconócelo.

Era verdad. Nunca lo había sentido y nunca lo sentiría.

El sueño se prolongó toda la noche. Lorena se adormecía para volver a despertar con las caricias de Cristian, volvía a excitarse, a hacer el amor en un duermevela que, a medida que iban pasando las horas, se parecía más a la realidad.

Cuando un rayo de sol se filtró por una rendija de la persiana entreabierta, abrió los ojos y sintió el cuerpo satisfecho y dolorido. Sí que había sido real el sueño. Se desperezó ligeramente y su mano tropezó con otro cuerpo. Un cuerpo velludo y grande que no era el de su hermana. De un brinco se sentó en la cama y se giró. Cristian dormía con las sábanas enredadas en las caderas, el pelo ondulado y revuelto y la espalda maciza marcada por sus propias uñas. Podía recordar haberlas hundido en la carne en los momentos en que el placer era demasiado intenso.

La realidad la golpeó con fuerza. No había sido un sueño. No sabía cómo, pero él estaba en su cama, o mejor dicho en la de Mónica. Su hermana había desaparecido y ella había vuelto a tener una noche de pasión desenfrenada en brazos de ese hombre que la removía hasta los cimientos con solo tocarla.

—Cristian... —llamó en un susurro, sin saber qué decir porque no tenía ni idea de si él sabía quién era realmente.

—Buenos días, Mónica —respondió abriendo los ojos con una sonrisa—. ¿O debo seguir llamándote María, como me pediste anoche?

Suspiró. No sabía nada, y ella no tenía ni idea de dónde estaba su hermana ni de cómo él había llegado hasta su cama.

—No, puedes llamarme Mónica.

—Se acabó la noche, se acabó el misterio, ¿no?

—Algo así.

Cristian reparó en la cara seria de la chica. Lorena suspiró y se puso la camiseta arrugada que él le había quitado con precipitación la noche anterior. Se sentía muy vulnerable sin la ropa.

—Anoche... anoche yo había tomado unas copas.

—Lo sé.

—No recuerdo muy bien cómo llegaste hasta aquí. Hasta la cama, quiero decir.

—Bueno... yo estaba en mi casa revelando algunas fotos tuyas, excitado como un adolescente, y se me ocurrió venir a enseñártelas. ¿Y por qué negarlo? Con la esperanza de que las cosas se nos fueran de las manos, como ocurrió. Mónica, ya no puedes negar lo evidente.

—¿Cómo entraste? —dijo cambiando de tema—. ¿Te abrí yo?

—No... había una llave bajo el felpudo.

—Déjate de coñas. ¿Te abrí yo?

—De acuerdo, sí, me abriste tú.

—¿Y me seguiste hasta la cama o me perdiste de vista en algún momento?

—¿Importa eso?

—Para mí, sí.

Cristian no supo qué responder. No podía decirle que ella lo había llamado, no quería aceptar lo de la llave en el felpudo...

—No lo recuerdo bien, yo también me había tomado un par de copas... soy consciente de que venía hacia tu casa y de buenas a primeras estábamos en la cama. El resto es confuso.

—Vale. —Respiró hondo.

Él alargó la mano y tomó la de Lorena.

—Mónica... no podemos ignorar lo que ha pasado esta noche. Dame la oportunidad de conocerte mejor. Es evidente que tu novio no te da lo que necesitas...

—Tú me lo das en la cama... pero no en el resto de mi vida.

—Eso no lo sabes. No me conoces, déjame intentarlo.

—¿Intentar qué? ¿Cuánto tiempo crees que duraría esto?

—No lo sé. A juzgar por la forma en que he pensado en ti durante dos años, y lo que siento cuando te veo, creo que mucho.

—No, Cristian. Eres un hombre que se enrolla con mujeres que conoce en la barra de un bar, y no me digas que yo también, porque solo lo hice una vez. Pero para ti no fue la primera, ni la última.

—No, no lo fue, pero contigo es diferente. No te olvidé, Mónica. Y lo que he sentido esta noche no lo había sentido nunca. Pienso que podemos llegar a algo más que a noches de sexo desenfrenado. Me gustaría que así fuera.

—Estoy confusa, Cristian, y esto no ha hecho más que empeorarlo. Necesito aclarar mis ideas y mis sentimientos, y por eso debo pedirte que dejes de acosarme.

—¿Acosarte? ¿Llamas acoso a lo que ha pasado esta noche?

—No sé cómo llamarlo. Por favor, dame un poco de espacio. Ernesto lo ha hecho sin problemas, me ha dado el espacio y el tiempo que necesito.

—¡Yo no soy Ernesto! No voy a desaparecer de tu vida porque tengo un contrato con Patrimonio para entregar una serie de fotos y aún me queda por hacer parte del trabajo. Y porque no me voy a rendir, Mónica Rivera. Voy a seguir dándote la lata hasta que reconozcas que sientes algo por mí. Hasta que dejes de pensar en ese Ernesto del que no te has acordado una mierda esta noche pasada. Y porque tú no quieres que lo haga, lo leo en tus ojos.

—De acuerdo. Pero, por favor, durante un tiempo, no vengas a verme a la ermita. Hazlo en el despacho. Después de tus visitas, mi trabajo de restauración se resiente.

—¿También el día que almorzamos en la explanada?

—También.

—Vale, acepto eso. Pero a cambio tendrás que venir a cenar conmigo una noche. Una cena de verdad, en un restaurante. Nada de unos filetes tomados de forma apresurada en un banco.

—De acuerdo.

—Y ahora... ¿Me invitas a desayunar? ¿O me vas a echar a la calle con el estómago vacío?

—Te invito a desayunar —aceptó resignada.

—Prometo irme después... y darte espacio.

—Hecho.

Lorena abrió el armario de su hermana y se puso la bata de raso con la que esta había posado. Bajó a la cocina y dio gracias por conocer todos los recovecos de la casa de Mónica. Sacó el paquete de café y se lo tendió.

—Prepárate tú mismo el café, a tu gusto.

—¿Y tú? No te gusta como lo hago yo.

—Tengo el estómago un poco revuelto después del vino de anoche. Me tomaré un té.

Compartieron el desayuno en silencio. Lorena sentía sobre ella la mirada de Cristian, tierna y acariciadora, y deseó mandar a Ernesto a paseo y enredarse con él, durase lo que durase. Pero Ernesto era un tío legal y no se merecía que lo mandara a la mierda por un calentón. Iba a tomarse su tiempo para aclararse y decidir, tal como había pensado.

Después de desayunar, Cristian terminó de vestirse y Lorena lo acompañó a la puerta.

Antes de desaparecer en el rellano, se inclinó y la besó en la boca. Un beso tierno y profundo que la conmovió de pies a cabeza. Cuando se separaron, levantó la vista y se encontró con su mirada, que le sonreía a través de las pupilas verdes.

—Volveremos a vernos, Mónica. Te llamaré esta semana para esa cena.

Ella asintió, incapaz de hablar, y cerró la puerta tras él.

12

La cena

—¿Dónde demonios estás?

Fue lo primero que escuchó Mónica cuando desbloqueó su móvil aquella mañana para responder a la llamada de Lorena. Eran las once pasadas, por lo que deducía que la noche de su hermana y Cristian se había alargado bastante.

—En tu casa —respondió tratando de ahogar una risita.

—¿Y puedes explicarme cómo he abierto los ojos y me he encontrado con Cristian en mi cama, perdón, en tu cama? Pensaba que era un sueño y ha resultado que no, que era él en carne y hueso.

El tono de Lorena era de irritación, de modo que decidió no decirle la verdad. Ya habría tiempo para aclararlo todo más adelante.

—Pues te dejé en la cama un poco trompa, me metí a darme un baño y escuché el timbre de la puerta. Puesto que no esperaba a nadie a las dos de la mañana lo ignoré, y cuando salí os encontré a ti y al señor Valero besándoos en el salón como si os fuera la vida en ello, así que esperé hasta que subisteis a la habitación y, con mucho cuidado de no hacer ruido, cogí tus llaves, el bolso y me vine para daros intimidad.

—¡Joder...! No recuerdo nada de eso, solo estar en la cama con él. Ay, Moni... ¿Qué voy a hacer?

Esta lanzó una carcajada.

—¿Os queda mucho por hacer? Porque me fui a las dos y son las doce casi...

—Me refiero a la situación. Cristian... Ernesto...

—Olvídate de Cristian y de Ernesto, y piensa en Lorena. ¿Qué quieres tú?

—No lo sé. Lo que quiero y lo que deseo son cosas diferentes.

—Pues eso es lo primero que tienes que hacer, aclararte.

—Sí. Voy a seguir mi plan de esconderme en el pueblo y cuando tenga las cosas claras, volveré y lo solucionaré todo.

—¿Qué solucionarás?

—Quiero luchar por Ernesto.

—Ya... en la cama con Cristian.

—¡Calla! Pensaba que era un sueño, ¿vale? Cosas del subconsciente, no fue algo voluntario.

—Por supuesto. ¿Y no has oído nunca que el subconsciente sabe más de ti y de tus deseos que tú misma?

—Déjalo estar, Moni. Ahora no quiero sermones ni consejos. En este momento soy yo quien necesita un baño caliente, me duele todo el cuerpo por fuera y por dentro. Menuda noche...

—Pues hala, métete en la bañera, relaja tus músculos y piensa en cómo luchar por Ernesto, que no te ha dejado nada dolorido en su puñetera vida. Un beso, hermana. Nos vemos luego.

—Espera, Moni, tengo que pedirte una cosa.

—¿Qué?

—Cristian ha accedido a no volver por la ermita hasta que acabe la restauración, y a cambio quiere que vaya a cenar con él.

—¿Quieres que te preste aquel vestido que tan bien te sienta?

—No. Quiero...

—No lo digas, Lore. No voy a sustituirte más; se va a dar cuenta y será peor.

—Por favor... por favor, Moni, solo esta vez. No puedo cenar con él, ¿vale? Si lo hago seguro que acabamos en la cama de nuevo y voy a tener que dejar a Ernesto definitivamente y no quiero hacerlo.

—Joder, Lorena, qué obtusa eres. Si no eres capaz de resistir la tentación de acostarte con Cristian es que quieres estar con él y no con Ernesto. Así de claro.

—No es así de claro.

Mónica suspiró de nuevo. Su hermana era muy terca, y tenía el sentido de la conciencia, de lo que estaba bien y lo que estaba mal, muy arraigado. Necesitaba más tiempo y también más de Cristian para aceptar que los sentimientos no se pueden controlar.

—De acuerdo, pero solo una vez más. Y porque sé que acabarás por convencerte de la realidad.

—Y si quiere llevarte a la cama...

—No lo haré, te lo prometo. En lo que a mí respecta Cristian Valero y tú ahora sois pareja y no me acuesto con mis cuñados. Aparte de que no me atrae en absoluto, del mismo modo que a él no le atraigo yo. Iré a esa cena para ayudarte, pero luego me lavo las manos en este asunto. No vuelvas a contar conmigo.

—Gracias. Será la última vez; acabaré el fresco a marchas forzadas y él saldrá de nuestras vidas.

El miércoles siguiente, al anochecer, Cristian llamó al móvil de Mónica.

—Hola.

—Hola, Cristian. ¿Qué tal?

—Muy bien. ¿Y tú?

—Genial.

—Sabes por qué te llamo, ¿no?

—Déjame adivinar; ya tienes mis fotos.

—No, no todas.

—¿Entonces por la cena?

—Podría ser por la cena, pero en realidad quería preguntarte si te apetecería que me pasara por allí.

—¿Ahora?

—Sí. Estaba retocando tus fotos y ya sabes... me pongo cachondo cuando lo hago.

—Ahora estoy ocupada.

—¿Está él ahí? —La voz le salió brusca y enfadada.

—¿Él?

—No te hagas la tonta. Tu novio o lo que sea.

—No, estoy sola.

—¿Y de verdad no quieres que vaya? Podría llevar algo de comer, una botella de champán, un bote de nata... o algo para jugar...

Mónica sacudió la cabeza.

«Lore, eres gilipollas», pensó. Por un momento se le ocurrió decirle que sí y darle un escarmiento a su hermana, pero luego recordó su promesa y que aquel tío era prácticamente su cuñado, o acabaría siéndolo.

—No, Cristian, de verdad que no puedo.

—Hablemos de la cena, entonces. ¿Cuándo te parece que quedemos?

—¿Cuando tengas las fotos?

—Todavía falta un poco para eso. Soy muy minucioso a la hora de retocar, sobre todo cuando deseo quedar bien con la modelo.

—¿Y quieres quedar bien conmigo?

Él soltó una risita

—¿Tú qué crees?

—Pues entonces llévame a un buen sitio para cenar. Y pon tú la fecha.

—¿El fin de semana?

—De acuerdo.

—¿Te recojo el sábado?

—Prefiero que quedemos donde sea.

—Como quieras. Reservo en algún sitio bonito y te mando un mensaje.

—Muy bien.

—¿Alguna preferencia?

—Lo dejo a tu criterio. Sorpréndeme.

—De acuerdo. Si cambias de opinión, voy a seguir retocando fotos.

—No cambiaré. Hasta el sábado, Cristian.

—Hasta el sábado. Y no voy a rendirme, Mónica.

«No lo hagas —pensó—. Mi hermana necesita un tío como tú.»

El sábado a las nueve menos cuarto, Mónica se bajó del taxi ante uno de los mejores restaurantes de Madrid. Sin lugar a dudas Cristian quería impresionarla, o más bien a su hermana. La suplantación se les estaba escapando de las manos, lo intuía, y esa noche, después de que él se hubiese acostado de nuevo con Lorena, le iba a resultar muy difícil meterse en el papel, a menos que se fuera a la cama con él, lo que estaba descartado. Tendría que mantenerlo a raya como fuera.

Cuando entró en el local, un sitio moderno y vanguardista, iluminado con focos semiocultos en el techo para crear un ambiente íntimo, él ya estaba sentado a una mesa algo apartada. Había intentado vestirse como Lorena, lo que la hacía sentirse incómoda con el atuendo. Un pantalón negro y una camisa blanca de seda que se amoldaba al cuerpo, pero ella hubiera preferido algo más sexi. Aunque si quería mantener al señor Valero y a sus deseos bajo control, esa indumentaria funcionaría mejor.

Cristian se levantó al verla acercarse, y la besó en la cara para saludarla. Olía de escándalo, y el pantalón y camisa negros que llevaba le daban un aspecto más delgado e incluso lo hacían parecer más alto.

—Buenas noches. Estás preciosa —le dijo su boca y también su mirada, que se posó sobre los pechos cubiertos de seda.

—Tú tampoco estás mal —dijo observándolo sin disimulos.

—Pues demuéstramelo luego.

—Vamos a cenar y olvídate del postre.

—¿No va a haber postre?

—No lo creo.

—Hummm... ya veremos.

Mónica miró a su alrededor.

—Veo que has apostado fuerte para conseguirlo.

—Querías que te impresionara. ¿Lo he conseguido?

—Todavía no he probado la comida. Ya te lo diré luego.

Cristian la miró. Coqueteaba con él sin disimulos, y no sabía si eso le gustaba o no. La prefería a la defensiva, con la tensión sexual reflejada en sus ojos, signo inequívoco de que cuando él hiciera un movimiento, lo seguiría aun a su pesar. Esta era la Mónica del despacho, de la sesión de fotos, del beso estudiado y perfecto. Ese beso que lo dejó frío y le hizo pensar que la química se había evaporado en los dos años transcurridos desde Oviedo. Muy diferente a la mujer que pasó la noche con él hacía una semana. Una mujer tierna, apasionada, esa era la Mónica que le gustaba, pero tendría que asumir también esta otra faceta suya.

Pidieron la comida. Cristian encargó vino, un vino fuerte y con graduación y Mónica pensó en lo previsibles que eran los hombres. No iba a emborracharla para llevársela a la cama, ella aguantaba el alcohol mucho mejor que su hermana. Y los encantos de Cristian Valero, también.

—¿Puedo hacerte una pregunta?

—Claro.

—¿Qué te llevó a Oviedo hace dos años?

—Un congreso.

—¿Y al bar? Porque el otro día me dijiste que no era algo que hicieras habitualmente.

—La sed, supongo. Sí, suelo beber de forma habitual.

—Ya, bueno. —Sonrió—. En realidad me refería a enrollarte con desconocidos.

—No, eso no lo suelo hacer.

—¿Y por qué yo?

—No lo sé. Quizá la forma en que me mirabas.

—¿Y si esta noche te miro de la misma manera? Todavía recuerdo cómo lo hice. Podemos terminar la cena en un bar, ciegos de *gin-tonics*...

—No.

—¿Es por ese tío? ¿Todavía sigues empeñada en volver con él? ¿Después de lo que pasó la semana pasada?

—Lo de la semana pasada también fue fruto de alcohol.

—No es verdad y lo sabes. Si quieres vamos a probar sin alcohol... y si no funciona, si no vuelvo a hacerte gritar de placer como entonces, me rendiré. Y te dejaré volver con el tal Ernesto. ¿Aceptas?

—No.

Él suspiró.

—Estás decidida a que hoy no hay nada que hacer.

Mónica bebió un sorbo de vino y le sonrió.

—Tengo la regla, Cristian. Te pongas como te pongas, no va a pasar nada.

—Haber empezado por ahí. Pero a mí no me importa; con otra no lo haría, pero contigo...

—¿Por qué conmigo sí?

—Porque tengo la esperanza de que en el futuro lo hagamos con regla, sin depilar, con el pelo sin lavar... en todas las facetas que conlleva una relación.

Mónica se sintió en esos momentos más usurpadora que nunca. Aquellas palabras eran para Lorena y no para ella. Tenía que hablar seriamente con su hermana y acabar con aquella farsa de una vez. Se juró a sí misma que era la última vez que se prestaba a suplantar a Lorena.

—Mónica, me gustas, me gustas de verdad. Quiero conocerte también fuera del dormitorio; salir a cenar, a bailar, a caminar o a lo que te guste hacer. Lo único que sé de ti es que en la cama me vueles loco. Y tú tampoco sabes de mí nada más que eso. Vamos a conocernos, déjame desentrañar esa personalidad tuya que hace que nunca sepa a qué atenerme contigo.

—Deja de decirme esas cosas, Cristian. De verdad que no es el momento adecuado.

—¿Y cuándo es el momento adecuado?

Mónica bebió un largo trago de vino.

—Cuando no tenga la regla. Me vuelvo muy irritable.

—Lo anotaré para el futuro. «No tocar temas importantes cuando tengas la regla.» ¿Algo más que deba saber?

—De momento, no. Disfrutemos de la cena.

Lo hicieron. La comida era excelente y también el vino. Una vez que Cristian aceptó que no conseguiría pasar la noche con Mónica, el ligero coqueteo anterior dio paso a una interesante charla sobre fotografía, tema al que ella llevó la conversación con suma habilidad. Un tema neutro que no la pusiera en aprietos. Técnicas, tipos de cámaras y también anécdotas y experiencias de la vida de un fotógrafo que había recorrido el mundo cámara en mano, llenaron la velada y relajaron el ambiente.

Al terminar la cena, compartieron un taxi. Cristian lo intentó una última vez; en la oscuridad del vehículo agarró la mano de Mónica y acarició los dedos largos y suaves, pero la mirada de ella, fría y contenida, le instó a soltarla con un suspiro resignado.

Cuando el coche se detuvo ante la puerta de la chica, se inclinó a besarla en la cara.

—Buenas noches, Cristian. Ha sido una velada estupenda, y la cena, espectacular. Me has impresionado.

Y con una sonrisa bajó y se perdió en el portal. Descolocado de nuevo ante esa mujer que conseguía desconcertarlo cada día más, dio la dirección de su piso dispuesto a pasar otra noche solo, y pensando en ella.

13

Dos, eran dos...

Cristian se obligó una vez más a retocar las fotos que le había hecho a Mónica. Las contempló en la pantalla del ordenador y sintió de nuevo la rara sensación que le embargaba cuando estaba con aquella extraña mujer. Y, dijera ella lo que dijese, era bipolar o, quizá, algo peor: esquizofrénica. Aunque se había repetido hasta la saciedad que debía olvidarse de ella, que se estaba volviendo loco con sus cambios bruscos de personalidad, no conseguía hacerlo, ni mantenerse apartado. Buscaba cualquier ocasión para verla, estaba alargando sin necesidad un trabajo que podía haber terminado hacía semanas, solo para que no saliera de su vida de nuevo.

Cuando la encontraba alegre y divertida, pero fría con él, se decía que lo empezaba a superar; pero el día en que lo miraba con el alma y el deseo aflorando a sus ojos, ese día la cogería y se la llevaría consigo a una isla desierta para protegerla del mundo, e incluso de sí misma. Sí, la señorita Mónica Rivera lo volvía loco y él, que había tenido muchas mujeres y había sabido zafarse de todas ellas sin implicarse en una relación, estaba más que dispuesto a dejarse enredar y a lidiar el resto de su vida con sus continuos cambios de humor y su extraño comportamiento. Sobre todo, después de haber vuelto a pasar una noche con ella.

Cuando cenaron juntos, Mónica había coqueteado con él

y se había comportado de un modo muy diferente a la última noche en que había vuelto a entregarse por entero. No creía que pudiera atribuirse al alcohol, durante la comida habían bebido vino en abundancia y eso no había enturbiado su mirada con aquel velo de deseo que le hacía perder la cabeza.

Estaba retocando el contorno del ojo, tal como había hecho con la foto que le había sacado en la puerta de la ermita, usando la misma herramienta y la misma técnica, pero el resultado no le parecía satisfactorio. A pesar de que el encuadre era el mismo. Volvió a abrir la otra fotografía para averiguar si había hecho algo diferente. Amplió ambos ojos y los colocó en dos ventanas paralelas en la pantalla y, por un momento, le parecieron diferentes.

Volvió a las fotografías originales y amplió los ojos sin retocar... y sí, eran ligeramente distintos, el extremo que rozaba la sien era en una más caído que en la otra. No se notaba a simple vista, pero bajo una ampliación y una mirada analítica como la suya no había duda. Quizá era ocasionado por el maquillaje, pero en la de la ermita, Mónica no iba maquillada en absoluto y en la de su casa, este era tan sutil que no bastaba para cambiar el ángulo del ojo.

Cerró el encuadre del ojo y abrió uno con ambos rostros y analizó rasgo a rasgo cada uno de ellos. Iguales, pero no idénticos, como las imágenes tomadas con las cámaras bifocales. Luego, una idea cruzó por su mente, una idea que podría explicarlo todo. Rebuscó entre las fotos una de Mónica sosteniendo en su mano derecha la copa de vino, con el lunar situado en la unión de sus dedos perfectamente visible. Y luego otra sacada en la ermita, con el pincel también en la mano derecha... y sin el lunar. Este estaba en la mano izquierda, que se cerraba sobre el trapo donde limpiaba los pinceles.

—¡Hijas de puta! De modo que es eso, sois dos. Y estáis jugando conmigo como con una marioneta, a vuestro antojo.

La rabia se apoderó de él; cogió el teléfono y buscó entre los contactos el nombre de Mónica Rivera. ¿Cuál de las dos sería Mónica en realidad? Iba a llamar, pero se lo pensó mejor. Primero tenía que asegurarse de no estar equivocado y luego... luego ya vería. Esperaría a estar más calmado, a que la ira que le nublaba la mente en aquel momento disminuyera para pensar con claridad. Pero si las señoritas Rivera sabían jugar, él también.

Empezó a mirar fotos unas detrás de otras, y cada vez estaba más seguro de no equivocarse. ¿Cómo había podido no darse cuenta, con lo observador que era? ¿Cómo no había hecho caso a su instinto que le hacía desear a una y a la otra no? ¿Cómo había podido ignorar la diferencia entre el beso experto de Mónica (bueno, no sabía si esa era Mónica o no), de la mujer de la sesión de fotos, y los otros cargados de pasión y poca experiencia de la restauradora?

—Porque pensabas con la polla, Cristian —se dijo, mirando furioso la pantalla donde una mujer sonriente le observaba con una copa de vino en la mano—. Lo único que veías era la posibilidad de volver a meterla en tu cama. Y ojalá no lo hubieras hecho, porque lo único que has conseguido es que se meta también en tu piel y en tu alma. ¡Estás bien jodido, capullo!

Pasó otra foto. Mónica, o quien fuera, sentada en el banco de la explanada, que lo miraba con el alma asomada a los ojos. Apagó el ordenador para ignorar cualquier pensamiento positivo, y centrarse en su enfado y en el engaño. Se sentó en el sofá y se sirvió una copa bien cargada.

Por la mañana, después de una noche agitada en la que había dormido solo a ratos, se levantó y se dirigió temprano a la oficina de Mónica. Adela se sorprendió un poco al verlo.

—Buenos días, Adela. ¿Está tu jefa?

—Sí, espera un momento.

Descolgó el teléfono y anunció.

—El señor Valero está aquí. De acuerdo. Pasa —dijo mirándolo.

Cristian entró en el despacho. Mónica, impecable con su falda oscura y su jersey blanco, le sonreía detrás de la mesa.

—¡Cristian! No te esperaba.

—No pensaba venir, pero tenía que pasar cerca y he querido dejarte algunas de las fotos sobre el reportaje para que les eches un vistazo antes de entregarlas a Patrimonio. Me gustaría conocer tu opinión.

—Claro.

Él arrojó un *pendrive* sobre la mesa y se dio media vuelta, incapaz de mostrarse amable y ocultar el enfado que sentía.

—Llámame cuando las hayas visto.

—Vale...

—En breve tendré también las tuyas, tengo otro trabajo en espera y debo darme prisa con estos encargos.

—¿Quieres decir que el reportaje sobre las obras de arte está a punto de terminar?

—Sí, eso quiero decir, señorita Rivera. Ya se está demorando demasiado. Supongo que el fresco no va a cambiar demasiado a estas alturas. Hasta la vista.

—Adiós, Cristian. Las veo esta tarde y te llamo.

—Muy bien.

Salió del despacho. Le había costado mucho contenerse, no decirle nada sobre sus sospechas. Ahora le quedaba la otra parte. Una vez en la calle, subió al coche y puso rumbo a Palencia a toda velocidad. Por un momento, mientras subía por la estrecha carretera que llevaba a la ermita, deseó estar equivocado y que no hubiera nadie allí.

Cuando llegó y encontró el coche aparcado ante la ermita, las pocas esperanzas que tenía de equivocarse se disiparon.

Al igual que un rato antes, contuvo las ganas de entrar y espetarle a la cara que lo sabía todo y reprocharle sus mentiras y el juego sucio que ambas se habían traído con él. En cambio, se acercó a una de las ventanas y, agarrándose con las manos al saliente, se impulsó y se alzó hasta ver el interior de la iglesia. Estaba allí, con su pelo recogido con la aguja de marfil y sus vaqueros viejos. Retocaba un rostro con un pequeño pincel, completamente concentrada en su tarea. La otra gemela, la que le volvía loco y, estaba seguro, la mujer de Oviedo.

Saltó a tierra sin hacer ruido y volvió al coche, que había estacionado de forma temeraria algo más abajo para no alertar de su presencia. Arrancó y regresó a Madrid asqueado y, a medida que pasaba el tiempo, con más dolor que rabia. Esa mujer se le había metido dentro, y le iba a costar sacársela, pero lo iba a conseguir. Aunque no sin antes vengarse de ella... de las dos.

Se dio un par de días para que el enfado se enfriara, dejando paso a la calma necesaria para llevar a cabo sus planes. Después, llamó a Patrimonio, a su prima Belén, que le había conseguido el encargo.

—Hola, Cristian.

—Hola, prima favorita.

Ella lanzó una carcajada.

—Soy tu única prima, así que no me hagas la pelota.

—Me has pillado. Necesito un favor.

—¿Relacionado con el reportaje de fotos?

—No, personal.

—Uy, uy, uy... ¿Mi primo tiene vida personal más allá de la lente de su cámara?

—Por supuesto.

—Entonces tiene que ver con una mujer...

—Más bien con dos. Necesito que me cuentes algunas cosas de la empresa de las hermanas Rivera.

—¿Qué quieres saber?

—Todo lo que puedas decirme.

—Hace años que trabajan para Patrimonio. Es una pequeña empresa familiar creada por las dos hermanas, ambas licenciadas en Bellas Artes. Mónica se ocupa del papeleo y la parte administrativa, y Lorena, de las restauraciones.

—Lorena, ¿eh?

—¿Es ella la dama en cuestión?

—Las dos lo son, y ninguna es una dama. Son unas intrigantes sin escrúpulos y unas hijas de puta de mucho cuidado.

—Vaya, vaya... ¿Qué te han hecho?

—Joderme. Y nadie jode a Cristian Valero impunemente. Ahora, necesito otra cosa de ti.

—Dime.

—Paso luego a entregar las fotos y lo hablamos en persona.

—Hecho. Tendré preparada tu transferencia.

Mónica y Lorena bajaron del coche de esta última delante del elegante edificio de apartamentos cuya dirección tenían anotada en un papel.

—Es aquí.

—Belén Castro estaba muy rara el otro día cuando me llamó y nos citó.

—¿No te dijo qué quería?

—No, solo que había algunos problemas con nuestra empresa y que quería avisarnos en privado antes de que Patrimonio se pusiera en contacto con nosotras. Y nos citó en su casa, o sea, aquí.

—¿Crees que pueda ser algo importante?

—Supongo que sí, porque si no todo esto no tiene sentido.

—En fin, vamos allá. Sea lo que sea, lo solucionaremos.

—Por supuesto.

Llamaron al portero electrónico y, sin que nadie preguntase, la puerta se abrió. Subieron al elegante ascensor y se dirigieron a la puerta indicada, que estaba entreabierta. Se miraron extrañadas y empujaron la hoja despacio.

—¿Hola? ¿Belén?

No hubo respuesta. A la izquierda había una habitación iluminada y se dirigieron hacia allí. La puerta se cerró con suavidad a sus espaldas y Lorena sintió un escalofrío recorrerle la columna.

—Esto no me gusta un pelo, Moni.

—Ni a mí.

Avanzaron por el estrecho corredor hacia la habitación y se quedaron paradas en el umbral, asombradas. Cristian Valero estaba recostado en el sofá, vestido solo con unos pantalones vaqueros con la bragueta medio abierta, descalzo y con una sonrisa traviesa en los labios. Sexi y provocativo como un demonio.

—Hola, chicas... —La voz susurrante y la forma lasciva en que las miraba les produjo un escalofrío a ambas.

—¡Cristian!

—Sí, Cristian... y vosotras, las gemelas Rivera... Tú eres Mónica, y tú Lorena. ¿Acierto?

Lorena tragó saliva con dificultad. El aire distendido de él no la engañaba y podía percibir su enfado bajo la aparente capa de jovialidad.

—Aciertas —admitió Mónica.

—¿Cuánto hace que lo sabes? —preguntó su hermana, abatida.

—Hummm... no mucho, la verdad. Después de la noche que pasamos juntos, la última. ¿Contigo, no?

—Sí —respondió con voz ahogada.

—Y de la cena. —Se volvió hacia Mónica—. Esa fuiste tú.

—¿Qué quieres? ¿Por qué nos has citado aquí?

Cristian se levantó del sofá y se acercó hasta ellas con paso lento, felino, como un depredador que acecha su presa.

—Jugar, Mónica. Yo también quiero jugar —dijo alargando la mano y rozándole la mejilla con la punta de los dedos—. Pero a mi manera... con las dos a la vez.

Lorena sintió que las piernas se le volvían de gelatina y se negaban a sostenerla, al verle acariciar a su hermana con tanta sensualidad. Un dolor agudo le golpeó el pecho.

—¿Qué pretendes?

—Quiero hacer un trío.

—No lo estarás diciendo en serio...

—Completamente en serio, Lorena. Es la fantasía de cualquier hombre, montárselo con dos gemelas. Y de todas formas ya he tenido algunos escarceos con las dos. Me pone mucho la idea de metérsela a una mientras me como a la otra.

Seguía acariciando la cara de Mónica, que trataba de apartarse, mientras por el rabillo del ojo miraba la expresión angustiada de la otra mujer.

—Basta, Cristian. Estás enfadado, y tienes todo el derecho del mundo, pero si crees que vamos a aceptar algo así, estás muy equivocado. Lorena y yo no compartimos hombres.

—¿Ah, no? ¿Entonces qué habéis estado haciendo conmigo?

—Lo tuyo es diferente, y mi hermana te debe una explicación, pero nada más. En ningún momento te hemos compartido. Tú y yo nunca nos hemos acostado juntos, jamás intercambiamos más que un beso tibio y carente de pasión.

Lorena abrió mucho los ojos.

—¿No? ¿Y la noche de la sesión de fotos?

Cristian sonrió.

—¿Le dijiste que esa noche nosotros...? Vaya, vaya... veo que no solo me habéis engañado a mí, también hay mentiras entre vosotras. Interesante.

Mónica miró a su hermana, que la miraba abatida y desolada.

—¿Por qué, Moni?

—Te lo explico luego; ahora no es el momento.

—Tienes razón, ahora no es el momento de dar explicaciones, sino de remediar los errores. A ti todavía no te he probado y fue un error no seguir adelante esa noche, pero eso no va a ocurrir hoy, sobre todo porque eres a la que de verdad deseo. Me tienes loco, Mónica Rivera, me pongo cachondo como un adolescente cada vez que retoco tus fotos, y me cabrea mucho que me hayas metido a otra en la cama en tu lugar.

Antes de que pudiera evitarlo, la agarró por los hombros y empezó a besarla. Mónica no conseguía zafarse, le mordió el labio, pero Cristian era mucho más fuerte que ella y no pudo liberar su boca. Lorena los miraba como un pasmarote, sintiendo que los ojos se le llenaban de lágrimas al ver cómo él besaba a su hermana, y con sus duras palabras clavadas en lo más hondo.

Cristian la observaba de reojo, y con una mano terminó de bajarse la cremallera del pantalón. Por un momento se apartó de la boca de Mónica, y miró a la abatida Lorena.

—Tú puedes chuparme la polla mientras, se te da genial. Eso hay que reconocerlo. —Y volvió a buscar la boca de la otra gemela. Pero esta ya había conseguido reaccionar y le propinó una sonora bofetada que le hizo volver la cabeza por la fuerza del impacto.

—Con eso solo has conseguido excitarme más, preciosa.

Alargó la mano y apresó un pecho encerrado en una rígida copa de sujetador. Mónica se zafó de un empujón y le propinó un rodillazo en la entrepierna que no le hizo todo el daño que pretendía, pero bastó para que la soltara. Se acercó a su hermana, que era la viva imagen de la desolación, y la cogió por el brazo.

—Vámonos de aquí, Lore. Está cabreado, nada más. Solo pretende hacerte daño; ya hablarás con él cuando se calme.

Se dejó llevar hasta la puerta, y Cristian no dio un paso para retenerlas. Cuando escuchó el portazo se volvió a dejar caer sobre el sofá, y, con los ojos cerrados, recostó la cabeza contra el respaldo. Se había vengado, la cara desesperada de Lorena le confirmaba que le había hecho daño, pero no se sentía mejor por ello. Se tocó la boca donde manaba un tenue hilo de sangre, producto del mordisco que Mónica le había propinado para tratar de evitar que la besara.

—Menuda fierecilla debes de ser tú, pero no te deseo a ti, sino a tu hermana, y no logro entender por qué.

Mónica condujo a su gemela, que parecía una zombi, hasta el coche. Era consciente de que Lorena acababa de percatarse de la intensidad de sus sentimientos hacia Cristian. También estaba segura de que las palabras de él eran una bravuconada producida por el enfado y las ganas de vengarse. Solo era cuestión de tiempo que las aguas se calmaran y llegara la reconciliación.

—Ha dicho que eres tú la que le gusta.

—Pero no es cierto, lo ha dicho para molestarte.

—Te ha besado a ti.

—De la forma más mecánica posible, sin poner ni una pizca de sentimiento ni pasión. Mientras miraba tu reacción por el rabillo del ojo. Créeme, Lore, Cristian está enfadado y con razón, pero lo que ha pretendido con esto es hacerte daño a ti. Y... ¿de verdad se te dan bien las felaciones?

Lorena se encogió de hombros.

—A él le gustan. A Ernesto no.

—¿Y a ti te gusta hacérselas?

—Sí. Disfruté con el poder de llevarle al límite, de hacerle gozar.

—Pues cuando todo esto pase, lo celebras haciéndole una de las once sobre diez. ¿O todavía quieres pasar de Cristian y volver con Ernesto? Porque si es así, solo tienes que dejarlo estar y no apaciguar el enfado de nuestro fotógrafo.

—No, acabo de darme cuenta de que lo que siento por Cristian va más allá del sexo. Algo que nunca he sentido por Ernesto. Tendré que hablar con él y decírselo.

—Tendrás que decírselo a los dos.

—No creo que Cristian quiera volver a hablarme. Pero, aun así, me resultará imposible retomar mi relación con Ernesto.

—Dale unos días para que se tranquilice y luego le llamas, quedas con él y te disculpas por este tejemaneje nuestro. Le explicas tus motivos y luego le dices lo que sientes. Que te estás enamorando y que dejas a Ernesto por él. No hay tío que resista eso, nena.

—Eso espero. Porque...

—¿Qué?

—Nada... que es muy duro resistirte a algo con todas tus fuerzas y que, cuando al fin lo aceptas, todo se estropee. Sobre todo, si la culpable soy yo.

—Nada se va a estropear, Lore, ya verás. Cristian estará de morros unos días o quizá unas semanas, pero luego todo volverá a ir bien; está colado por ti. Quiero a ese tío por cuñado y yo siempre consigo lo que quiero. Anda, deja de lamentarte, subamos a casa y vamos a abrir una botella de vino.

—¿Y cuando me despierte a media noche lo tendré en mi cama?

—No le pidas peras al olmo hoy, dale tiempo.

Ambas subieron esa vez a casa de Lorena y prepararon una cena ligera que tomaron acompañada de una botella de vino.

14

Desaparecido

Después de que las gemelas se fueran de su casa, Cristian sintió un regusto amargo en la boca que no tenía nada que ver con la sangre que el mordisco de Mónica le había hecho brotar.

El acto de venganza no le había provocado la satisfacción que necesitaba; más bien le hacía sentirse mal consigo mismo, como si fuera él el culpable de algo, y no Mónica y Lorena.

Se dijo que tenía que acabar toda relación con ellas y se sentó ante el ordenador dispuesto a emplear toda la noche si era necesario para poner fin al trabajo que aún les unía.

Quería terminar el reportaje de Mónica cuanto antes y olvidarse de las hermanas Rivera para el resto de su vida, esas dos arpías que habían jugado con él y con sus sentimientos sin piedad y sin mesura. Las imaginaba a las dos planeando con cuidado los encuentros, qué decirle y qué no, hasta dónde llegar con él. Se encendía de ira cuando lo recordaba, cuando pensaba en la mentira de su noche con Lorena. Esa noche en la que él había sentido mucho más que pasión, esa noche en la que había decidido luchar por esa mujer contra la sombra de Ernesto, que ahora hasta dudaba de que existiera. ¿Qué de lo que le había contado era verdad? ¿Hasta dónde había fingido en la cama? ¡Malditas víboras, las dos! Lo que más le cabreaba era que no solo habían jugado con él, sino también con su corazón. Que había empezado a sentir por Lorena lo que nunca había sentido por ninguna mujer y que había estado dispuesto a cambiar su vida de trotamundos y asentarse en un lugar, en el lugar donde ella estuviera. Y para ella solo había sido un juego. ¡A saber con cuántos hombres más lo habían practicado!

Esa idea le dio fuerzas para ponerse a trabajar a destajo, sin siquiera comer, durante toda la noche. Sobrevivió a base de café negro, pero al fin, por la mañana, tenía terminada la mayor parte del trabajo. Lo mandaría por mensajero y no volvería a ver nunca más a ninguna de las dos, ni a pensar en ellas.

Durmió un par de horas y, después de una larga ducha caliente para desentumecer los músculos, rígidos por muchas horas de trabajo, se preparó un buen desayuno, que acababa de tomar cuando le llamó Belén.

—¿Puedo preguntarte qué pasó ayer con las gemelas Rivera?

—No.

—¿Cómo que no? ¿Me usas para que las cite en tu casa, sin decirme el motivo, y luego no me quieres contar nada?

—Es personal, y no he salido bien parado de esto. He quedado como un estúpido y me jode mucho. Te pedí ayuda para vengarme un poco, eso es todo.

—¿Una de las hermanas ha tocado al fin tu corazoncito? —rio ante la idea de su primo enamorado—. ¿Ese corazón *freelance* que siempre ha ido de foto en foto y de chica en chica, pero libre como un pájaro?

Cristian sonrió. Belén lo conocía bien. Era de la edad de su hermano César, pero se habían criado juntos los tres.

—Un poco, sí.

—Mónica, ¿no?

—Lorena.

—¡¿En serio?! ¿Lorena?

—Sí.

—La otra te pega más.

—Querrás decir que se parece más al tipo de chica que

siempre me ha gustado; pero nunca me he enamorado de ninguna de ellas.

—Entiendo. Bueno, pues chico, Lorena Rivera es una estupenda mujer.

—Una hija de puta es lo que es, como su hermana.

—Ufff, sí que te ha dejado tocado.

—Las Rivera se acabaron para mí. Voy a irme de Madrid una temporada, a seguir con mi corazón *freelance* volando de foto en foto y de chica en chica. La mancha de la mora con otra verde se quita —dijo, pensando en los dos años transcurridos desde Oviedo y en los que no había podido olvidarla. Pero entonces ella era su dama desconocida y en ese momento tenía muy clara la cruda realidad.

El misterio se había evaporado y dejaba al descubierto la mujer sin sentimientos y sin escrúpulos que había debajo.

—¿Adónde te vas?

—No lo sé todavía, tengo varias opciones. La que más lejos me lleve.

—Bien, Cristian. Espero que al menos te despidas.

—Por supuesto, quedamos antes. Ahora te dejo, tengo que terminar unas fotos.

—Adiós. Cuídate, vayas donde vayas.

—Un beso, y muchas gracias por prestarte a colaborar.

—De nada, hombre.

Colgó. Revisó una vez más el trabajo realizado en el *book* de Mónica y procedió a grabarlo en un CD. Eran buenas fotos, y había sabido resistir la tentación que lo había asaltado durante la noche de añadirle verrugas o sombra de bigote. Las fotos que le había hecho a Lorena en la ermita las metió en una carpeta y le dio a «eliminar» sin pensárselo siquiera.

En ese preciso momento le sonó el móvil, un número desconocido.

—Diga.

—Cristian...

La voz insegura de Lorena Rivera le golpeó de nuevo haciendo rebrotar la rabia. Cortó la llamada. En esta ocasión la reconoció al instante. Y pensó en lo obtuso que había sido al dejarse confundir, si hasta el timbre de voz era diferente.

«Tú también tienes parte de culpa en esto, Cristian —se recriminó—. No veías más que lo que querías ver.»

El sonido de un mensaje entrante le irritó aún más. Sabía que era de ella. A pesar de que pensaba que lo mejor era borrarlo sin abrir, no pudo evitar que su curiosidad pudiera más que su resentimiento y empezó a leerlo.

«Cristian, lo siento. Esto no es lo que crees, no ha sido un juego. Déjame explicártelo, por favor...»

Seguía un largo párrafo que borró. No quería que le explicara nada, quería que saliera de su vida.

Diez días después, un mensajero se presentó en la oficina de Mónica con un paquete a su nombre, sin dirección ni remitente.

Al abrirlo encontró un CD sin rotular que insertó en el ordenador, no sin antes revisarlo con el antivirus. Estaba lleno de archivos JPG. Abrió uno y su cara sonriente cubrió la pantalla.

No había nada más, ni nota, ni dirección, ni factura. Solo veintisiete fotos de una calidad extraordinaria.

—Eres bueno, tío. Jodidamente bueno. Si todo lo haces tan bien como las fotos, no me extraña que Lorena esté encoñada contigo.

Se dijo también que Cristian y ella nunca habían acordado un precio por el *book*, a pesar de que varias veces había insistido en pagarle. Pero a él parecía habérselo tragado la tierra. Según su hermana le había dicho, ya no solo no respondía las llamadas, sino que ni siquiera tenía el móvil operativo.

Aunque en ese instante le había dado la excusa perfecta para rastrearlo y dar con él. Debía pagarle su trabajo.

Puesto que el único contacto que tenía, aparte del número de teléfono, era a través de Patrimonio y de Belén Castro, la llamó. Y esperaba poder darle una buena noticia a su hermana.

Belén respondió al instante la llamada.

—Hola, Belén, soy Mónica Rivera.

—Hola, Mónica. ¿Qué tal? ¿Cómo va la restauración del fresco?

—Va bien; ya no queda mucho, está casi terminada.

—Estupendo. Por un momento he temido que hubiera algún problema con eso.

—No, no, ningún problema. En realidad, te llamo por un asunto personal.

—Tú dirás. —Alzó las cejas intuyendo el motivo de la llamada.

—Es sobre Cristian Valero.

—Ajá. ¿Qué pasa con él?

—Puesto que nos llamaste para citarnos en tu casa y allí estaba él, supongo que le conoces.

—Sí, le conozco; Patrimonio ha utilizado sus servicios en varias ocasiones. Y, referente a la llamada, me pidió que os citara para enseñaros las fotos del reportaje antes de entregarlo. Al parecer había perdido tu número y tu hermana no respondía al suyo. Pero no fue en mi casa sino en su estudio o su casa, creo. En realidad, no lo sé, la dirección me la dio él.

—¿Te habló de las dos?

—Sí. ¿Por qué?

—Por nada. Era solo curiosidad.

—¿Qué ocurre con Cristian? —Por norma nunca se metía en los asuntos amorosos de sus primos, pero la huida del fotógrafo la había intrigado sobremanera y le conocía lo suficiente para saber que no le diría más de lo que ya le había contado.

—Le encargué un *book* de fotos personal, al margen del reportaje sobre el románico, y me lo ha hecho llegar por mensajero, pero no se lo he pagado. Ni siquiera me dijo el precio final, y el móvil lo tiene apagado o fuera de cobertura. ¿Sabes cómo localizarlo? No quiero que me acuse de dejarle un trabajo sin remunerar.

—Prueba en su casa. Aquí simplemente entregó el reportaje hace algo más de una semana, lo cobró y no sé más de él. Nosotros solo tenemos el móvil, pero si dices que no está operativo... —Era verdad. Su primo no tenía teléfono fijo, no pasaba en su casa el tiempo suficiente para que le fuera rentable contratarlo.

—No, no lo está, lo he comprobado. ¿Si tienes noticias suyas podrías darle este mensaje? Que le quiero pagar las fotos, pero no sé ni cuánto ni cómo, que se ponga en contacto conmigo.

—Claro, se lo diré si llama o viene por aquí.

—Gracias, Belén.

Mónica colgó. ¿Dónde demonios se habría metido? ¿Estaba tan enfadado como para ni siquiera cobrar las fotos que le había hecho? ¿Tendría razón su hermana cuando afirmaba que Cristian había salido de sus vidas para siempre?

15

¡Sorpresa!

Lorena mezcló con cuidado el pigmento con agua de cal, y el leve olor que desprendió la mareó. Una intensa sensación de náusea se apoderó de ella y tuvo que salir de la ermita a respirar aire fresco.

Se sentó en el banco que había en la explanada y no pudo evitar que los ojos se le llenaran de lágrimas al recordar el almuerzo compartido y también los besos. Él había cortado sus llamadas e ignorado sus mensajes de que se volvieran a ver y que, al menos, le diera la oportunidad de explicarle la verdad. No se había rendido, había continuado incansable mandándole mensajes, marcando su número una y otra vez sin perder la esperanza de que en alguna ocasión respondiera, pero desde hacía una semana saltaba la voz mecánica de la operadora con la escueta e impersonal frase de que el número estaba apagado o fuera de cobertura. Había empezado a pensar que nunca conseguiría que la escuchara, y mucho menos que la perdonara.

¡En mala hora le había pedido a Mónica que la sustituyera! Esa estupidez había hecho que perdiera al hombre por el que tenía sentimientos que nunca había experimentado antes.

¿Por qué había tenido que perderle para comprenderlo? Varios días atrás había ido a ver a Ernesto para decirle que no siguiera esperando una reconciliación porque se había enamorado de otro, y él respondió que ya lo sabía. Lo que no le había dicho era que ese hombre había salido de su vida, pero que, aunque nunca lo recuperase, no podría volver a retomar la relación con él. Se habían despedido con un abrazo fraternal y Lorena no pudo evitar preguntarse cómo alguna vez había confundido lo que sentía por él y por Cristian.

Cuando se sintió recuperada de su malestar, regresó al interior de la ermita. De nuevo le desagradó el olor y comprobó la proporción de la mezcla, con el temor de haberse equivocado. Era la segunda vez en pocos días que le pasaba y no estaba segura de no haberlo hecho mal, porque las últimas semanas su cabeza estaba en otra parte.

Continuó su tarea con la esperanza de encontrar consuelo en ello, pero desde la fatídica noche que Cristian las citó a ambas, le costaba concentrarse. Su mirada se dirigía con demasiada frecuencia hacia la entrada de la ermita, a pesar de que el corazón le decía que él no estaría, que había salido de su vida para siempre.

Volvía a sentir el estómago revuelto, la sola idea de tomarse la ensalada de pasta que tenía preparada para almorzar se le antojaba insoportable, de modo que decidió dejar el trabajo por ese día y marcharse a la pensión donde se alojaba durante la semana. Cerró la ermita, cogió el coche y bajó por la sinuosa carretera hasta el pueblo. Una vez en su habitación, se metió en la cama y en pocos minutos estaba dormida, agotada física y emocionalmente.

Aquel sábado, Mónica se presentó en casa de su hermana, a pesar de que esta le había dicho que no quería almorzar con ella, que estaba cansada y solo deseaba dormir. Los fines de semana regresaba a Madrid, pero apenas quedaba con ella. Sabía que Lorena lo estaba pasando mal, rehuía su compañía y se centraba en el trabajo para sobrellevar su tristeza. La pérdida es difícil de llevar, sobre todo si la ha provocado uno mismo. No dejaba de culparse por lo ocurrido y había desistido de buscar a Cristian, algo raro en ella, que solía ser muy persistente cuando quería algo. Pero Mónica pensaba animar a su gemela y sacarla de casa y de la apatía costara lo que costase.

Lorena abrió la puerta con un aspecto lamentable. Pálida, demacrada y con unas enormes ojeras que hacían resaltar aún más sus hermosos ojos castaños. Incluso se diría que estaba más delgada.

—¡Por Dios, Lore! ¿Te has visto? No puedes abandonarte de ese modo, cariño. Lo de Cristian es algo pasajero; volverá a ti, estoy segura. Has estado en sus pensamientos durante dos años, una tontería como esta no va a acabar con todo.

—No me he abandonado, es solo que no me encuentro bien.

—¿Cuánto tiempo llevas sin comer? Te estás quedando en los huesos.

—No he dejado de comer.

—¡Ningún tío se merece esto! ¿Me oyes? Ahora mismo te voy a preparar una comida suculenta y te vas a comer hasta la última miga. Las penas con pan se sobrellevan mejor.

—Que no es eso... Siéntate, que te tengo que contar una cosa.

—¡No estarás enferma!

—No... solo embarazada. Pero siento como si me estuviera muriendo... No consigo retener una puñetera comida. Hasta el olor del gel de ducha me produce ganas de vomitar.

Mónica abrió mucho los ojos.

—¿Estás embarazada? ¿Embarazada de verdad?

Lorena se sentó en el sofá junto a su hermana y se recostó en el asiento.

—Sí.

—Dime que no es de Ernesto...

—No. El padre es Cristian.

—¿Seguro?

Asintió.

—Ernesto no dejó de ponerse un condón ni una sola vez. Y la noche que estuvimos Cristian y yo en tu casa no usamos nada.

—Y ¿qué vas a hacer?

—De momento tratar de retener la comida en el estómago. Luego, ya veré.

—¿Vas a seguir adelante con el embarazo?

—Por supuesto. Eso está fuera de cuestión.

—¿Piensas decírselo a él?

—No veo cómo, parece que se lo haya tragado la tierra.

—Hay que encontrarlo.

—No tengo fuerzas, Moni. Apenas puedo tirar de mí misma, y tengo que sacar adelante a un niño. No me quedan energías para buscar al padre, sobre todo porque no quiere saber nada de mí, y probablemente tampoco del bebé. Estoy sola.

—¿Cómo sola? ¿No pensarás dejarme fuera?

Cogió la mano de su hermana y la apretó con fuerza.

—Estamos juntas en esto, Lore. Como en todo.

Lorena sintió la emoción desbordarse dentro de ella y se abrazó a su hermana con fuerza.

—¡Qué bien, voy a ser madre sin parto, sin estrías y sin pechos caídos!

—Gracias por pintarme con tanta claridad lo que me espera.

—A cambio me comprometo a salir de madrugada a buscarte aceitunas con chocolate o cualquier otra cosa rara que te apetezca comer.

—Estás loca.

—¿Ahora te das cuenta? Y lo primero es lo primero. Voy a preparar algo de comer para alimentaros.

—Algo suave, por favor. Deja las aceitunas con chocolate para otra ocasión.

—¿Una sopa?

—Vale.

Lorena tomó con apetito la sopa que le preparó Mónica, pero apenas pudo retenerla un cuarto de hora. La vomitó mientras su gemela le sujetaba la sudorosa frente y luego, exhausta, se quedó dormida.

Mónica la miró echada en el sofá y cubierta con una manta ligera y se ratificó aún más en su idea de siempre de no ser madre. Tendría esa necesidad biológica cubierta con el niño de su hermana. Y no compartía la idea de Lorena de no buscar a Cristian. Se juró a sí misma que iba a encontrarlo y a ofrecerle la oportunidad de ejercer de padre. Y si Lorena tenía razón y él no deseaba ese niño, ella lo supliría con gusto y sería el padre o una segunda madre para la criatura.

Pero las palabras y la mirada de Cristian la noche que cenó con él y su posterior reacción cuando descubrió el engaño le confirmaban que estaba enamorado de Lorena y que ese niño que estaba por llegar podía ser la balsa de aceite que curara las heridas.

«Voy a encontrarte, Cristian, porque si a Lorena le puede el orgullo, a mí no.» Y su sobrino o sobrinos, porque los embarazos dobles eran bastante frecuentes en la familia, iban a tener a su padre, solo había que dar con él.

Mientras su hermana dormía tomó también la decisión de mudarse a vivir con ella hasta que se encontrara mejor o hasta que Cristian tomara el relevo. No podía quedarse sola en ese estado, apenas tenía fuerzas para tenerse en pie.

El lunes siguiente, Mónica empezó a buscar a Cristian, y decidió comenzar por lo más obvio. De camino al despacho y bien temprano pasó por su estudio. Ya desde la calle pudo advertir las ventanas cerradas a cal y canto, las grandes persianas echadas hasta abajo; pero, no obstante, llamó. No obtuvo ninguna respuesta. Insistió una y otra vez sin resultado y cuando un vecino salía se coló en el edificio sin pensárselo un instante.

Llamó al timbre, que ni siquiera sonó, como si estuviese desconectado.

Se marchó al despacho y se decidió por el siguiente paso obvio. Buscó en la guía telefónica, entre las páginas de fotógrafos, pero él no aparecía. Sin embargo, encontró un número fijo buscando por el nombre. «Valero Castro, C.»

—Aquí estás...

Marcó decidida, y el timbre al otro lado sonó una y otra vez hasta conectar un contestador automático. La voz grave y bien timbrada de Cristian se dejó escuchar: «Hola, en este momento no estoy en casa. Me encuentro apagando el fuego de alguna chica preciosa. Si quieres que apague el tuyo, deja tu número y te llamaré.»

—Vaya, vaya... de modo que apagando fuegos... nadie diría eso de ti, señor Valero. No sé si a mi hermana le va a gustar eso. Tendrás que echar formalidad ahora que vas a ser padre.

No dejó mensaje, no quería que él supiera que le había localizado. Anotó el número en su móvil y decidió que lo volvería a intentar por la tarde desde su casa.

Llamó a su hermana. Lorena había cogido el tren hasta Palencia, no se había atrevido a conducir. Iba cargada de sopa y comidas ligeras para abastecerse durante la semana porque le resultaba impensable la idea de cocinar.

Respondió al instante.

—Hola, Moni.

—¿Cómo estás? ¿Llegaste bien?

—Sí, conseguí sobrevivir al tren sin vomitar. Pero al bajar en la estación olía a café y desayunos...

—Vaya por Dios.

—He mirado en Internet y parece ser que, si hay suerte,

solo me queda como mes y medio así. Y si no la hay, pues siete largos meses. También dicen que el médico puede recetar algo que alivie los síntomas, de modo que pídeme cita para la semana próxima.

—Vale. Cuídate y cuida de mi sobrino.

—Lo haré.

—Y si sigues muy mal, deja el trabajo unos días.

—Todas las embarazadas trabajan, yo no voy a ser menos.

—Pero tú no tienes un plazo de entrega. Puedes gestionar tus tareas como quieras, nadie te pone un puñal en el pecho, Lore.

—¿Y qué quieres que haga? ¿Quedarme en casa a llorar por Cristian? ¿A pensar en que me odia, y que yo me lo he buscado? ¿Que quizá por mi culpa mi hijo va a criarse sin un padre?

—En su defecto podría criarse con dos madres.

—Lo sé. Pero voy a seguir trabajando en la medida que pueda.

—Bueno, pues ten cuidado, ¿eh? No te pases ni hagas esfuerzos.

—No lo haré.

Colgó. Ese niño no iba a criarse sin un padre, si ella podía evitarlo.

A lo largo del día, Mónica llamó a Cristian varias veces, sin ningún resultado. Pero ya por la tarde, cuando lo volvió a intentar desde su casa, sintió que descolgaban.

—¿Hola...? —dijo la voz jovial del fotógrafo al otro lado.

—Hola... no cuelgues, por favor, necesito hablarte.

—¿Quién eres? ¿Te conozco?

—Soy Mónica... de verdad soy yo, sin engaños.

—¿Sin engaños?

—Sí, te lo juro.

—Pues no conozco a ninguna Mónica, que yo recuerde.

—Mira, sé que estás enfadado, que ni Lorena ni yo nos hemos portado bien contigo, pero mi hermana se merece que la escuches. Al menos dale la oportunidad de explicarse y de pedirte perdón. Está destrozada, Cristian.

—¡Acabáramos! Te has confundido, yo no soy Cristian.

—¡Déjate de coñas... no nos pagues con la misma moneda...!

—Mira, no sé qué os traéis con mi hermano tú y esa Lorena, pero no tiene nada que ver conmigo.

—¿Tu hermano? En la guía ponía...

—Valero Castro C, de César; no de Cristian. Y ya sé que tenemos la misma voz por teléfono.

—Vale... si tú lo dices... La verdad es que lo de apagar fuegos me ha extrañado un poco, no va con él.

—Conmigo sí; soy bombero.

—¿En serio? ¿De esos...?

—Que apagan fuegos, y rescatan gatos de viejecitas y esas cosas, sí. Y si vas a hacer la consabida broma sobre la manguera, déjalo. Ya las he escuchado todas.

Mónica no pudo evitar lanzar una carcajada.

—No era mi intención. Pero quería pedirte un favor. Dile a tu hermano que se ponga en contacto conmigo o con mi hermana, que es muy importante.

—No puedo hacer eso.

—¿Te ha dicho algo sobre nosotras? Que no quiere saber nada o algo parecido...

—No, ni media palabra. Es muy reservado para sus cosas, solo que está fuera del país.

—Pero tendrás alguna forma de contactar con él, ¿no?

César levantó una ceja. La tenía, para emergencias, pero no iba a mover un dedo sin saber lo que esa mujer y su hermana se traían entre manos.

—Se ha ido a África con una ONG por tiempo indefinido y está ilocalizable.

—¡No jodas!

—Me temo que es así. Llamará de tarde en tarde cuando pase por algún poblado donde haya teléfono, pero la mayor parte del tiempo estará en medio de ninguna parte, incomunicado.

—¿Y cuándo volverá?

—Con Cristian nunca se sabe. La última vez estuvo fuera casi tres años.

—¿Lo ha hecho otras veces?

—Ajá.

Mónica no terminaba de creerse la historia. Decidió cambiar de táctica.

—Hay otro tema que tengo que tratar con él. Me hizo un *book* de fotos y no se lo pagué. No me dio tiempo... desapareció de la noche a la mañana.

—Se fue rápido, sí. La ONG estaba a punto de enviar una comisión y se marchó con ella.

—Tengo que pagárselo; no quiero deberle nada.

—Eso suena a resentimiento.

—Es complicado.

—Pues si se pone en contacto conmigo, le digo que te haga llegar su número de cuenta para que le ingreses el dinero. No puedo hacer otra cosa.

—De acuerdo. Gracias. Te dejo mi número para que me avises.

—¿Y tu nombre?

—Mónica Rivera. Y no olvides decirle que se ponga en contacto conmigo o con mi hermana.

—Lo haré.

Después de colgar, Mónica dudó si decirle a Lorena que Cristian se había marchado nada menos que a África. Y ni siquiera ella estaba segura de que así fuera y que hubiera hablado con su hermano y no con él. No, Lorena no necesitaba en

aquel momento saber que Cristian había puesto muchos kilómetros entre ambos, tenía que concentrar todas sus energías en el bebé que gestaba y no podía permitirse desmoro-
narse. Además, estaba segura de que él no iba a tardar mucho
en volver.

16

África

Cristian contempló distraído la explanada que se divisaba ante la ventana de la cabaña, hecha de toscas ramas, donde le habían alojado. El equipo de Médicos Sin Fronteras le había ofrecido instalarlo en la parte trasera del dispensario que regentaban y donde trataban lo mejor que podían enfermedades básicas, pero se había negado. En aquel momento de su vida prefería la soledad y el aislamiento, con la esperanza de que le proporcionaran el olvido que necesitaba. Olvido que de momento no llegaba, a pesar de las jornadas extenuantes de catorce o quince horas diarias de trabajo en las que no solo hacía fotos de la increíble labor humanitaria que desarrollaba el precario equipo médico, sino que, cuando era necesario, sujetaba a un niño al que había que entablillar una pierna sin anestesia o conducía hasta la ciudad más cercana, distante 60 kilómetros del campamento y comunicada por unos caminos tan terribles que recorrerlos le llevaba casi dos horas de ida y otras tantas de vuelta.

No, el olvido no llegaba. La bellísima noche africana caía sobre él como una losa, y ni el cielo cuajado de estrellas ni el leve fresco que se levantaba aliviando el calor del día conseguían hacerle dormir. A pesar del cansancio, Lorena se adueñaba de sus sueños, se aposentaba en ellos y le llenaba de desasosiego el cuerpo y el alma. A veces volvía a tenerla en sus brazos, entregada, sentía el calor de su piel bajo sus dedos, su cuerpo acurrucado contra el suyo. Otras, veía a ella y a Ernesto, ese hombre sin rostro que lo volvía loco de celos, reírse de él, de su ingenuidad, de su amor incipiente y burlado.

A veces se preguntaba si habrían vuelto a retomar su relación. Seguro que sí, era con quien ella siempre había querido estar; él solo había sido un juguete sexual que le había dado placer y nada más. Tenía que reconocer que en eso no le había mentido, siempre le había dicho que su vida estaba con Ernesto y no con él. Él solo valía para la cama.

Su orgullo se resintió y, dándose cuenta de que estaba cayendo en la autocompasión, se levantó. Tenía razón aquel cantautor que decía en una de sus canciones que el amor se tardaba en olvidar diecinueve días y quinientas noches. Él llevaba ya en África dos meses y medio, hacía más de tres que había visto a Lorena por última vez y, aunque durante el día estaba mejor, las noches seguían siendo difíciles. Parecía que los sentimientos contenidos a fuerza de voluntad bajo la luz del sol se liberaban en la oscuridad para dejarlo exhausto física y emocionalmente.

No se atrevía a dar un paseo, que era lo que en verdad le apetecía, temía a las fieras salvajes que podían rondar el campamento durante la noche. Bebió un vaso de agua templada echando de menos la jarra helada que siempre guardaba en el frigorífico de su casa, y se sentó solo delante de la cabaña. Allí se quedó adormecido y lo sorprendió el alba.

Entró en la parte trasera del dispensario, donde ya se empezaba a servir el desayuno. Dos médicos, un hombre y una mujer, y una enfermera, una preciosa mulata que después de estudiar en Europa había vuelto a su tierra a prestar sus servicios, formaban el equipo sanitario. Un cocinero y un ingeniero completaban el personal.

—Buenos días, Cristian.

—Hola, Alika, buenos días.

—Hay que ir a la ciudad; ha debido de llegar ya el paquete con medicamentos. ¿Puedes ir tú a recogerlo?

—Claro.

Se sentó a tomar el flojo café y el pan de maíz plano y sin levadura que constituía el desayuno habitual del campamento. Se alegraba de ir a la ciudad. Por lo general, esos días volvía muy cansado y dormía algo mejor... siempre que no soñara.

Después de desayunar se dirigió al riachuelo cercano y se zambulló en él. Sabía que el frescor que le proporcionaba el chapuzón no duraría mucho, pero de momento serviría. Se vistió con el consabido pantalón corto y una camiseta limpia de algodón y se puso al volante del todoterreno para aprovechar el relativo frescor de primera hora de la mañana.

Mientras conducía sorteando baches y curvas cerradas se preguntó si podría hablar con su hermano. Desde que llegó y telefoneó para anunciar que había llegado bien, no habían tenido ocasión de hablar debido a los turnos cambiantes de César. Se había limitado a dejar un mensaje en el contestador cada vez que iba al pueblo para comunicarle que estaba bien y solía recoger otros de su hermano en los mismos términos.

Pero aquel día hubo suerte. Al tercer timbrazo sintió que descolgaban y la somnolienta voz de su hermano pequeño, tan parecida a la suya, le respondió.

—¿Diga?

—Hola, César...

Acostumbrado a despejarse del sueño en segundos, la voz sonó muy animada esta vez.

—¡Hombre, el trotamundos!

—¿Cómo estás?

—Pues muy bien, hermano, ¿y tú?

—Bien también. Mucho calor y mucho trabajo, es lo que tiene África.

—Pero te encanta.

—Tengo que reconocer que cada vez menos. Me hago viejo para estas cosas. Echo de menos el agua fría, las duchas, la comida precocinada y los ordenadores.

—¿Y las mujeres?

—Eso no lo echo de menos en absoluto.

—Ajá, ya has encontrado allí con quien distraerte, ¿no?

—Podría, pero no —dijo pensando en las miradas invitadoras que le lanzaba Alika.

—A propósito de mujeres, hace unas semanas me llamó una con una historia muy extraña. Había buscado tu nombre en la guía telefónica y me confundió contigo.

Cristian se tensó de golpe.

—¿Dijo su nombre?

—Mónica Rivera.

—¿Y qué quería?

—Pues eso es lo raro. Primero dijo que te pusieras en contacto con su hermana y luego salió con que le habías hecho a ella unas fotos y te las quería pagar porque no quería deberte nada. No me dejó nada claro lo que quería en realidad. Le dije que estabas en África por tiempo indefinido, e incomunicado.

—Si vuelve a llamarte alguna de las gemelas Rivera, diles que no quiero saber nada de ellas en el futuro. De ninguna de las dos.

César lanzó una carcajada.

—¿Te has enredado con dos gemelas?

—Yo no, ellas me han enredado a mí. Yo pensaba que era una sola.

—Pues podrías haberte aprovechado, hombre.

—No era el caso. No quiero hablar del tema.

—No irás a decirme que estás en África por su culpa, ¿verdad?

Cristian no contestó. Siempre había sido reservado, pero nunca le había mentido a su hermano.

—¡Joder! ¿En serio? ¿Mónica?

—No, la otra. Lorena.

—¿Y realmente le hiciste unas fotos a Mónica?

—Sí, unas fotos muy buenas.

—Pues cóbralas, tío. No dejes que los asuntos del corazón

interfieran en el bolsillo. Allí donde estás no cobras un euro, solo te pagan el viaje y te dan de comer.

—Agua templada, café aguado y pan de maíz, gachas de maíz y tortas de maíz. Sí, creo que tienes razón, la señorita Rivera debe pagar por mi trabajo y por mi actual situación. Si te vuelve a llamar dile que son dos mil euros y le das mi número de cuenta para que los ingrese.

—¿Dos mil? Eso es mucho dinero. ¿Las fotos lo valen?

—Normalmente no cobraría ni la mitad, pero si insiste en pagar, que lo haga. Y sí, lo valen. Además de ser unas fotos buenísimas, puse el alma en ellas.

—De acuerdo.

—Y César... mantente lejos de las hermanas Rivera, son unas auténticas hijas de puta, las dos.

—Lo haré, no te preocupes. Sé cuidarme solito.

—Yo también lo creía... y estoy en África con más picaduras de mosquito que centímetros tengo en mi cuerpo.

—Vale... lo pillo.

—Te tengo que dejar, o me voy a gastar todo el dinero del *book* de Mónica en teléfono.

—Cuídate, Cristian.

—Tú también.

César se recostó de nuevo en la cama. De modo que su hermano estaba colgado de una mujer... al fin. Se sentía intrigado con aquella extraña historia y sobre qué habría sucedido para llevar a Cristian a otro continente, cuando ya no le apetecía correr aventuras.

Este, por su parte, recogió el paquete de medicamentos y se premió con una cocacola bien fría y un almuerzo decente antes de volver. Cuando se sentó de nuevo al volante el sol caía como plomo fundido sobre la carretera. Ni una pequeña sombra cubría el camino. Se caló el sombrero esperando que le librase del dolor de cabeza que sabía que el sol le iba a producir y estuvo tentado de quedarse un rato más en el pueblo hasta que las peores horas de calor pasaran, pero no se atrevió. El camino era difícil y si se producía algún contratiempo se le haría de noche en medio de ninguna parte.

Mientras regresaba sintió que a la incomodidad física se unía el malestar interno que le había producido saber que Mónica se había puesto en contacto con su hermano. ¿No podían dejarle en paz? ¿No querían entender que no deseaba saber nada de ellas? Lo de pagar las fotos no era más que una burda excusa, estaba seguro, y había dicho un precio muy alto para que diera marcha atrás y desapareciera. De ninguna forma pensaba que Mónica iba a pagar ese dinero por unas cuantas fotos. Se haría la despistada y él no pensaba reclamarle nada en el futuro. Se alejaría todo lo posible de Patrimonio y de reportajes de arte para que sus caminos no volvieran a cruzare jamás.

Tan embebido iba en sus pensamientos que no se dio cuenta del bache hasta que la rueda se atascó en él. ¡Lo que le faltaba para mejorar su humor!

Descendió del vehículo y comprobó que el daño no era irreparable, la rueda no había reventado ni estaba tan hundida que no la pudiera sacar, pero le iba a costar un buen esfuerzo salir del atolladero.

«Manos a la obra, Cristian», se dijo maldiciendo en su interior a la mujer que lo había colocado en semejante situación.

Buscó algo duro y plano para colocar bajo la rueda, lo que le llevó casi media hora de caminar por los alrededores. Al final, una piedra plana, a falta de otra cosa, lo sacó del apuro. Con esfuerzo y desollándose una mano logró introducirla bajo la rueda lo suficiente para que patinara sobre la piedra.

Se limpió el sudor que le caía a raudales por la cara y subió al vehículo. Arrancó y a punto estuvo de no conseguir su objetivo porque el coche retrocedió y casi perdió el contacto con la piedra. Pero pisó el acelerador con fuerza y con una brusca sacudida salió del hoyo.

Arrancó un trozo de la camiseta que llevaba puesta y se cubrió la mano lastimada para evitar que el polvo del camino se incrustara en la carne viva, y a continuación reemprendió el regreso.

Extremó el cuidado por si la rueda hubiera sufrido algún daño y llegó al campamento al atardecer. Cansado, sudoroso, herido y enfadado. Cogió ropa limpia y se zambulló de nuevo en el río para lavarse y aliviar el calor. Luego fue a buscar a Alika para que le curase la mano.

Esta le atendió con su dulzura y delicadeza habitual. Desinfectó la herida, cortó la piel arrollada y extendió una crema cicatrizante con la punta de los dedos sobre la carne magullada. Cristian contempló el perfil de la chica, mezcla de blanco y negro, lo que le concedía su exótica belleza, y la mirada inequívoca que le lanzó. Y se dijo: «¿Por qué no? La mancha de la mora otra verde la quita», y decidió que, si ella hacía algún avance, se iba a dejar querer el tiempo que permaneciera en África. No le debía nada a Lorena Rivera.

17

César

Después de la conversación con su hermano, César no pudo volver a dormirse. Las palabras y la actitud de Cristian le intrigaban mucho y la curiosidad por saber qué había sucedido con las gemelas fue más fuerte que su sueño después de un largo turno de noche.

Miró el reloj, casi las once de la mañana. Decidió que era una buena hora para llamar por teléfono. Localizó en la agenda del móvil el nombre de Mónica Rivera y pulsó el botón de llamada.

—¿Sí? —Escuchó al otro lado la voz suave de ella.

—¿Mónica?

—Sí. ¿Y tú eres Cristian o César?

—César, me temo.

Ella sonrió.

—¿Y qué quieres de mí?

—Me dijiste que querías pagarle a mi hermano las fotos que te hizo.

—¿Has hablado con él?

—Ajá.

—¿Y le has dicho que se ponga en contacto con mi hermana?

—Sí, pero no parece estar muy interesado. Aunque acepta que le pagues lo que le debes. Me ha dicho que te dé su número de cuenta para que se lo ingreses.

—¿Te ha dicho la cantidad?

—Sí; dos mil euros.

—¡¿Dos mil euros por veintisiete fotos?!

—Eso me ha dicho.

—¡Joder! Sí que valora su trabajo tu hermano.

—No mates al mensajero... Si te parece mucho dinero espera a que vuelva y lo renegociáis...

La escuchó suspirar profundamente.

—No, supongo que se lo debo. Se quiere cobrar algo más que unas simples fotos. Pero no esperarás que una cantidad semejante la ingrese sin más en una cuenta corriente. Quiero un recibo firmado que acredite que he pagado.

—Eso va a ser un poco difícil, Cristian sigue en África y no tengo ni idea de cuándo piensa volver. Pero si quieres, puedo firmártelo yo en su nombre. Tengo la autorización necesaria para gestionar sus asuntos económicos en su ausencia.

Mónica no se lo pensó dos veces. Quizá si conocía a César Valero en persona podría lograr que convenciera a su hermano de que cambiara su actitud hacia Lorena. Su hermana y sus sobrinas, pues ya les habían comunicado que esperaba gemelas, bien merecían dos mil euros.

—Hecho.

—Pues quedamos cuando quieras.

—Dame un par de días para tener el dinero.

—No hay prisa. Llámame cuando quieras y vamos al banco, hacemos el ingreso, te firmo tu recibo y luego nos tomamos un café.

—Me parece bien.

Colgó. ¿Volvería a saber de ella o tendría razón Cristian y desaparecería para no pagar el alto precio de las fotografías? A pesar de lo que pudiera pensar su hermano, sentía curiosidad por conocer a Mónica Rivera.

Ella también colgó. Bueno, pues al parecer, sí existía César Valero. Y Cristian seguía perdido en otro continente, de modo que era el momento de contárselo a Lorena.

Esperaba que se lo tomara bien, el embarazo iba adelante sin problemas, las náuseas habían remitido bastante e incluso la noticia de que estaba gestando gemelas había sido aceptada con serenidad. Lorena presentaba una tristeza sosegada, después del dolor intenso de las primeras semanas, y sin duda se debía a las niñas, que le proporcionaban la paz interior y la ilusión que le permitían superar la desaparición de Cristian.

Mónica se había trasladado a casa de su hermana, que había finalizado la restauración del fresco hacía casi un mes y estaba en Madrid a la espera de un nuevo encargo.

Cuando salió del trabajo se encaminó hacia el piso de Lorena, que la esperaba preparada para dar juntas el largo paseo que el tocólogo le había recomendado.

El vientre, ya bastante abultado por el doble embarazo, se marcaba bajo la camiseta a pesar de los pocos meses de gestación.

—Hola, Moni. Llegas pronto hoy.

—Sí. En un minuto me cambio y salimos.

Cuando enfilaron el paseo que solían tomar a diario, Mónica le comentó:

—Tengo noticias de Cristian.

—¿Te ha llamado? —preguntó Lorena deteniéndose de golpe.

—No, no de forma directa. He hecho algunas indagaciones y he localizado el teléfono de un hermano. He hablado con él.

—No has debido hacerlo, está muy claro que no quiere saber nada de mí.

—Está en África haciendo fotos para una ONG. Y no tiene prevista una fecha de regreso

—¿Ves? No ha podido irse más lejos. ¿No le habrás hablado de las niñas?

—No, en absoluto.

—Bien. No lo hagas, deja que siga con su vida.

—¿No se lo piensas decir? Algún día volverá.

—Si vuelve y me busca, por supuesto que lo haré; pero si no lo hace... estas niñas son hijas mías y no necesitan a nadie más. No voy a usarlas para atraerlo ni quiero nada de él.

—Oye, que yo sí estoy aquí... eso de que no necesitan a nadie más...

—A ti sí, cariño. A ti te necesitamos las tres.

Apretó el paso para que Mónica no viera el tenue brillo de lágrimas contenidas que empañó su mirada. A pesar de lo que decía, había esperado una llamada, un mensaje, aunque fuera un reproche que le permitiera hablar con él y decirle lo que sentía. Decirle que iba a ser padre y que podrían volver a empezar. Pero esa esperanza acababa de evaporarse, y dolía. No la asustaba la idea de criar a sus hijas sola, le dolía la certeza de que nunca iba a tener a Cristian en su vida, que no volvería a perderse en su mirada verde ni sabría lo que era hacer el amor con él sin antes haber ingerido una gran cantidad de alcohol. Que nunca se despertaría en plena noche y se refugiaría en su cálido abrazo. Cristian Valero había salido de su vida antes de haber entrado de lleno en ella.

Mónica, adivinando el estado emocional de su hermana, ralentizó su paso un poco para darle la privacidad que necesitaba en esos momentos. Después, se unió a ella y habló y habló sobre embarazo, cunas, cochecitos y muchas otras cosas que la distrajeran. No le dijo nada del pago de las fotos ni de que iba a verse con el hermano de Cristian. Durante un tiempo, cuantas menos noticias tuviera de él o de su familia, mejor.

Cuando llegaron a casa, Lorena se metió en la ducha, y allí, como otras veces, dejó escapar su tristeza y su pena a escondidas de su hermana. Permitió que las lágrimas cayeran a raudales por su cara mezcladas con el agua que goteaba de su cabeza. Que la decepción se mezclara con el dolor; decepción por ese hombre que hacía solo unos meses le había dicho que iba a luchar por ella contra Ernesto, que no se iba a rendir y que la quería en su vida. Pero había bastado un simple contratiempo para que abandonase. Ese hombre que no solo no había luchado, sino que ni siquiera le había dado la oportunidad de luchar a ella. Sabía que le había hecho daño, pero si ella le hubiera importado tanto como afirmaba no habría salido corriendo sin escucharla. Debería haberla visto, gritarle e insultarla si hubiera sido necesario, pero también escucharla, no juzgarla y condenarla sin darle siquiera una oportunidad de explicarse.

Apoyó una mano en su vientre y les habló a las gemelas, tal como había comenzado a hacer apenas supo que eran dos niñas las que estaban allí dentro, y no algo indefinido.

—No os preocupéis, chicas, no es nada. Lloro por las hormonas, ¿sabéis? No tiene nada que ver con vosotras, os quiero muchísimo. Sois lo único que tengo, vosotras y la tita Moni. Las hormonas son unas hijas de puta que nos amargan la vida a las mujeres a partir de los doce años, ya lo comprobaréis.

Como siempre le sucedía, hablar a las niñas la calmó y le dio fuerzas, esas fuerzas que a veces la abandonaban cuando pensaba en Cristian. Salió de la ducha renovada y dispuesta a comerse el mundo por esas hijas que se habían convertido en lo mejor de su vida.

Tres días después, con un talón en la mano, Mónica se dirigió al banco donde debía reunirse con César para hacer la transacción. Tenía curiosidad por conocer al hermano de Cristian, ese hombre que todavía no descartaba que algún día formara parte de su familia.

Lo divisó desde lejos. Pelo castaño, barba de unos días y con un cuerpo tan alto e impresionante como el de su hermano.

—¡Joder! —masculló mientras se acercaba—. ¿En vuestra casa, de pequeños os daban los *petit suisse* de docena en docena?

César paseaba delante del banco con la impaciencia de alguien a quien le cuesta quedarse quieto. Mónica se acercó.

—¿César?

—Ajá. Y supongo que tú eres Mónica. ¿O eres la otra gemela?

—No, soy Mónica. Mi hermana ni siquiera sabe que he venido.

—¿Se lo ocultas por algún motivo en especial?

—No, pero no se lo he comentado. Que seamos gemelas no significa que nos lo contemos todo y, la verdad, ahora mismo no creo que le apetezca que le nombren a tu hermano.

—¿Voy a enterarme de por qué? Entre todos me tenéis de lo más intrigado. Cristian no suelta prenda.

—No puedo contarte mucho, no es mi historia. ¿Entramos?

—Sí, solucionemos esto cuanto antes.

Echó a andar junto a él, y la invadió la misma sensación que cuando caminaba junto a Cristian. A pesar de no ser una mujer baja, se sentía muy pequeña a su lado.

Mónica ingresó el talón en la cuenta de Cristian y César le firmó el correspondiente recibo.

—Bueno, asunto zanjado. Ahora, ¿nos tomamos ese café?

—Encantada.

—Hay un sitio muy agradable por aquí cerca.

De nuevo empezaron a caminar uno junto al otro.

—¿Hoy no tienes que apagar el fuego de ninguna chica preciosa? —le preguntó Mónica con humor.

—Esta semana estoy en el turno de noche.

—¿Y no deberías estar durmiendo?

—Me ha tocado ocuparme de los asuntos financieros de mi hermano.

—Tiene que ser jodido eso de cambiar de turno cada semana.

—Te acostumbras. Cada uno tiene sus ventajas y sus inconvenientes.

—Supongo que sí.

César entró en una cafetería pequeña y poco concurrida, decorada con un toque tradicional. No era nueva ni moderna y en su interior parecían flotar los recuerdos de muchas historias acontecidas en ella. Mónica se sintió de inmediato a gusto en el local. Él avanzó hasta una mesa del fondo, cerca de una ventana, con la soltura de alguien que ha estado allí muchas veces.

—Espero que te guste el café fuerte. Si no es así, pide el americano, es más suave.

—Me gusta fuerte.

—Y a mí.

—Eres habitual de este sitio, ¿no?

—Ajá. Siempre que vengo al centro y tengo un rato, paso por aquí. ¿Qué quieres tomar? No sirven en las mesas.

—Café con leche.

Él se quitó la chaqueta informal que llevaba dejando ver un jersey ajustado que marcaba unos músculos que debían de ser espectaculares, y la colocó en el respaldo de la silla. Mónica lo observó caminar hasta la barra con el paso largo y elástico de quien tiene una agilidad fuera de lo común. Volvió al poco con dos platos y tazas en las manos.

—¿Algo de comer?

—No, gracias.

Se sentó a su lado.

—Bueno, Mónica Rivera. ¿Me vas a contar qué tenéis tu hermana y tú con Cristian? Porque soy un cotilla y estoy intrigadísimo. Ya sé que no vas a contarme mucho, pero al menos lo suficiente para calmar mi curiosidad.

—¿Él no te ha dicho nada?

—El minuto de conferencia desde África cuesta un dineral, de modo que no. Solo me ha dicho que no quiere saber nada de vosotras, y que me mantenga alejado de las dos.

—Y en vez de eso, estás aquí tomando café conmigo.

Él sonrió con una expresión pícara.

—Soy mayorcito para decidir con quién me relaciono. Hace años que dejé de obedecer a mi hermano.

—Él es el mayor.

—Solo tres años, pero sí, lo es.

—¿Y actúa como padre?

—Lo hizo durante mucho tiempo, perdimos a nuestros padres en un accidente cuando yo tenía quince años y él dieciocho.

—También Lorena y yo somos huérfanas, pero nosotras teníamos ya veinticinco años cuando murió nuestra madre.

—¿Y tu padre vive?

—No tengo ni idea. Lore y yo fuimos fruto de una aventura de verano y al parecer mi padre desapareció de nuestra vida sin saber siquiera que mi madre estaba embarazada.

«La historia se repite», pensó.

—¿Pero sabes quién es?

—No gran cosa. Tampoco me pica la curiosidad.

—Bueno, pero no te salgas por la tangente. ¿Qué pasa con mi hermano? ¿Salías con él?

—Yo no. Mi hermana y él han tenido un... *affaire*, podríamos decir. No han llegado a mantener siquiera una relación. Ha habido un mal rollo y Cristian se ha marchado sin siquiera hablar con ella. Lorena se merece que al menos la escuche antes de juzgarla.

—¿Le ha puesto los cuernos?

—No.

—¿Y tú qué pintas en todo esto? Porque me ha advertido sobre las dos.

—Es complicado.

César dio un sorbo a su café.

—No entro a trabajar hasta las ocho de esta noche. Tenemos como unas nueve horas.

—Pero yo sí estoy en horario laboral. Me he escapado para solucionar lo del pago.

—¿Dónde trabajas?

—Tengo mi propia empresa de gestión y restauración de obras de arte. Trabajamos principalmente para Patrimonio; Lorena se ocupa de las restauraciones, y yo, del papeleo.

—¿Y cómo conocisteis a mi hermano?

—Patrimonio le encargó un reportaje sobre el románico. Pero Lorena ya le conocía, habían coincidido hace un par de años... ¡Buff! Me estás haciendo hablar más de la cuenta...

César lanzó una breve risita.

—Me has pillado.

—Cambiemos de tema. ¿Cómo es que te hiciste bombero?

—Me gusta el riesgo. Y Cristian pensó que mejor lo canalizaba hacia una profesión en vez de tirarme en ala delta o hacer escalada yo solo por esos montes.

Mónica abrió mucho los ojos.

—¿Haces eso?

—De vez en cuando.

—A mí me encantaría probarlo alguna vez.

—Ahora no es una buena época, pero si para el verano sigues interesada, tienes mi teléfono. Llámame y organizamos una excursión por alguna zona facilita. Siempre prefiero ir acompañado de una chica bonita.

—Aunque te hayan prevenido contra ella.

—Eso solo lo hace más atrayente.

Mónica calculó los meses que le quedaban a Lorena de embarazo y pensó que para el verano iba a estar muy ocupada cambiando pañales. Pero la idea de hacer escalada con César Valero la atraía mucho, aunque acabase de conocerlo.

—¿Quién sabe? Quizá lo haga.

Él apuró su café. Mónica hizo lo mismo con el suyo y, por mucho que buscó un tema de conversación para prolongar el rato, no encontró nada que no resultara evidente, de modo que se resignó a despedirse de él.

—Bueno, yo tengo que volver al trabajo. Y tú deberías dormir.

—Debería.

—¿No lo vas a hacer?

—Solo si no hay nada más interesante.

—¿Como apagar el fuego de alguna chica preciosa?

—Ajá.

—Pues nada... no te entretengo más.

Se levantó de la silla y, cogiendo el bolso, le tendió la mano.

—Un placer haberte conocido, César.

Él se inclinó sobre ella y la besó en la mejilla.

—El placer ha sido mío, chica preciosa. Si alguna vez necesitas un bombero... ya sabes cómo encontrarme. O cuando quieras emociones fuertes...

—¿Como hacer escalada?

—Por ejemplo.

—Lo tendré en cuenta. Y tú, si alguna vez necesitas que te valoren una obra de arte...

—Ten por seguro que te llamaré.

Salieron de la cafetería. César la vio alejarse caminando con seguridad sobre los tacones, contoneando las caderas con gracia bajo la falda recta y no pudo evitar sonreír. Si la otra gemela era solo la mitad de interesante que esta, comprendía el estado emocional de su hermano. Cuando volviera tendría que contarle hasta la última coma de la historia.

18

Alika

La jornada había sido dura. Cristian no terminaba de acostumbrarse al clima africano. Al intenso calor de meses anteriores había seguido una época en que las máximas del día y las mínimas de la noche presentaban un cambio drástico. Era enero y la temperatura acusaba una diferencia de casi veinte grados en el transcurso de unas pocas horas, algo a lo que no estaba acostumbrado.

Cuando se acostó en el precario catre que le servía de cama, se cubrió con la manta y una noche más echó en falta el cálido cuerpo de una mujer a su lado. No quiso decirse que echaba de menos a Lorena, porque apenas había dormido con ella unas pocas horas, pero en el fondo de su mente y de su corazón sabía que era a ella a quien echaba en falta. Una noche más. Como todas las noches. Y de nuevo se convenció de que ella tenía lo que quería, que sin su sombra revoloteando a su alrededor habría vuelto con su precioso Ernesto, ese hombre que llenaba sus días, ya que no sus noches; ese hombre que le daba lo que al parecer él no podía. Lorena tenía lo que quería mientras él trataba de curar sus heridas en un remoto poblado africano, trabajando hasta la extenuación para caer en la cama completamente agotado cada noche. No conseguía explicarse cómo ella había logrado meterse en su piel, en su alma y en sus sentimientos tan profundamente en tan poco tiempo. Solo había pasado con ella dos noches, nunca habían salido juntos, ni paseado de la mano, ni compartido ninguna comida más que un desayuno y unos filetes empanados en un banco y, sin embargo, no conseguía sacarla de su mente. Acudía puntual a su cita nocturna por muy cansado que se encontrara, por muy enfadado y decidido que estuviera a olvidarla. Pero ella seguía tan presente en su vida siete meses después de dejar Madrid como el primer día. También sus mentiras seguían doliendo igual.

Enfadado consigo mismo decidió que ya era hora de dejar a Lorena Rivera atrás, de pasar página de una vez, y solo había una forma de conseguirlo.

Se levantó de la cama, se puso un pantalón y un chaquetón sobre la camiseta que usaba para dormir y salió dispuesto a olvidar a la mujer que tanto daño le había hecho en brazos de otra que se le ofrecía en silencio cada día.

Caminó con sigilo hasta la habitación donde dormía Alika. Golpeó con suavidad con los nudillos y apenas unos segundos después la puerta se entreabrió y la cara somnolienta de la chica se iluminó al verlo en el umbral. No hizo preguntas, solo le franqueó la entrada en silencio y apenas estuvo dentro con la puerta de nuevo cerrada a sus espaldas lo rodeó con sus brazos y le ofreció su boca. Una boca con un sabor extraño y diferente. Una boca que no le recordó a ninguna otra, que nada tenía que ver con la que poblaba sus sueños y sus pesadillas. Una boca que le haría olvidar.

El amor con Alika era tranquilo y sosegado, un bálsamo para su mente turbulenta y sus sentimientos rotos. Cristian se entregó a él como un adicto a la heroína acepta la metadona, como sustituto, como paliativo, sin evitar sentirse un poco culpable. Cuando un rato después, calmado el deseo, con una luna fría iluminando la espartana habitación, el cuerpo desnudo de Alika se acurrucó contra él, la rodeó con un brazo y se dispuso a dormir. Ella le colocó una mano en el pecho y le acarició con suavidad el vello rubio y los abdominales lisos y ligeramente marcados, susurrando en la oscuridad:

—No te sientas mal. Sé que este no es tu lugar, que no estás aquí por vocación como yo y que un día, más temprano o más tarde, te marcharás. Quiero que sepas aquí y ahora, que yo no lo haré, que esta es mi gente y es aquí donde quiero estar.

—Lo sé.

—Serás bienvenido en mi cama siempre que quieras, y no habrá ningún problema por mi parte si un día dejas de hacerlo o decides marcharte.

—Tampoco lo habrá por la mía si un día no me abres la puerta.

—Perfecto. También preferiría que estos encuentros nocturnos no trascendieran durante el día. Que sigamos siendo solo enfermera y cooperante.

—También yo lo prefiero.

—Bien. Entonces, todo está claro. Será mejor que te marches ahora, antes de que el campamento despierte y te vean salir de mi habitación.

—De acuerdo.

Se levantó de la estrecha cama en la que resultaría imposible dormir los dos y volvió a vestirse con calma. Alika se levantó y, antes de que se marchara, le echó los brazos al cuello y lo besó por última vez antes de que él saliera y se perdiera en la noche.

Cristian regresó a su cabaña y se acurrucó en la cama que no había tardado en enfriarse. Lo hizo con una extraña sensación, mezcla de alivio por haber conseguido dar un paso adelante en su vida y tristeza por haber empezado a cerrar una puerta que no estaba seguro de querer dejar atrás. Por primera vez desde que llegó a África se preguntó si realmente quería olvidar a Lorena Rivera.

Lorena se despertó en medio de la noche. Miró el reloj de la mesilla, que marcaba las dos de la mañana. Las bajas temperaturas de enero enfriaban su cara mientras el cuerpo se mantenía caliente bajo el edredón. Había tenido que dejar de conectar la calefacción para dormir porque se asfixiaba en la cama. Las niñas no le permitían ponerse de lado y boca arriba le costaba respirar. Solía despertarse en medio de la noche con la sensación de la falta de aire oprimiéndole los pulmones. Pero esa vez no había sido esa la causa de su desvelo, ni tampoco ninguna patada brusca; la opresión que notaba en el pecho no tenía nada que ver con el malestar físico. La luna iluminaba la habitación con un resplandor pálido y frío, tan frío como se sentía su alma aquel mes de enero a punto de cumplir los ocho meses de embarazo, cuando ya toda esperanza de que Cristian volviera a su vida había desaparecido por completo. Porque, aunque él regresara a España, sabía que lo que hubo entre ellos estaba más que terminado, y aquella noche la sensación era más fuerte que nunca. Sus niñas, que ya tenían nombre, Ángela y Maite, iban a crecer sin padre.

Miró la luna grande y redonda que ocupaba una gran parte de la ventana y pensó en Cristian. También en Oviedo había brillado una luna perfecta que marcaba los músculos de la espalda de él, desnudo en la cama. No pudo evitar que una lágrima se deslizara silenciosa por su mejilla al recordar lo que podría haber sido.

Contra lo que solía hacer, se dejó llevar. Cuando le venía un bajón se esforzaba en pensar en otra cosa para evitar que la presión sanguínea, ya cerca del límite por el embarazo, se le disparase. El médico le había advertido que si seguía subiendo habría que hospitalizarla y no quería estar recluida las últimas semanas de embarazo.

Pero esa noche la invadía una sensación tan grande de fatalidad y desesperanza, de capítulo cerrado, que se abandonó, se olvidó de la tensión y dejó fluir las lágrimas a su antojo para ver si conseguía calmar el dolor sordo que tenía en el pecho. Un dolor que no tenía que ver con patditas ni pulmones oprimidos. Un dolor que afectaba al corazón y a los sentimientos y que no se aliviaría con un cambio de postura.

Aquella noche tenía la certeza de que Cristian había pasado página y que no volvería a ella... nunca.

Con dificultad, se levantó de la cama para prepararse un vaso de leche caliente, el único somnífero que se permitía cuando el sueño se negaba a acudir. Al moverse, la gemela de la derecha estiró una pierna y se acomodó. Lorena pasó con suavidad la mano por lo que parecía una espalda y acarició a su hija a través de la piel de su propio vientre.

—Calma pequeña, todo está bien.

Apenas cruzó el umbral de la cocina, Mónica apareció tras ella.

—¿Te encuentras mal?

Sin esforzarse por ocultarle las lágrimas como otras veces, se volvió hacia su hermana.

—No... solo triste.

Esta se acercó a ella y a duras penas la rodeó con los brazos. Las niñas, oprimidas entre las dos, empezaron a golpear en todas direcciones con puños y pies, haciéndolas separarse.

—No estés triste, Lore. En poco tiempo vas a tener dos preciosidades en los brazos que llenarán tu vida por completo.

—Por supuesto. Pero no sé qué me pasa esta noche...

—No lo olvidas, ¿eh?

Lorena negó despacio con la cabeza.

—No... Es cuestión de tiempo, supongo. Y las hormonas tampoco ayudan. Seguro que cuando hayan nacido estaré tan ocupada que no tendré ni un segundo para pensar en él.

—Seguro que no.

—Y, además, puede que mis niñas no tengan padre, pero tendrán una tía cojonuda.

—Podrían tener un tío bombero... César me pareció un hombre muy agradable.

—Agradable, ¿eh? ¿Y quién es César?

Mónica tragó una gran bocanada de aire al darse cuenta de su desliz.

—El hermano de Cristian. Quedé con él para pagarle las fotos, y también para sonsacarle un poco.

—¿Y has averiguado algo? —El corazón le empezó a latir con fuerza.

—Nada nuevo. Al parecer de vez en cuando hace el equipaje y desaparece durante dos o tres años. Pero no tengo dudas de que su hermano sabe cómo localizarlo, si le hablo de tu embarazo es posible que le haga volver.

—No. Que vuelva cuando quiera hacerlo, y si yo sé de su regreso, entonces le hablaré de las niñas, y si no, Cristian estará fuera de nuestras vidas. No quiero que piense que es algún tipo de treta. No le digas nada, si vuelves a quedar con él.

—No tengo intención de quedar con César de nuevo. Le pagué y nos tomamos un café después, nada más.

—Me ha parecido que te gustaba.

—Solo he dicho que era agradable, Lore. Mucha gente me parece agradable.

—Vale, entendido.

—Ahora tómate esa leche e intenta dormir un poco, ¿de acuerdo?

—De acuerdo.

—Me acostaré contigo y te cogeré la mano.

—Gracias. No sé qué haríamos sin ti.

—Eh, eh, nada de sentimentalismos. Las Rivera somos una piña y estamos ahí para lo que haga falta. Ahora somos dos y dos cachitos y pronto seremos cuatro.

—Sí.

19

De parto

Lorena se despertó sintiendo una humedad inusitada entre las piernas. Asustada se palpó y miró los dedos. Respiró aliviada al comprobar que no se trataba de sangre, los dedos se veían brillantes y cubiertos de un líquido transparente.

—¡Moni! —llamó tratando de mantener la calma para no alarmar a su hermana.

Pero su gemela tenía el sueño muy ligero en las últimas semanas y en un par de minutos se encontraba a su lado.

—¿Qué ocurre?

—Creo que he roto aguas.

—Bueno, calma, ¿eh? Mucha calma.

—No estoy nerviosa.

—Bien. ¿Estás segura?

Lorena destapó las sábanas mostrando la mancha que cubría su camisón.

—Sí, sí, creo que podemos estar seguras. ¿Qué hacemos? ¿Vamos al hospital? ¿Llamamos a una ambulancia? ¿Al médico?

—Moni, deja de comportarte como un padre primerizo y limítate a llevarme al hospital.

—¿En el coche?

—Sí, en el coche.

—¿Y si...?

—Estoy bien, ni siquiera tengo contracciones más fuertes

de las que he tenido estos días. Pero ya nos dijo el tocólogo que a la menor señal deberíamos ir al hospital, así que vamos. Ayúdame a vestirme y pongámonos en marcha.

—Bien, bien... ¿Qué quieres ponerte?

—Cualquier cosa, no voy de fiesta.

Al fin Mónica pareció reaccionar, empezando a moverse con rapidez; acudió al armario de Lorena y buscó un vestido cómodo con que cubrir su cuerpo hinchado. Luego la ayudó a cambiarse y, cogiendo la bolsa de viaje que tenían ya preparada, salieron de la casa.

A mitad del camino una leve punzada atravesó el bajo vientre de Lorena, algo tan leve que casi dudó después de haberlo sentido. No dijo nada para no poner más nerviosa a su hermana.

Mientras conducía, Mónica volvía con frecuencia la cara para observar el rostro pensativo de su gemela y, como casi siempre, sabía lo que esta estaba pensando. En ese hombre que debería estar a su lado, y ni siquiera sabía que iba a ser padre; que no le cogería la mano en los momentos duros que se le avecinaban, ni lloraría de emoción al tener a sus hijas en brazos.

—Lore, quiero entrar al paritorio contigo.

—¿En serio? Pero si hasta te da pánico cuando te tienes que hacer una analítica...

—Esto no me lo van a hacer a mí, sino a ti.

—No creo que debas.

—Estoy decidida, no vas a convencerme. Quiero estar ahí cogiéndote la mano, y ver a mis niñas en cuanto nazcan. Siempre hemos estado juntas en todo lo importante.

—Bueno, pero si ves que te cuesta, te sales.

—Prometido.

Llegaron al hospital, donde un celador sentó a Lorena en una silla de ruedas y se la llevó para que la reconocieran.

Le dieron un horrible camisón de hospital abierto por detrás y la ayudaron a subir a una camilla de reconocimiento. Se sentía torpe como una ballena, hacía meses que no se veía la punta de los pies y tenía que recurrir a su hermana para que le abrochase los zapatos, y se dijo que eso estaba a punto de terminar.

Mónica esperó impaciente hasta que una enfermera salió para notificarle que, en efecto, su hermana estaba de parto, pero que aún tardaría varias horas en dilatar. La iban a monitorizar para acelerar el proceso, puesto que una de las niñas había roto la bolsa.

Esperó horas, cual padre primerizo, paseando por los pasillos del hospital, alimentándose a base del horrible café de la máquina y saltando cada vez que la megafonía informaba sobre alguna paciente.

Cuando al fin fue el nombre de su hermana el mencionado, corrió hasta la puerta de monitores.

—La vamos a pasar a quirófano para practicarle una cesárea —le comunicó la matrona—. La presión sanguínea ha subido mucho y no queremos correr riesgos.

—¿Hay algún peligro?

—Claro que no, pero en los partos dobles la madre sufre mucho. Es mejor así, para las tres.

—Yo quería asistir al nacimiento —dijo abatida.

—Le aseguramos que usted verá a las niñas antes que nadie. De momento, aguarde en la sala de espera.

Abatida, se dirigió a la habitación llena de sillas de plástico azules y rostros preocupados. La sola idea de permanecer sola en aquella estancia mientras Lorena estaba en el quirófano se le antojó espantosa. Siempre habían estado juntas en los malos momentos y afrontar aquel por separado le resultaba muy difícil.

Alterada y nerviosa, imaginaba mil y un problemas, y no

pudo evitar dar un respingo cuando el móvil le sonó dentro del bolso. Su nerviosismo aumentó al ver en el identificador de llamadas el nombre de César Valero. Su mente se disparó ante la posibilidad de que Cristian hubiera regresado y pudiera compartir con él aquellos minutos angustiosos.

—¿Sí? —respondió hecha un manojo de nervios—. ¿Ha vuelto tu hermano?

La voz sonó risueña al otro lado.

—Menuda decepción. Yo solo te llamaba por si te apetecía tomar un café... mi cupo de peligrosidad de esta semana no se ha cubierto y pensé llenarlo contigo. No, mi hermano no ha vuelto, me temo.

—¡Mierda!

—Lo siento... ¿No te sirvo yo?

—¡No! Joder, es tu hermano el que debe estar aquí en estos momentos. —Se dio cuenta demasiado tarde de su brusquedad y de sus palabras.

—¿Qué te ocurre? Te noto muy alterada. Tómate ese café conmigo, charlamos, y me aclaras qué pasa con Cristian.

—No puedo quedar contigo, estoy en el hospital, mi hermana está en el quirófano y sí, yo estoy muy nerviosa.

—¿Qué le ha pasado? ¿Algún accidente?

—¡No puedo decírtelo! Lore me mataría.

—De acuerdo, ya hablamos en otro momento...

—Sí, mejor.

César colgó. Mónica estaba muy equivocada si pensaba que no iba a llegar al fondo de un asunto que tuviera que ver con su hermano. Se dispuso a llamar a todos los hospitales hasta averiguar en cuál de ellos operaban a Lorena Rivera, y de qué.

Tardó apenas veinte minutos en llegar. Cuando le dijeron que le estaban practicando una cesárea de emergencia tomó el primer taxi que encontró para evitarse los problemas de aparcamiento, y se dirigió al hospital. Ahora entendía el interés de Mónica en encontrar a Cristian, de repente todo se había vuelto muy claro para él.

Localizó a la chica en la sala de espera de cirugía, con la angustia pintada en el rostro, y se dirigió a ella a grandes zancadas. Esta dio un respingo al verlo.

—¿Qué haces tú aquí?

—Me quedé preocupado y llamé a los hospitales hasta averiguar qué le pasa a tu hermana.

Mónica respiró hondo.

—¿Y te lo han dicho?

César asintió.

—Sé que le están practicando una cesárea. Y por tu interés en que apareciera mi hermano, intuyo que es el padre.

—Sí —confesó abatida.

—Y no lo sabe.

—Se marchó antes de que Lorena supiera que estaba embarazada. Intentamos localizarlo, y te encontramos a ti.

Se sentó a su lado y comentó:

—Bueno, en ausencia de Cristian, aquí estoy yo. El tito César. —Y le agarró la mano.

Mónica sintió que se relajaba. No estaba sola en aquel momento... A Lorena no le gustaría que se hubiera enterado, pero ella se sentía aliviada de compartir con alguien aquellos momentos de preocupación.

—¿Niño o niña?

—Niñas.

—¿En plural? —preguntó con una sonrisa. A su hermano le iba a dar una apoplejía cuando se enterase.

—Sí, en plural. Dos gemelas. En mi familia son frecuentes los embarazos dobles.

—Sí que sois peligrosas...

Mónica no pudo evitar reírse también, lo que relajó el ambiente.

—Si me hubieras dicho el motivo yo hubiera podido contactar con él.

—Lorena ya había decidido no decirle nada. Se sentía dolida de que no le hubiera dado ni siquiera la posibilidad de explicarse y pensó que en realidad ella no le importaba tanto como decía. Decidió seguir con el embarazo sola.

—De gemelas; con dos ovarios.

—En realidad cuatro, los suyos y los míos. Lorena y yo siempre estamos juntas para todo lo que hace falta.

—Sois increíbles... A mí la sola idea de criar a dos niñas a la vez me da escalofríos.

—Las Rivera somos unas mujeres muy fuertes, hemos salido adelante solas desde muy jóvenes. Y aunque ahora me veas angustiada y hecha un guiñapo, cuando hay que apretar los dientes lo hago y tiro con lo que sea.

—No tengo ninguna duda.

Se quedaron en silencio por unos minutos; luego él añadió:

—Cristian tiene que saberlo.

—Ya lo sé, pero es Lorena quien debe decidir cómo y cuándo decírselo. No quiere que le llames y le digas que tiene dos hijas para que venga enseguida a cumplir con su responsabilidad como padre. Ella se encargará de decírselo cuando vuelva a España y si se te ocurre llamarle tú y contárselo, me enfadaré mucho contigo. Y aprenderás alguna frase nueva sobre mangueras... cortadas.

César lanzó una carcajada. No tenía ninguna duda de que la señorita Rivera cumpliría su amenaza.

—Puede tardar.

—Eso es asunto suyo. Tu hermano se marchó sin decir adónde iba ni cuándo regresaría y hasta que lo haga no va a saber que es padre.

—Lorena quiere castigarle, ¿eh?

—No, pero tampoco quiere forzarle a nada.

—Puede que cuando vuelva ya haya pasado página.

—Ella piensa que lo ha hecho, pero es el padre de las niñas

y tiene derecho a decidir si quiere ejercer como tal, aunque no haya una relación entre mi hermana y él.

—Conociéndole, no tengo ninguna duda de que querrá. Y aunque así no fuera, yo sí quiero ejercer de tío.

—¿A pesar de los escalofríos?

César sonrió, con una sonrisa pícara que a Mónica le encantó.

—No voy a hacer de padre, solo de tío. Ya sabes, regalos, visitas y salidas al parque... los pañales mojados y los llantos nocturnos os los dejaré a vosotras.

—Vale, estupendo —dijo sintiendo una secreta alegría de saber que César iba a seguir estando presente en sus vidas.

«Familiares de Lorena Rivera, acudan al área de quirófanos», anunció la megafonía.

Mónica dio un respingo y saltó de la silla para dirigirse a toda prisa en dirección a las escaleras. César la siguió hasta la zona de quirófanos, en cuya puerta aguardaba un hombre con una bata verde.

—Somos los familiares de Lorena Rivera.

—¿Es usted el padre?

—No, el tío. —Se le llenó la boca al decirlo—. Mi hermano está fuera del país en este momento.

—Ha habido suerte, la intervención ha salido bien; las tres se encuentran en perfecto estado.

Mónica lanzó un profundo suspiro de alivio.

—Las niñas son pequeñas, una de ellas partió la bolsa y el parto se ha adelantado, de modo que tienen poco peso y sus pulmones, aunque están desarrollados, necesitan ayuda para adaptarse. Las hemos llevado a la incubadora y permanecerán allí uno o dos días.

—¿Y la madre?

—Se encuentra en la sala del despertar; cuando salga de la anestesia la pasaremos a observación para controlarle la presión sanguínea, que continúa alta.

—¿No podemos verla?

—Esta noche no, la hora de visita es mañana a las doce del mediodía. Pero si pasan por la incubadora podrán ver a las niñas a través de los cristales durante unos minutos. Después márchense a casa y descansen; si surgiera cualquier problema, cosa muy improbable, les avisaremos por teléfono.

—Gracias.

César notó la reticencia de ella y, cogiéndola por el brazo, la empujó con suavidad hacia el área de incubadoras.

—Sé que no quieres irte, pero aquí no podemos hacer nada. Y se te ve agotada, al límite de las fuerzas. Vamos a ver a las niñas y luego te llevaré a casa.

Mónica no se resistió, se dejó conducir hasta llegar a los cristales que separaban el corredor de las pequeñas cabinas de plástico donde reposaban los recién nacidos.

No tuvieron que preguntar por las gemelas, en una esquina había una cámara con dos pequeñísimas figuras en su interior, cogidas de la mano. César, que nunca en sus treinta años había pensado en bebés, sintió formarse un nudo en su garganta ante la visión de esas caritas sonrosadas, con las manos unidas y que eran algo suyo. Pensó en lo que sentiría su hermano cuando se enterase.

—Dios Santo, qué pequeñas son...

—Sí... podrían caber en mis manos.

Mónica miró las grandes manos vacías de su acompañante y no pudo evitar imaginarlo sujetando a las gemelas en ellas.

—Son preciosas, ¿verdad?

—Sí que lo son —dijo César con la voz un poco ronca.

Mónica advirtió los esfuerzos que él hacía para ocultar la emoción y añadió:

—Ahora es cuando tú dices que son clavaditas a tu hermano, ¿no?

—No. Espero que se parezcan a su madre, y por ende a su tía, que es preciosa.

Siempre tenía una respuesta para todo, pero en esa ocasión se quedó callada sin saber qué decir. Aquella tarde, la angustia compartida, el no tener que seguir ocultándole el embarazo de Lorena, el apoyo que él le había brindado le habían hecho ver en él algo más que al hermano de Cristian, y Mónica era consciente de ello. El hombre divertido, de conversación fácil y respuesta aguda había dado paso a otro con la voz rota de emoción mientras contemplaba una incubadora con dos sobrinas que acababa de descubrir. No sabía si estaba preparada para eso.

—Anda, vámonos —dijo él con una de sus manos posada con familiaridad en la parte inferior de la espalda de Mónica—. Las niñas también tienen que descansar y no creo que sentir la mirada fija de dos desconocidos sobre ellas se lo permita. Ya tendremos ocasión de achucharlas más adelante.

Ella se dejó llevar hasta la puerta del hospital, donde César le preguntó:

—¿Vamos en tu coche? No he traído el mío.

—¿Vamos adónde?

—Te voy a llevar a casa, no estás en condiciones de conducir.

—¿No lo estoy?

César se colocó delante y le agarró la cara con ambas manos obligándola a mirarlo. Mónica pensó que iba a besarla y el corazón se le aceleró. Por unos minutos se miraron con intensidad; luego, él susurró:

—Tienes un *shock* y no voy a dejarte conducir.

—¿No? —preguntó sintiendo de nuevo una corriente de excitación recorrerla de arriba abajo.

—No. Esperaré hasta que te recuperes y, en caso contrario, supongo que tendrás un sofá o algo semejante donde pueda dormir.

—Sí, hay un sofá enorme.

—Pues ya está.

Mónica se dejó llevar. La mano de César en la base de su espalda posada con una confianza recién adquirida le daba una sensación de irrealidad y empezó a pensar que él tenía razón y estaba en estado de *shock*. Entró en el coche en el asiento del copiloto y le tendió las llaves.

—¿Adónde vamos?

—¿Qué?

—Tu dirección.

Mónica se había trasladado a casa de Lorena durante su embarazo, pero le dio a César la dirección de su propia casa.

Hacía meses que no entraba allí más que para dar una vuelta y comprobar que todo estaba en orden, pero el apartamento los recibió con calidez. César miró a su alrededor con el afán de descubrir la personalidad de su dueña a través de la decoración. Le gustó lo que vio, la sencillez de las líneas de los muebles, la amplitud de los espacios, la decoración sucinta y poco recargada y el enorme sofá blanco que presidía el salón abierto a la cocina americana.

—Tienes una bonita casa, y muy acogedora.

—Gracias.

Lo último en lo que Mónica pensaba en esos momentos era en la casa, solo podía hacerlo en la presencia de César en ella y en lo extraño de la situación.

—Supongo que no has cenado —dijo él cuando hubo terminado el escrutinio.

—Ni almorzado. He sobrevivido a fuerza de café durante todo el día.

—¿Comida italiana, china... o prefieres que invada tu cocina y te prepare algo con lo que tengas en el frigorífico?

—No hay nada en el frigorífico, hace unos meses que vivo con Lorena.

—Entonces habrá que pedir.

—Espaguetis carbonara —dijo Mónica relamiéndose de anticipación. Hacía meses que solo tomaba comida saludable.

—Bien; raviolis para mí. —Agarró el móvil y marcó un número guardado en la lista de contactos—. ¿Postre?

—Sí, ¿por qué no? Tenemos algo que celebrar. Tarta de queso, si la hay.

—No pido vino porque quizá tengamos que coger el coche si se presenta algún problema en el hospital.

—Cerveza sin alcohol para mí. Me muero de sed.

César hizo el pedido y confirmó la dirección con Mónica.

—Veinte minutos.

—Voy a darme una ducha mientras, si no te importa. Llevo casi veinticuatro horas fuera de casa y huelo a hospital por los cuatro costados.

—Si me dices dónde está todo pondré la mesa.

—La cocina es toda tuya... busca y encontrarás. Enseguida vuelvo.

Subió al dormitorio a por ropa limpia y, durante un momento dudó si ponerse el pijama, que era lo que realmente le apetecía o vestirse para una visita. Se decidió por unos cómodos *leggins* y una camiseta larga.

La comida llegó y compartieron una cena informal, tomada en los recipientes de aluminio y bebiendo de las latas. Mónica se prometió a sí misma que si alguna otra vez César cenaba en su casa lo haría con todos los honores. Mantel, copas, dos platos y postre, pero esa noche se sentía demasiado cansada para volcar siquiera el contenido de los recipientes en platos y fregar estos después. El teléfono móvil estaba bien visible sobre la barra por si se producía alguna llamada, pero esta, por fortuna, no llegó.

—Mañana me presentarás a Lorena, ¿verdad?

—Claro.

—Háblame de ella, quiero saber a qué atenerme cuando la conozca.

—Lore es la gemela seria, la sensata, la que no comete idioteces.

César sonrió.

—Y por eso ha acabado embarazada de gemelas de un hombre que está en la otra punta del mundo.

—Eso solo indica hasta qué punto está colgada de él. En realidad, el embarazo es culpa mía, no de ella.

—¿Tú tienes la culpa de que tu hermana se haya quedado embarazada de Cristian?

—Sí. Yo soy la impulsiva, la que hace las cosas sin pensar y esta vez Lorena ha sufrido las consecuencias.

—No entiendo. La que se fue a la cama con él fue Lorena, no tú. Eso de que las gemelas sienten las cosas de la otra no incluye la transmisión telepática de esperma.

—Mi hermana estaba pasando un mal momento, había decidido darse un tiempo con su chico para aclarar lo que sentía por tu hermano; ella es así, sincera y coherente. Vino a verme y bebimos, o más bien yo la hice beber y cuando se acostó, bastante achispada, se me ocurrió llamar a Cristian e invitarlo a pasar la noche con ella. Entonces él todavía pensaba que éramos solo una, acudió y yo desaparecí. Mi hermana se despertó a medianoche y lo encontró en su cama... pensaba que estaba soñando, se lanzó a sus brazos y no tomó ninguna precaución.

—Bueno, es evidente que Cristian tampoco lo hizo, no te eches toda la culpa.

—Eso es verdad.

—¿Por eso te tomas tan a pecho cuidar de tu hermana y de las niñas?

—¡No! Lore y yo somos siempre así la una con la otra. Los gemelos tenemos un vínculo, una cierta dependencia, mayor que entre los otros hermanos. Aunque una vez intentamos convivir y no funcionó; sí es cierto que estamos muy unidas, que hablamos por teléfono casi a diario y sobre todo estamos siempre echándonos una mano la una a la otra.

—O sea, que el hombre que tenga una relación con una de vosotras se lleva el paquete completo...

—Me temo que sí. Lo dices por Cristian, ¿no?

—Claro...

—Cuando venga y se entere... no sé cómo se lo va a tomar. Tú que le conoces bien, ¿qué piensas?

—Bueno, sin lugar a dudas será un padre para esas niñas, pero no sé con Lorena. Creo que está con alguien.

—¿Te ha mencionado a alguna mujer?

—No de forma concreta, pero las veces que me ha hablado me ha dado la impresión de que la había.

—Los hombres sois así... No podéis pasar mucho tiempo sin una hembra, aunque estéis enamorados de otra. Las mujeres somos diferentes en eso. Aunque a lo mejor Lore tiene razón y solo estaba encaprichado y el rechazo inicial de mi hermana lo hizo empecinarse en conseguirla.

—No lo creo, si así fuera no se hubiera ido a África a lamerse las heridas.

—Muy adulto por su parte. Pero ya lo ha hecho otras veces, ¿no? Irse lejos, quiero decir.

—Sí, pero motivado por la sed de aventuras de la juventud; ya había decidido sentar cabeza. Había conseguido el reconocimiento a su trabajo aquí y estaba empezando a disfrutarlo, a poder elegir los encargos y hacer solo lo que le gustaba. Se ha ido a África sin sueldo, solo le pagan los gastos, y eso, sin duda, mi hermano, en este momento de su vida, lo ha hecho para poner tierra de por medio y sí, lamerse las heridas.

—Bueno, pues si se las está lamiendo alguien lo siento por Lore, porque ella sí está enamorada.

—¿Y tú?

—¿Yo? Yo nunca he estado enamorada de tu hermano, el que seamos gemelas no significa que nos guste el mismo tipo de hombres.

—No me refiero a Cristian, sino a algún otro.

—¡Qué va! He tenido varias relaciones, me enamoro con cierta facilidad, pero no suelen durar mucho. Es como si mis sentimientos se quemaran como una hoguera, muy intensa al principio pero que se extingue con rapidez.

—Yo nunca he tenido una relación, solo algunas amigas con derecho a roce. Ahora nadie, desde hace ocho meses.

—Bien...

—¿Bien? —dijo él enarcando una ceja.

—No he querido decir que esté bien que no tengas pareja...

en realidad no sé qué he querido decir... mi cabeza está totalmente dispersa.

Hacía rato que habían terminado de comer.

—Entonces creo que es hora de que me marche y te deje descansar —dijo César tras levantarse y comenzar a recoger los restos de la cena.

Entre los dos colocaron en la basura recipientes y latas.

Después, César se inclinó sobre ella y la besó en la mejilla.

—Descansa... se te ve agotada. Si llamaran del hospital por cualquier tipo de problemas, avísame.

—Por supuesto.

—Nos vemos mañana.

Ella asintió. Le vio marcharse con una sensación de irrealidad flotando en torno. No sabía cómo iba a tomarse Lorena su desliz y que César hubiera adivinado la situación, pero no se arrepentía. Tenerle al lado en los difíciles momentos vividos aquella tarde había supuesto una gran ayuda. Y el hecho de convertirse en tíos a la vez, había creado un vínculo entre ambos.

Subió a su dormitorio y, tras quitarse los *leggins*, se metió en la cama. El agotamiento pudo más que ninguna otra cosa y el sueño no tardó en acudir.

20

Familia... o algo así

César terminó el turno a las siete de la tarde. No había podido concentrarse en todo el día, pero había sido una jornada tranquila, salpicada tan solo de algunas salidas menores que no habían requerido demasiada atención.

Desde la tarde anterior se sentía descolocado, extraño, toda su vida había dado un vuelco, se había puesto panza arriba y nada era lo mismo que apenas veinticuatro horas antes. De la noche a la mañana se había convertido en tío de dos niñas y la mujer sobre la que Cristian le había advertido, despertando su curiosidad, y a la que pensaba invitar a un café para conocerla mejor, había pasado a ser algo así como familia. Sin duda iba a conocerla mejor, porque si estaba seguro de algo era de que no iba a apartarse de esas dos sobrinas diminutas que habían conseguido ponerle un nudo en la garganta la noche anterior solo con verlas.

Ahora entendía lo que decían de la paternidad, que te cambiaba la vida, que lo que sentías por un hijo no lo sentías por nadie más. Empezaba a darse cuenta porque ansiaba terminar la jornada y pasarse por el hospital para ver de nuevo a las gemelas, y ni siquiera eran hijas suyas.

Cuando aquella mañana se había despertado, su primera mirada había sido al móvil y respiró aliviado al comprobar que no tenía ninguna llamada. No obstante, estuvo pendiente del teléfono durante todo el tiempo que había permanecido en el parque de bomberos realizando su turno. Sobre las doce, Mónica le puso un mensaje para decirle que Lorena iba a ser trasladada a una habitación y que las niñas continuarían en la incubadora un par de días más, aunque se encontraban bien. Quedaron en que él se acercaría por el hospital después del trabajo, y se pasó el resto de la jornada pensando qué le diría a Lorena para convencerla de que le permitiera contarle a Cristian la existencia de las niñas.

A las siete y media aparcó en las inmediaciones del hospital y, con un cesto de flores en la mano, que había comprado por el camino, se dirigió a la habitación donde Mónica le había confirmado que se encontraba su hermana.

La puerta estaba entreabierta, y llamó con los nudillos antes de pasar.

—Adelante. —Escuchó desde dentro.

No estaba preparado para lo que vio. Aunque sabía que Mónica y Lorena eran gemelas idénticas, siempre había alguna diferencia, pero en esa ocasión la única era la extrema palidez y las profundas ojeras de la mujer que se encontraba recostada en la cama. Entendía que su hermano no las hubiera distinguido sin saber que eran dos.

—¿Lorena?

—Sí. Y tú debes de ser César.

—El mismo.

Colocó las flores en el alféizar de la ventana y se acercó a ella.

—¿Puedo darte un beso? Somos familia... o algo así.

—Claro que puedes. Gracias por las flores, son preciosas.

—He dudado entre ellas y chocolate, pero como no sé mucho de tus gustos alimenticios, me decidí por el cesto.

Se acercó a la cama y se inclinó a besarla. Lorena desprendía un olor extraño, como a leche caliente y a algo tierno y cálido.

—¿Cómo te encuentras?

—¿Te ha pasado alguna vez una apisonadora por encima?

—No, pero he tenido que luchar a brazo partido con un incendio forestal durante cuarenta y ocho horas seguidas... Supongo que debe de ser algo parecido.

—Pues sí, imagino que vale la comparación. Cansada y feliz, así es como me siento. Y tú, ¿cómo lo llevas?

—¿El qué?

—El convertirte en tío de la noche a la mañana.

César sonrió y Lorena supo de inmediato por qué su hermana le había hablado con tanto entusiasmo sobre ese hombre. Tenía una sonrisa franca y abierta de las que no se quedan en la boca, sino que llegan también a los ojos. Del mismo modo que ella era sensible a las miradas de un hombre, su gemela lo era a las sonrisas.

—Es raro... creo que todavía no termino de hacerme del todo a la idea.

—Lo imagino. Moni y yo hemos tenido nueve meses para hacerlo y aún nos cuesta.

—Pero también feliz.

—Me alegro.

—Pensé que encontraría aquí a Mónica.

—Ha bajado a hacerle una foto a las niñas. No me dejan levantarme y todavía no conozco a mis hijas.

—Son preciosas... muy pequeñitas, muy...

Lorena sonrió.

—También te han atrapado a ti, ¿eh?

—Por completo.

—Pero siéntate, quiero hablar contigo.

—Yo también contigo.

—De lo mismo, supongo.

—Seguramente.

—Sé cómo te sientes, César, con respecto a tu hermano. Entiendo que ahora mismo lo que quieras sea salir corriendo a contarle que tiene dos hijas, para que venga a conocerlas y a ejercer de padre, pero tengo que pedirte que no lo hagas.

—Yo también entiendo tu postura, pero Cristian tiene que saberlo.

—Estoy de acuerdo contigo en eso; yo misma intenté contárselo en cuanto supe que estaba embarazada; tiene que saberlo y lo va a saber, pero no ahora; no así.

—¿Cuándo entonces?

—Cuando regrese a España yo misma me encargaré de decírselo. Esto es cosa nuestra, César, de tu hermano y mía. Por favor, no interfieras.

—Me voy a sentir fatal cuando hable con él, si no se lo digo.

—Lo sé... pero te ruego que te mantengas al margen. Son mis hijas, las he llevado dentro de mí durante ocho largos meses, he soportado pies hinchados, náuseas, la tensión alta, patadas a medianoche y un parto terrible que duró muchas horas para al final terminar en un quirófano. Yo elegí de forma voluntaria pasar por todo eso desde el momento en que supe que estaba embarazada y lo hice sin preguntarle a él, sin darle opción a decidir. Cristian cortó de raíz lo poco que teníamos y se marchó a la otra punta del mundo para poner distancia, y no quiero forzarle a que regrese para cargar con una obligación que él no ha elegido tener. Tu hermano regresará cuando esté preparado para hacerlo y entonces yo, y nadie más que yo, le diré que tiene dos hijas. Le daré la oportunidad de ser su padre con la cercanía o la lejanía que él quiera, o la de seguir con su vida sin tener ningún tipo de contacto con ellas, con nosotras.

—Mientras, se perderá una etapa irrecuperable de la vida de sus hijas.

—Ya se ha perdido una... el embarazo, el parto... fue su decisión, aunque no supiera de su existencia.

—¿No será que quieres castigarle por haberse marchado?

Lorena sintió unas lágrimas quemarle en los ojos.

—No quiero castigarle. Solo pretendo darle el tiempo que necesite para superar el enfado que le ocasionamos Mónica y yo con nuestro comportamiento. Y para que, si va a ser un padre para las niñas, lo haga sin rastro de enfado hacia mí, habiendo superado lo que hubo entre nosotros.

—¿Es eso lo que quieres? ¿Que lo supere? ¿Que te olvide?

—No, no es lo que quiero, pero sí lo que quiere él; en caso contrario no se habría ido ignorando todas mis llamadas, ni llevaría ocho meses lejos.

César no supo qué decir. Conocía a su hermano lo suficiente para saber que Lorena tenía razón.

—Pero tú no lo has superado.

—Yo tengo sentimientos por Cristian, si es lo que me estás preguntando, pero justo por eso no deseo nada que él no quiera darme. Si prefiere pasar página, que lo haga... Es probable que ya lo haya hecho, y si al volver quiere tener una relación con sus hijas, eso no incluye tenerla conmigo más allá del hecho de que soy su madre.

—Es complicado.

—Es un asunto de pareja, César. Por eso te estoy pidiendo que dejes que lo solucionemos Cristian y yo. Tú, limítate a ejercer de tío y a disfrutar de tus sobrinas, si quieres hacerlo.

—De acuerdo. Y si te sirve de algo, creo que mi hermano fue bastante gilipollas al marcharse como un niño enfurruñado sin tratar de arreglar las cosas contigo.

—Gracias... —dijo sintiendo un nudo en la garganta y sin conseguir contener las lágrimas que, hacía rato, pugnaban por salir de sus ojos. Se las enjugó con el dorso de la mano hasta que él le ofreció un pañuelo de papel—. Lo lamento, son las hormonas... todavía están algo revueltas. Te aseguro que no soy una llorona.

—Unas pocas lágrimas de emoción no van a hacerme pensar que eres una mujer débil. Yo estaría aterrado ante la idea de criar a dos bebés solo.

—Yo también estoy aterrada.

—Pero no sola —dijo una voz tajante a sus espaldas.

César se volvió y vio a Mónica en la puerta.

—No, no está sola. Yo también estoy aquí —dijo convencido.

Lorena parpadeó de nuevo y alargó la mano.

—¿Has podido hacer la foto?

—Sí. Y además he conseguido una con los ojos abiertos.

—Trae...

Se acercó a la cama y le enseñó a su hermana el móvil.

—Mira... mira qué preciosidades...

Los ojos de Lorena brillaron de emoción al ver a sus hijas, y César no pudo evitar acercarse hasta ellas y mirar también. La foto estaba tomada desde muy cerca y se veía con claridad las caritas de las dos niñas, los ojos entreabiertos mirando no se sabía qué, la suave pelusilla que cubría sus cabezas, los dedos diminutos.

—Dice la encargada que pronto podrán salir.

—Me muero de ganas de tenerlas en brazos.

—Lo sé, cariño. Ya mismo —dijo Mónica abrazando a su hermana.

—Ya mismo.

César de pronto se sintió un intruso en medio de aquella intimidad tan especial y, carraspeando, susurró:

—Ejem, yo tengo que marcharme. Trabajo mañana temprano. Voy a bajar un momento a ver a las niñas y me voy. ¿No te importa si vuelvo mañana?

—Por supuesto que no. Estaremos encantadas de verte por aquí, ¿verdad, Mónica?

—Claro.

—Bien, hasta mañana entonces.

Salió de la habitación y las miradas de las hermanas se cruzaron.

—Parece buena gente —admitió Lorena, que había mostrado sus reservas aquella mañana cuando Mónica le comentó lo sucedido la tarde anterior.

—Opino lo mismo.

—¿Crees que nos guardará el secreto cuando hable con Cristian?

—Sí, creo que lo hará.

—Estupendo. Ahora sigamos viendo fotos de las nenas.

Mónica se sentó en la cama y empezó a pasar las fotografías que había hecho un momento antes. Mirando las imágenes de sus hijas, Lorena se olvidó de César e incluso del propio Cristian; la felicidad inundaba su lastimado corazón.

21

El tito César

Maite y Ángela trastocaron por completo la vida de las hermanas Rivera. Pronto quedó claro que Lorena no iba a poder ocuparse sola de las niñas, que lloraban a la vez, reclamaban alimento a la vez y ocupaban cada uno de los minutos de su madre, de día y de noche. La idea inicial de Mónica de mudarse a su casa cuando su hermana se recuperase de la cesárea pronto quedó descartada y, ante la pesadumbre de Lorena por seguir interfiriendo en la vida de su gemela, decidió prolongar su estancia en casa de su hermana hasta que las niñas fueran un poco mayores.

Tras la baja maternal, la feliz y agotada madre acondicionó una habitación de su casa para trabajar en ella, descartando durante un tiempo trasladarse a iglesias o ermitas para realizar restauraciones *in situ*. Buscó una guardería cerca donde llevar a las niñas unas horas por las mañanas, para poder realizar su trabajo sin interrupciones.

César se convirtió en visitante asiduo y una gran ayuda en la complicada tarea de cuidar a dos bebés de la misma edad.

Entre ellos se había establecido un tácito acuerdo para no mencionar a Cristian, y, si seguía teniendo remordimientos por no comunicarle a su hermano su paternidad, no lo comentaba. Tampoco Mónica ni Lorena le preguntaban por él, ni por su posible regreso. Ambas pensaban que cuando este se produjera, su hermano se lo comentaría de inmediato.

Aquel día, como ya era bastante frecuente, las llamó para acercarse a pasar un rato con las niñas.

Una Mónica pálida y ojerosa le abrió la puerta. Le bastó entrar en el salón para comprobar que Lorena presentaba el mismo lamentable aspecto.

—¿Qué ha pasado aquí? —preguntó observando a ambas hermanas—. ¿Os ha pasado un tren por encima?

—Casi —se lamentó Mónica dejándose caer en el sofá—. Llevamos una semana sin dormir. Las niñas han tenido un fuerte resfriado, a Maite se le ha complicado con una infección de oídos y están dando malas noches.

—¿Por qué no me habéis avisado? Podría haber echado una mano.

—Trabajas a tres turnos y necesitas estar en plenas facultades —constató Lorena—. Espero que esta noche nos dejen dormir. Intentamos turnarnos para dar una cabezada, pero en cuanto lo hacemos se despierta alguna, llora y enseguida se le une la otra.

César contempló a Ángela, dormida en brazos de su madre. Maite, en cambio, estaba sentada en el cochecito bien despierta y mirando a su alrededor con ojos curiosos. Era una cría muy espabilada para sus cuatro meses.

—No os preocupéis; echaos un rato, yo me ocupo de ellas.

Mónica abrió mucho los ojos, con la esperanza pintada en ellos.

—¿Lo dices en serio?

—Claro.

—¿De las dos?

—Por supuesto. Soy adicto al peligro, disfrutaré con ello —rio.

—Piénsatelo antes de que te tomemos la palabra...

—Acuesta a Ángela y, si se despierta, yo la atenderé. —Se

dirigió a Lorena y la ayudó a levantarse. Ella llevó a la niña hasta el dormitorio para evitar que su hermana la despertase y después regresó al salón.

—Gracias, César.

—De nada... ¡Vamos! A la cama las dos.

—En tres horas les toca el baño y el biberón de la noche. Avísanos, si no nos despertamos.

—Tranquilas. Cerrad la puerta para no escucharlas, y si lo hacéis, volved a dormiros. Recordad que yo estoy aquí para atenderlas.

Ambas se apresuraron a meterse en la cama, que compartían.

—César es un encanto, ¿verdad? —preguntó Mónica justo antes de caer en un profundo sueño.

—Sí que lo es.

César se sentó en el sofá contemplando a su sobrina. Había tenido una semana complicada, Cristian le había llamado y, como siempre, se había sentido mal por no hablarle de las niñas. Por eso había dejado pasar unos días sin acercarse a verlas. Sin embargo, lo lamentaba, al ver el aspecto de Mónica y Lorena. Debería haber estado ahí para echar una mano. Debería suplir en la medida que pudiera a su hermano ausente.

Cuando un rato después sintió el leve llanto de Ángela se apresuró a cogerla para que no despertase a su madre y a su tía, sumidas en un plácido y reparador sueño.

Mónica se despertó primero. La leve luz del amanecer se filtraba por la ventana y se incorporó en la cama con un respingo.

—¡Dios mío! César... las niñas...

Lorena abrió los ojos de inmediato.

—¿Qué ocurre?

—Está amaneciendo, Lore. Nos dormimos como troncos y hemos dejado a César solo toda la noche con las niñas...

Esta saltó de la cama y se dirigió al salón a toda prisa, seguida de Mónica. En el sofá, sentado con las largas piernas estiradas, César les sonreía con una niña dormida en cada brazo.

—Buenos días, chicas. ¿Habéis descansado?

—De maravilla, pero tú...

—Yo he pasado una noche *toledana*, de juerga con dos bellezas —rio.

—Lo siento, estábamos tan agotadas...

—Lo sé, por eso no he querido despertaros. Pensé que por una noche que no se bañaran no se hundiría el mundo, me limité a un cambio de pañal y les preparé el biberón como os he visto hacer a vosotras. Nos hemos entendido de maravilla los tres.

—Muchas gracias, César.

—No hay que darlas, solo ejerzo de tío.

—Y se te da muy bien.

—Ahora, si os ocupáis vosotras, necesito ir a casa, darme una ducha y dormir un poco antes de entrar al trabajo a mediodía.

—Por supuesto.

Se apresuraron a coger a las niñas, que no se despertaron con el cambio de brazos. César se desperezó estirando los músculos entumecidos.

—¿Quieres un café? —ofreció Mónica, que necesitaba su dosis de cafeína diaria.

—Lo tomaré de camino a casa.

—En ese caso... gracias de nuevo —dijo acompañándole a la puerta.

—Prometo venir más a menudo a echar una mano. Esta semana he estado un poco liado con turnos cambiantes —aseguró antes de marcharse—. Cuidaos.

—Tú también.

Se perdió en dirección al ascensor y Mónica regresó al salón.

—Algún día será un padre maravilloso —comentó Lorena.

—No tengo ninguna duda.

22

El regreso

Cristian cerró los ojos. Alika, tendida a su lado, guardaba silencio aunque sabía que no estaba dormida. Cada vez iba más de tarde en tarde a verla y cada vez se sentía más vacío después de terminar. El momentáneo alivio físico que experimentaba le pesaba como una losa, y una sensación de hastío se apoderaba de él. Lo que esperaba conseguir cuando se enrolló con ella no había sucedido: Lorena seguía tan presente en su mente y en su corazón como el primer día y se sentía un cabrón por ello, pero no podía evitarlo. La chica no se lo merecía, siempre era tierna y cariñosa con él. Aun así, sentía que era el momento de acabar con la precaria relación que tenían.

—Alika...

—No vas a volver, ¿verdad? —preguntó para facilitarle las cosas.

—No... creo que no.

Estaban en la cama, pero sus cuerpos no se tocaban. Hacía ya semanas que apenas se acariciaban, ni siquiera en los preliminares. Iban directos al grano, sin hablar, sin caricias, consumiendo su pasión en poco tiempo; luego, Cristian se levantaba y volvía a su cabaña. Cada día los encuentros eran más fríos y él se sentía fatal por no poderle brindar más que un breve intercambio sexual.

—Deberías regresar, esto ya no te satisface; y no me refiero solo a nuestros encuentros nocturnos —dijo Alika con su voz melodiosa y suave.

—Sí, supongo que debería. Pero no sé si estoy preparado.

—¿Para qué? ¿Para enfrentarte a ella?

Cristian se volvió y la miró.

—Siempre he sabido que había una mujer. Nunca entregaste tu alma, esta siempre ha estado muy lejos de aquí.

—Lo siento.

—No lo sientas... también hay alguien por mi parte. Alguien que no puede ser. Digamos que nos hemos consolado el uno al otro, Cristian. Pero me gustaría darte un consejo...

—Claro.

—No sé qué tipo de problema te trajo aquí, intuyo que esa mujer que ocupa tus pensamientos.

—Sí.

—Pues si es libre y te corresponde, haz lo que sea por arreglar las cosas. En mi caso eso no es posible, y nunca lo será. No dejes que nada te estropee la posibilidad de ser feliz.

—No sé si es libre... cuando me vine no lo era, al menos no del todo. Y lo de corresponderme, tampoco lo sé. No sé qué fui para ella...

—Quizá deberías averiguarlo.

—No quiero averiguar nada, solo continuar con mi vida y cerrar la puerta del pasado. ¿Y tú? Háblame de él, te hará bien.

—No hay mucho que decir... está casado y enamorado de su mujer. Los sentimientos son solo por mi parte.

—Comprendo.

—Nunca ha habido nada entre nosotros ni lo habrá. También puse tierra de por medio para no ver su felicidad cada día. Y te encontré a ti. Durante unos meses nos hemos servido de paño de lágrimas, pero esto ya no da más de sí para ninguno de los dos.

—No, es verdad.

Alika se volvió y le dio un beso en la mejilla.

—Regresa a casa, Cristian. Y busca la felicidad, aunque no sea con ella. Aquí no te retiene nada.

—Nada me retiene en ninguna parte. Ese es el problema de mi profesión.

—Quizá ya sea hora de echar raíces.

Cristian pensó que había deseado echar raíces con Lorena, pero no había sido posible.

—Ya llegará el momento.

—Ahora es mejor que te vayas a tu cabaña, tengo que dormir un rato. Mañana va a ser un día duro.

—Adiós, Alika. Gracias.

—Adiós, Cristian.

Desde que lo había dejado con Alika, Cristian era un manojo de nervios. De noche apenas podía dormir, su mente vagaba lejos de aquella cabaña de madera, de aquel cielo estrellado donde había pasado los últimos dieciocho meses de su vida, hasta otro cubierto de polución y edificios de ladrillo. Sentía que ella tenía razón, que ya nada tenía que hacer allí, que una etapa de su vida estaba por terminar. El profundo silencio de la noche, ese que había actuado como un bálsamo al principio de su estancia en África le pesaba; las tareas rutinarias que hacía y que le habían parecido gratificantes ahora le resultaban tediosas. Añoraba su tierra, sus cámaras, su laboratorio repleto de las últimas tecnologías y, sobre todo, a su hermano. Sí, era hora de regresar a casa.

Cuando se levantó aquella mañana se lo comunicó al equipo durante el desayuno. Alika lo miró y le sonrió dándole a entender que sabía que su partida era inminente. Aunque no tan inminente como había sido su venida; África no era lo mismo que Madrid y el viaje de regreso tampoco estaba amparado por una ONG. Había cosas que preparar, vuelos que concertar, visados que pedir. No obstante, empezó a organizarlo todo. Quizá, con suerte, en un mes estaría durmiendo en su cama, contemplando desde la ventana el contorno del edificio de enfrente, cenando con César...

Ahora que estaba a punto de regresar se daba cuenta de cuánto echaba de menos su vida anterior y el tiempo que le quedaba por estar en África se le antojó muy largo. Se dijo a sí mismo que su estancia en el campamento había cumplido su objetivo, alejarse de Lorena Rivera, y aunque su corazón le dijera que continuaba enfadado con ella, al menos había pasado el tiempo suficiente para que la herida no sangrara como al principio. Cuando regresara se mantendría alejado del mundo del arte y de la posibilidad de encontrarse con ella o con su hermana, y podría olvidarse de haberla conocido. Solo era cuestión de tiempo.

Su mente racional le aconsejaba eso, por mucho que una parte de él le pidiera que viese a Lorena, que escuchara lo que tuviera que decirle. Pero habían pasado muchos meses, ella estaría feliz con su novio, de quien le había dicho en repetidas ocasiones que estaba enamorada y que él había sido solo sexo. El hombre con el que quería compartir su vida era ese tal Ernesto contra el que él no había podido luchar. Y ahora, año y medio después, seguía sin saber qué tipo de juego se habían traído las dos hermanas con él.

Apartó esos pensamientos de su mente, todavía dolían... quizá siempre dolerían, porque Lorena había sido una mujer única en su vida, alguien con quien hubiera podido compartir mucho más que sexo. Pero no había podido ser. Y aún sentía el dolor del engaño, de la traición. Pero ya era capaz de regresar, de retomar su vida donde la había dejado, justo antes de volver a encontrarse con Lorena Rivera. De reunirse con su hermano, correrse una buena juerga juntos y averiguar qué había sido de su vida durante su ausencia; porque en las pocas ocasiones en que habían podido hablar, apenas un breve intercambio de palabras, había notado algo diferente en César, algo que quizá tuviera que ver con una mujer.

Sí, era la hora de regresar a casa.

César abrió la puerta de su piso después de haber pasado toda la tarde en casa de Lorena. Las hermanas Rivera y las niñas habían llegado a ser parte de su familia y de su vida y ahora no la concebía sin ellas. Las pequeñas acababan de cumplir nueve meses y ya le reconocían como alguien cercano. Le lanzaban los bracitos cuando le veían y Ángela gateaba por toda la casa, mientras que su hermana, más intrépida, intentaba con esfuerzo ponerse de pie agarrándose a todo cuanto encontraba, para terminar sentada sobre su trasero acolchado por el pañal. Lorena corría a socorrerla, mientras él se divertía con la tenacidad de la niña y no podía dejar de pensar que Mónica debía de haber sido así de pequeña.

Un destello rojo intermitente le hizo saber que tenía un mensaje en el contestador del teléfono. Se acercó y pulsó el botón para escucharlo y la voz de su hermano le dijo algo que llevaba mucho tiempo esperando oír.

«Regreso a casa. Llegaré el día 21, a las ocho y media de la tarde. Me muero por darte un abrazo, pequeñajo.»

César sonrió. Tenía treinta años, medía un metro noventa, más o menos lo mismo que Cristian, pero este siempre le llamaba «pequeñajo». También él tenía ganas de estar con su hermano, de retomar las veladas viendo partidos de baloncesto o las excursiones por el campo para captar paisajes. Echaba de menos tenerlo cerca, durante mucho tiempo había ejercido de padre con él y, cuando Cristian se marchaba lejos, a pesar de que llevaba muchos años independizado, se sentía un poco huérfano.

Se preguntó cómo se tomaría lo de las niñas y su relación con las gemelas, sobre las que no le había advertido. También le preocupaba qué pasaría con Lorena, si la habría olvidado, si habría rehecho su vida con otra mujer. Ella vivía única y exclusivamente para sus hijas, pero notaba cómo se iluminaba su mirada si por casualidad se mencionaba el nombre de Cristian. Y cuando Maite, como suele ocurrir con los niños, balbuceó por primera vez la palabra «pa... pa» los ojos de su madre se empañaron de lágrimas y, abrazándola, le susurró:

—Pronto, cariño. Papá estará aquí pronto.

Por un momento César dudó si contarles que su hermano volvía a casa, hasta haber hablado con él, pero luego se dijo que no quería más cosas ocultas, así que decidió llamarlas para decírselo. Se sentó en el sofá y marcó el número de Mónica, para que fuera ella quien informase a su hermana.

—Hola, Mónica.

—¡Hummm! ¿Te has olvidado algo?

—No, no he olvidado nada. Te llamo para decirte que Cristian vuelve a casa.

Por un momento se hizo el silencio al otro lado del teléfono.

—¿Mónica?

—Te he oído. Lo estoy asimilando.

—Ajá.

—¿Cuándo?

—La semana que viene. El veintiuno.

—¿Has hablado con él?

—No, había un mensaje en el contestador cuando he llegado.

Mónica lanzó un hondo suspiro.

—Bueno... esperemos que todo salga bien. Porque me estoy empezando a acojonar, ¿sabes?

—No voy a decirle nada, tranquila; prometí a Lorena que dejaría que lo hiciera ella. Pero no sé si contarle lo de su vuelta hasta haber hablado con él y averiguar algunas cosas.

—¿Qué tipo de cosas?

—Si está solo, si todavía siente algo por tu hermana, si la ha perdonado... ese tipo de cosas. Cuando hablaba con él me ha parecido que había alguien, llámalo intuición si quieres.

—Mejor no le digas nada a Lore hasta haber hablado con él, sí. Así sabremos cómo enfocar la noticia.

—Ella todavía tiene esperanzas, ¿verdad?

—No dice nada, pero sí.

—Confiemos en que todo salga bien.

—Confiemos.

—Yo voy a intentar alargar los turnos esta semana, trabajar todos los días para tener la próxima libre. Quiero pasar tiempo con mi hermano cuando vuelva, pero si necesitáis ayuda, llámame.

—No te preocupes, nos las apañaremos. Si yo llevara año y medio sin ver a Lore, no querría separarme de ella los primeros días.

—Te tendré informada.

—Gracias por llamar, César.

—De nada.

El largo trayecto en avión supuso un contraste emocional para Cristian, además de un periplo agotador. Dejando aparte el gran recorrido en coche hasta el aeropuerto de Johannesburgo, el viaje comprendía dos escalas, una en Abu Dhabi y otra en Roma, por lo que el viaje en avión supondría más de veinticuatro horas de vuelo para llegar a Madrid. Por suerte siempre iba ligero de equipaje; una mochila a la espalda, de la que nunca se separaba, para llevar su preciada cámara; en esta ocasión solo se había llevado una de ellas, la más versátil, algunos objetos personales y una ligera maleta con algo de ropa. Poca cosa se había llevado de España y lo que había usado en África estaba tan ajado y se alejaba tanto de su habitual forma de vestir, que había preferido dejarlo allí, junto con todo lo que había vivido en aquel recóndito lugar del mundo.

Recostó la cabeza en el respaldo mientras el avión procedente de Roma, la última etapa de su viaje, le iba acercando más a Madrid y a su antigua vida a cada minuto que pasaba.

No tenía planes inmediatos más allá de acomodarse de nuevo a la vida urbana, a la civilización y al ruido. Tenía una saneada cuenta corriente que le permitiría buscar trabajo sin prisas y sin necesidad de aceptar cualquier encargo. Esta vez investigaría bien a sus clientes y, sobre todo, se mantendría lo más alejado posible de Patrimonio y de las obras de arte. Si algo tenía claro en su nueva etapa era que deseaba a las hermanas Rivera lo más lejos posible de su vida, aunque no hubiera conseguido olvidarse de Lorena.

Cuando aterrizó al fin, después de casi dos días de viaje agotador, sintió la adrenalina correrle por todo el cuerpo y la impaciencia por abrazar a su hermano le hizo caminar deprisa entre el resto de los pasajeros hacia la salida.

César se movía nervioso por la sala de espera del aeropuerto. Su mente había aparcado cualquier tipo de inquietud y en aquel momento solo sentía la urgente necesidad de abrazar a su hermano.

Llevaba allí un buen rato, temeroso de que cualquier contratiempo en el camino hubiera podido retrasarle, y observaba cada pocos minutos la pantalla indicadora del estado de los vuelos. Por suerte, el procedente de Roma llegaría puntual.

El avión aterrizó y los minutos hasta que empezaron a afluir pasajeros se le hicieron interminables.

Cristian fue de los primeros. Venía mucho más delgado, muy bronceado y con el pelo rubio salpicado de mechas más claras. Ambos hermanos se fundieron en un apretado abrazo cargado de emoción.

—¡Eh, pequeñajo! ¿Vas a llorar como una nenaza?

—No más que tú, grandullón.

—Tienes buen aspecto —dijo separándose y contemplando a su hermano menor.

—Tú también. A pesar de los kilos que has perdido.

—El maíz engorda menos que las hamburguesas y los filetes.

César cogió la maleta de su hermano y se encaminaros hacia los aparcamientos del aeropuerto.

Al entrar en el coche, Cristian hizo un gesto raro olfateando el aire.

—¿Qué ocurre, hermano?

—No sé... noto algo extraño en el coche.

—¿Algo como qué?

—Un olor... aunque no es un olor exactamente... es muy sutil... algo diferente y a la vez conocido. Cuando sepa qué es te lo diré.

—De acuerdo.

César sabía lo que era, el coche estaba sutilmente impregnado del perfume de Lorena, porque la había llevado a recoger a las niñas a la guardería dos días antes. Un perfume que los sentidos de su hermano habían detectado con rapidez. Decidió cambiar de tema, todavía no quería hablarle de su relación con las gemelas.

—Debes de estar muy cansado.

—Ni te lo figuras... Llevo casi cuarenta y ocho horas de viaje.

—Me he tomado la libertad de limpiar tu casa y dejarla lista y acogedora. También tienes una compra básica en el frigorífico.

—Me encanta que te tomes ciertas libertades. Llegar a casa y encontrarla habitable después de tanto tiempo es un lujo que no contaba con disfrutar. ¿La compra básica incluye unas cervezas?

—Ajá. Y tus aceitunas favoritas.

—¿Entonces subirás y las compartirás conmigo? Por Dios, hace tanto que no me tomo una bien fría...

—¿No prefieres meterte directamente en la cama?

—No. Una ducha y una cerveza con algo de comida decente me prepararán para descansar mejor. Además, tengo muchas ganas de que me cuentes sobre tu vida.

—¿Me vas a interrogar en plan progenitor?

—¿Hay algo que deba saber?

—Nada de lo que te tengas que preocupar.

Llegaron a casa. César aparcó y ambos hermanos subieron en el ascensor. El piso estaba limpio y bien ventilado, César había hecho un buen trabajo.

—Hogar, dulce hogar. Hasta ahora no me había dado cuenta de cómo he echado de menos mi casa. Las cabañas de madera son muy románticas, pero poco cómodas.

—Lo imagino.

—Y el río refrescaba, pero una buena ducha es algo grandioso, cuando no se tiene. Yo necesito una con urgencia después de arrastrarme por los aeropuertos durante dos días. Vuelvo enseguida.

—Tómate el tiempo que quieras. Mientras, puedo preparar una tortilla de patatas para acompañar la cerveza.

—¿En serio? ¿Tortilla de patatas? Te quiero, pequeñajo.

—Anda, dúchate, que te estás poniendo demasiado moña.

Cristian se sintió un poco extraño al principio. Tuvo que recordar dónde solía guardarlo todo.

Cuando se metió desnudo bajo el chorro de agua templada se preguntó cómo había podido estar tanto tiempo lejos de su casa y de las comodidades que conllevaba. Permaneció largo rato bajo el agua de la ducha, sintiendo el cansancio evaporarse por momentos. Después salió, se secó con vigor y apareció en el salón donde ya su hermano le esperaba sentado en el sofá. Un delicioso olor a tortilla recién hecha se extendía por toda la casa. Y en aquel momento identificó el olor del coche de César. Olía a mujer... no a mujeres. A una sola y se dijo que su mente le estaba jugando una mala pasada y que debía de tener el olor de Lorena mucho más arraigado de lo que pensaba, porque era su perfume el que había creído apreciar.

Sin sentarse se dirigió a la cocina y sacó dos cervezas. Le tendió una a su hermano y le dio un largo trago a la otra.

—¡¡¡Dios!!! —exclamó saboreando el líquido frío que se deslizaba por su garganta, con una evidente expresión de placer.

César alzó su botella.

—Por el regreso del hermano pródigo.

—Por el regreso.

—¿Qué tal por África?

—Bien.

—Sin duda ha debido de irte bien, o habrías vuelto mucho antes.

—No he permanecido allí tanto tiempo por eso.

César decidió empezar su labor de investigación.

—¿Te ha retenido una mujer?

—Nada importante.

—O sea que tu corazón sigue intacto...

—Sí, pequeñajo. Pero ahora que tocamos ese tema, ¿que tienes tú que decirme?

—¿De qué?

—De tu chica.

—¿Por qué piensas que hay una chica?

—Tu coche olía a perfume femenino. No a la mezcla de varios como otras veces, sino a uno solo. Siempre he sabido cuándo estabas enrollado con una chavala, aunque tú pensaras que conseguías engañarme. Dime, ¿quién es ella?

César esbozó una sonrisa.

—No estoy con nadie, aunque mi coche tenga el olor de una mujer. Tú conoces ese perfume, por eso te ha llamado la atención.

—¿Lo conozco? —Un terrible presagio se apoderó de él. Le había recordado a Lorena, pero no podía ser... ¿Ella en el coche de César? Aun así, preguntó receloso—: ¿Lorena Rivera?

—Ajá. ¿Recuerdas aquel día que hablamos por teléfono y me dijiste que me mantuviera alejado de ellas? Pues no lo hice.

Cristian sintió que algo se le rompía por dentro. Trató de recomponerse, pero le faltaba el aire. Las palmas de las manos se le cubrieron de sudor frío y una garra de acero le oprimió las entrañas. Era consciente de que César le observaba con atención, pero no podía disimular. La noticia le había impactado tan hondo que a duras penas controlaba su reacción. Podía mantenerse lejos de Lorena, podía convencerse a sí mismo de que ya no sentía nada por ella, pero jamás podría soportar verla con su hermano. Quizá no había sido tan buena idea regresar. Quizá tendría que volver a marcharse.

—¿Estás saliendo con ella? —consiguió preguntar.

—¿Te importaría? —Ahondó en la mirada de su hermano, tratando de averiguar sus sentimientos.

Cristian tragó saliva, e intentó que la voz le sonara normal.

—Claro que no... solo... solo me ha pillado por sorpresa —consiguió articular.

—¡Y un cuerno! Respira tranquilo, no estoy saliendo con ninguna de las hermanas Rivera, aunque si tuviera que decantarme por alguna, no sería tu Lorena.

El inmediato alivio que experimentó se reflejó no solo en su cara sino en todo su cuerpo.

—Todavía estás pillado, ¿no?

—No, nada de eso. Pero tuve sentimientos por ella, y se me haría muy difícil verla contigo. Y no es mi Lorena.

—De acuerdo.

—¿Puedo preguntar qué tienes que ver con ella para que su olor esté en tu coche?

—No puedo contártelo, es Lorena quien debe hacerlo. Le prometí no intervenir.

—¡Olvídalo entonces! No quiero saber nada de ninguna de las Rivera, y tú tendrías que hacer lo mismo. Solo te traerán problemas.

—Deberías escucharla.

—No sé qué te han contado esas dos arpías, pero jugaron conmigo, con mis sentimientos. No puedo olvidar eso.

—Solo que hubo algo entre Lorena y tú, que la cosa se torció y que te marchaste a la otra punta del mundo sin siquiera hablar con ella, ignorando sus intentos de explicarse. Pero, Cristian, todo el mundo tiene derecho a ser escuchado, a no ser condenado sin darle la oportunidad de defenderse.

Cristian clavó en su hermano una mirada dura.

—¿De parte de quién estás?

César cerró los ojos. «De mis sobrinas», pensó.

—De nadie, solo te pido que le des una oportunidad. Que quedes con ella diez minutos, oigas lo que te tiene que decir, y luego, si quieres, la saques de tu vida para siempre.

—No.

—Por favor... hazlo por mí. Nunca te he pedido nada.

—Todo esto es por Mónica, ¿no? Te gusta.

César se encogió de hombros.

—Me lo pensaré; no puedo prometerte más. Y que sepas que es mucho lo que me pides.

—Gracias.

—Ahora disfrutemos de la cena y olvidémonos de mujeres. ¡No hay nada como una cerveza acompañada de tortilla y la compañía de un hermano!

Mónica cortó la llamada que acababa de tener con César. Ahora le tocaba darle la noticia a su hermana, y no iba a ser fácil.

—¿Qué ocurre? —preguntó Lorena—. ¿Con quién hablabas para que parezcas tan mustia?

—Con César.

—¡Ah! Tampoco va a venir esta tarde a ver a las niñas, ¿no?

—No, está ocupado.

—Y tú sigues insistiendo en que no te gusta, a pesar de que se te ha descompuesto el semblante por la decepción.

—No se trata de César, sino de Cristian.

Al escuchar el nombre, todos los sentidos de Lorena se pusieron alerta.

—¿Qué pasa con él? ¿Le ha ocurrido algo?

—Ha vuelto, está en Madrid.

Espiró hondo y se dejó caer en el sofá.

—El momento temido ha llegado —susurró.

—Aún no, Lore. No parece muy dispuesto a quedar contigo. César está tratando de convencerlo.

—Que no le hable de las niñas, por favor. Quiero hacerlo yo.

—No lo hará. Pero creo que deberías estar preparada para cualquier reacción en contra.

—Estoy preparada para todo, Moni. Sé que no va a ser fácil, que se lo tomará mal. No te preocupes, lo soportaré. Lo único importante es que se reúna conmigo; no me gustaría decirle que es padre por teléfono, pero lo haré si no me deja otra opción.

—Esa es mi chica fuerte.

—No me siento muy fuerte en estos momentos. Necesito un abrazo.

Mónica se sentó junto a su hermana y la rodeó con los brazos. Confiaba en que Cristian no se lo pusiera muy difícil, aunque las palabras de César no habían sido muy alentadoras al respecto. Su hermano seguía enfadado y le contrariaba mucho tener que verse con Lorena.

—Todo va a ir bien, cariño. Ya lo verás.

—Eso espero.

Pero en su fuero interior sabía que no iba a ser así. Cristian no perdonaría con facilidad, y lo único que esperaba era que fuese ella el único blanco de su enfado, y no las niñas.

23

Reencuentro

Durante días, Lorena esperó una llamada de César e incluso del mismo Cristian, para concertar una entrevista, pero esta no llegaba. Sus esperanzas se iban debilitando día a día y ya temía que el encuentro no llegara a producirse. También era consciente de que su reticencia iba pareja al enfado que aún sentía hacia ella.

Cuando, al fin, César la llamó para concretar un encuentro con Cristian al día siguiente, se armó de valor y fingida indiferencia para enfrentarse a lo que le deparase la reunión.

Se arregló de forma sencilla, ignorando la sugerencia de su hermana de que se pusiera algo sexi y tratase de despertar de nuevo la atracción que siempre hubo entre Cristian y ella, pero se decantó por un sencillo atuendo y un maquillaje apenas perceptible, que no lograba disimular del todo el cansancio que acumulaba desde hacía meses.

Llegó con tiempo y se sentó en una mesa apartada, ideal para mantener una conversación de índole privada, y repasó una vez más qué iba a decirle. Cómo disculparse por el engaño del pasado, pero sobre todo cómo darle la noticia que iba a cambiar su vida para siempre, y tenía que reconocer que le asustaba su reacción. César se había ofrecido una vez más a decírselo él, pero tenía que hacerlo ella. Enfrentarse al hombre al que había engañado para contarle que tenía dos hijas preciosas, fruto de la última noche que habían pasado juntos. Y para que la creyese, para que no tuviera dudas, en el bolso llevaba una prueba de paternidad del todo concluyente.

Había pedido un té, para ocupar las manos sobre todo, puesto que su estómago permanecía cerrado desde la tarde anterior en que César la había llamado para darle la hora y lugar donde Cristian se reuniría con ella.

El calor de la taza la reconfortó y se esforzó por tomar un sorbo, que se volvió demasiado amargo en su boca. Desistió de seguir bebiendo y continuó con la vista clavada en la puerta.

Él llegó diez minutos después, con un retraso de casi media hora, y Lorena estaba segura de que lo había hecho aposta, para hacerle comprender que no deseaba aquel encuentro. Ella ya lo sabía, César se lo había advertido, que no esperase ni amabilidad ni buena disposición por parte de su hermano, y había vuelto a ofrecerse a darle la noticia en su lugar, pero debía ser ella quien le dijera que había sido padre, y también por el bien de todos, enfrentarle y pedirle perdón por el pasado.

Apenas hubo cruzado el umbral, Cristian paseó la mirada entre las mesas hasta divisarla, y se dirigió hacia ella. Estaba muy delgado, bastante moreno y con el pelo rubio salpicado de mechas más claras. Pero lo que impactó a Lorena fue el rictus duro de su boca y la frialdad de su mirada cuando al fin la clavó en ella. No presentaba su mejor aspecto, también estaba delgada y profundas ojeras, que el maquillaje no había conseguido disimular, marcaban sus ojos por la falta de sueño acumulada.

—Hola, Cristian.

—Hola, Lorena —saludó con frialdad antes de sentarse frente a ella. Ni un beso, ni un apretón de manos, ni una sonrisa. Tampoco era que lo esperase, pero le resultó duro.

—¿Qué quieres tomar?

—Nada. Esto no es una reunión social, solo estoy aquí porque mi hermano ha insistido mucho en que escuche lo que tienes que decirme. De modo que habla cuanto antes y acabemos de una vez.

Lorena respiró hondo. Iba a resultar aún más difícil de lo que había pensado, el tiempo transcurrido no solo no había mitigado el enfado de Cristian, sino que lo había aumentado y encallecido.

—En primer lugar, quisiera pedirte perdón...

—No he venido aquí para escuchar tus disculpas ni para que te justifiques, ambas cosas llegan muy tarde.

—De todas formas, permíteme...

—Si es eso lo que querías de mí, dalo por dicho.

Hizo amago de levantarse, pero Lorena lo interrumpió con un gesto.

—No, por favor, no te vayas aún. Hay algo más.

La voz se le atascó en la garganta, incapaz de pronunciar las palabras que debía decir, y abriendo el bolso sacó el sobre que guardaba en él y se lo largó.

—Léelo —pidió en voz baja.

Sin mirarla a los ojos, Cristian levantó la solapa y sacó el papel, que desdobló despacio antes de revisar el contenido. Después clavó en ella una mirada interrogante y más dura aún que las anteriores.

—¿Qué demonios significa esto?

—Es una prueba de paternidad.

—Eso ya lo veo. ¿De quién?

—Tuya. —Respiró hondo antes de añadir—: Tenemos dos hijas, gemelas. Me quedé embarazada la última noche que pasamos juntos. Como sabía que tendrías dudas, le pedí a César algo con tu ADN para solicitarla, y me proporcionó un cepillo de dientes. No hay ninguna duda, Cristian, las niñas son tuyas.

Él apretó la mandíbula con fuerza. No quería recordar aquella noche, de hecho, no quería recordar nada de la mujer que tenía delante. Pero el documento que tenía en las manos la ligaba a él para siempre, y eso lo enfureció. Sus ojos verdes se tornaron casi negros mientras la observaba con dureza.

—Traté de decírtelo en cuanto lo supe, pero me fue imposible contactar contigo. De todas formas, creo que tienes derecho a saberlo, por eso estoy aquí, a pesar de tu enfado y de tu rechazo. Sin embargo, esta reunión es meramente informativa, ni pido ni reclamo nada, las tuve porque quise sin contar con tu opinión. Eres muy libre de seguir con tu vida y olvidar el asunto.

—¿Olvidar el asunto? ¡Dos hijas no son un «asunto»! Por supuesto cumpliré con mi parte de la responsabilidad. —La frialdad en la voz de Cristian refiriéndose a las niñas la hería mucho más que cuando antes hablaba de ella—. Me informaré y te pasaré la cantidad que me corresponda para su manutención.

—No necesito ni deseo dinero.

—Según este papel, soy el padre, y correré con los gastos que dicte la ley. Pero quiero que te quede claro que esto no va a cambiar nada entre nosotros. Lo poco que hubo, pertenece al pasado y está más que muerto.

Lorena asintió.

—Lo sé.

Cristian se levantó con brusquedad y arrojó la prueba de paternidad sobre la mesa.

—Tendrás noticias mías.

—¿No quieres conocerlas? Si tu labor como padre va a limitarse a enviar dinero, puedes largarte con viento fresco de nuestras vidas.

—Claro que voy a conocerlas, pero antes tengo que asimilarlo. Creí que venía aquí a escuchar disculpas y me encuentro con dos hijas que, sin lugar a dudas, van a cambiar mi vida. Y la madre es una mujer a la que desprecio y aborrezco. Como comprenderás, hay mucho que asimilar.

Ella asintió, incapaz de pronunciar palabra. Eso había dolido, aunque tuviera todos los motivos del mundo para despreciarla. Sabía que después del tiempo transcurrido y de la forma en que se separaron había pocas posibilidades de que retomasen una relación, que ni siquiera habían tenido en el pasado, pero que mostrara delante de ella su desprecio la había lastimado. Y empezó a dudar de que confesarle lo de las niñas hubiera sido una buena idea, aunque tranquilizase su conciencia. No quería seguir mintiéndole, pero empezaba a pensar si las pequeñas no pagarían las consecuencias de sus actos.

Le vio salir con un velo de lágrimas en los ojos, que contuvo con fiereza, y el corazón latiéndole a mil. Seguía sintiendo algo por Cristian Valero, de eso no había duda, a pesar del tiempo transcurrido, y para su desgracia ahora lo tenía más claro que cuando se separaron.

Incapaz de terminarse el té, pagó la consumición y regresó a su casa, donde había dejado a Mónica ocupándose de las niñas.

Cristian aspiró una bocanada de aire al salir. Se ahogaba. Estaba sumido en una mezcla de sentimientos encontrados y opuestos y no sabía cómo enfrentarse a ellos. A pesar de que había recorrido medio mundo, a veces en condiciones muy precarias, nunca se había encontrado en una situación como aquella. Tenía dos hijas, y lo peor de todo, las tenía con Lorena, la mujer a la que no deseaba volver a ver en su vida. Puesto que era un hombre responsable, se ocuparía de las niñas y no solo económicamente, pero eso le obligaría a ver con cierta frecuencia a la madre, y él prefería mantenerla a muchos kilómetros de distancia.

Dos hijas, gemelas... Se había sentido tan impactado que ni siquiera había pedido una foto para verlas. Porque también se había sentido afectado por el aspecto de Lorena. Estaba cambiada, se la veía más mujer, más serena... y también muy cansada. No había ninguna chispa en sus ojos, esos ojos que apenas habían sostenido su mirada unos minutos. Tampoco había flotado el deseo entre ellos, porque era cierto que él ya no la deseaba, que había pasado página. Lo que sí persistía era el enfado por cómo Mónica y ella habían jugado con él.

Caminó sin rumbo hasta darse cuenta de que estaba cerca del domicilio de su hermano; su subconsciente le había llevado hacia la única persona con la que deseaba hablar en aquel momento. Cuando este le abrió la puerta, le preguntó a bocajarro:

—¿Tú lo sabías?

César se limitó a franquearle la entrada y Cristian se dejó caer en el sofá.

—¿Por qué no me lo has dicho? ¿Por qué me has dejado ir allí sin tener idea de la bomba que me iba a soltar?

—Lorena me pidió que no te lo contase, que le correspondía hacerlo a ella, y me pareció lógico. Diferente es si hubiera tratado de ocultártelo, pero nunca ha sido así. Lorena no es la hija de puta que crees, Cristian. Cometió un error y te hizo daño, pero es una mujer decente, y su hermana también.

—No quiero hablar de ellas, sino de las niñas. ¿Tú las conoces?

César asintió.

—Ejerzo de tío de vez en cuando.

—¿Cómo son?

—¿Lorena no te ha enseñado ninguna foto?

—No, pero tampoco yo se la he pedido. Nuestro encuentro no ha sido muy amistoso.

César cogió el móvil y buscó en la galería, a la par que decía orgulloso:

—Son preciosas... Tienen tus ojos, unos ojazos verdes que van a causar muchos estragos en el fututo.

Le tendió el móvil a su hermano.

—Ángela y Maite. Dos bellezas.

Con una pizca de emoción, por primera vez Cristian miró la pantalla. Dos bebés idénticos le sonreían desde el aparato. Con las cabezas cubiertas de una pelusilla castaña y, como César había dicho, unos preciosos ojos verdes. Sintió un pellizco en el pecho mientras las contemplaba.

—Son iguales...

—No lo son, aprenderás a reconocerlas enseguida. Maite tiene las mejillas más regordetas, y Ángela sonríe más a menudo.

—Va a ser muy complicado esto —suspiró con pesar.

—No pienses así, Cristian; no creo que Lorena te ponga impedimento para que las veas. Yo tengo las puertas de su casa abiertas siempre que quiero pasar un rato con las niñas. Incluso me han pedido en alguna ocasión que las cuide cuando ellas han tenido alguna reunión de trabajo a la que han debido acudir las dos.

—¿No las cuida el novio de Lorena?

—No hay ningún novio, que yo sepa.

—Salía con alguien cuando volví a aparecer en su vida. Era con él con quien quería estar, yo solo le servía para la cama. De todas formas, imagino que al dejarla embarazada le jodí la relación.

—No sé qué pasó con su novio, nunca lo ha mencionado.

—Dame una copa, necesito algo que me ayude a digerir el nudo que tengo por dentro.

—Solo tengo cerveza, ya sabes que soy un hombre de costumbres sanas.

Cristian levantó una ceja.

—Adicto al peligro y que cualquier día se partirá la crisma en alguna aventura descabellada.

—Es posible que me parta la crisma, sí, pero el resto del cuerpo estará sano —rio.

Se dirigió al frigorífico y sacó una cerveza para su hermano. Él entraba a trabajar en un par de horas y jamás bebía antes de empezar su turno, nunca se sabía a qué se tendría que enfrentar.

—Tómalo con calma, Cristian. Digiérelo y luego decide lo que consideres oportuno, pero no lo hagas ahora, estás demasiado alterado.

—¡Ni te imaginas cuánto! Había esperado no volver a ver a Lorena nunca más, y ahora estoy ligado a su vida para siempre.

—¿Aún le guardas rencor?

—Sí.

—Sabes lo que dice la lógica sobre eso, ¿verdad? Que todavía sientes algo por ella.

—No lo entiendes... no se trata de sentimientos. Los tuve, creí que podría llegar a ser la mujer de mi vida, estaba dispuesto a sentar cabeza, a dejar de recorrer el mundo cámara en mano, y se burló de mí. Yo solo fui un juego para las hermanas Rivera, un peón que movieron a su antojo. Un juguete sexual para Lorena y una diversión para Mónica.

—¿Le has preguntado alguna vez a Lorena por qué? Lo que me dices no me encaja con lo que conozco de ellas.

—No, no quiero sus explicaciones. Mi relación se va a limitar a ir a ver a las niñas de vez en cuando. Ni conversaciones personales ni referencias a lo que hubo en el pasado entre nosotros.

—Estupendo que lo tengas tan claro.

—Tú también deberías mantenerte alejado de ellas... son letales y peligrosas.

«Y yo adicto al peligro», pensó César. Pero no lo dijo. Cristian ya había tenido bastante aquel día.

Mónica esperaba impaciente la llegada de Lorena. Mientras, revisaba unos documentos que se había llevado de la oficina, incapaz de permanecer quieta ni de distraerse viendo la televisión.

Cuando escuchó la puerta y contempló la cara pálida de su gemela, comprendió que la entrevista no había sido agradable.

—No ha ido bien... —No era una pregunta.

—No. Tampoco lo esperaba, pero...

—No quiere saber nada de las niñas.

—Dice que mandará dinero. Y que antes de conocerlas tiene que asimilarlo.

—Tiene su lógica, Lore. Es muy fuerte lo que acabas de decirle.

—Ya lo sé... Estaba muy enfadado.

—¿Por las niñas?

—Creo que por todo. No debería habérselo dicho, hubiera sido mejor dejarle seguir con su vida.

—César no te lo habría permitido. Y tu conciencia tampoco.

—Eso es cierto.

—Ya hubo demasiadas mentiras entre vosotros.

Lorena enterró la cara entre las manos.

—Va a ser muy difícil, Moni. Me desprecia y yo... yo aún temblaba por dentro cuando lo vi aparecer, y no de temor. No sé qué me pasa con él, no entiendo el efecto que causa en mí desde la primera vez que nos vimos. Pero su mirada fría y dura me hizo daño... mucho daño.

—Lo superarás, nena. Te acostumbrarás a verlo solo como al padre de tus hijas. Porque no hay posibilidades de recuperar lo que tuvisteis, ¿no?

—No por su parte, su mirada rebosaba desprecio. Dicen que del odio se puede pasar al amor, pero el desprecio es algo que no cambia. Lo único que me queda es saber que he hecho lo correcto.

—Y que tus hijas tendrán a su padre.

—Espero que no les haga pagar a ellas por mis errores.

—No lo creo. Si llegué a conocer un poco a Cristian, estará enfadado contigo, y conmigo. Pero se le va a caer la baba con las pequeñas, como al tito César.

—Confío en ello.

—Vamos a despertar a las nenas, es la hora de su baño.

24

Las gemelas

Más de una semana le llevó a Cristian armarse de valor y pedirle a su hermano el teléfono de Lorena. Cuando se marchó de España, año y medio antes, había borrado los números de ambas hermanas, y las bloqueó, con la seguridad de haberlas sacado de su vida para siempre. Pero el destino jugaba con él y volvía a cruzarlas de nuevo en su camino, esta vez de una forma total y permanente.

Durante ese tiempo, cuando hablaba con César o quedaban para cenar o tomar una cerveza, leía en sus ojos un mudo interrogante sobre sus intenciones respecto a sus hijas, pero en ningún momento le había preguntado ni atosigado al respecto.

Con el número en la mano, y tras rechazar el ofrecimiento de su hermano de acompañarle en su primera visita, llamó a Lorena, tras dudar mucho sobre la hora más conveniente para hacerlo. No tenía ni idea de los horarios de los bebés y tampoco de los de ella después de la terminación del fresco. Se decidió por las once de la mañana, con la esperanza de no ser demasiado inoportuno.

—¿Diga? —respondió la voz harto conocida, tras varios timbrazos.

—Lorena... soy Cristian.

No hacía falta que se lo dijera, le había reconocido al instante.

Se hizo un breve silencio, que él rompió tras carraspear un poco.

—Me gustaría conocer a las niñas... si no tienes inconveniente.

—Por supuesto que no, eres su padre. Nunca te voy a poner impedimentos para que las veas. ¿Cuándo te viene bien? —Trató de mostrarse fría y ecuánime, como si su corazón no hubiera empezado a golpear con fuerza en el pecho ni se le hubiera formado un nudo en la garganta. A medida que pasaban los días se había convencido de que no tendría noticias de él. Pero al parecer César tenía razón y Cristian solo necesitaba tiempo.

—Cuando tú me digas, no conozco los horarios ni las rutinas de los niños, de modo que dime la hora más conveniente para ti.

—¿Te parece bien esta tarde, sobre las seis?

—Perfecto. ¿Dónde?

—¿Quieres venir a casa o prefieres un sitio público?

—Si no te causa mucha molestia, mejor en tu casa. Es una situación extraña para mí, y lo bastante privada para no querer extraños alrededor. Y eso incluye a Mónica.

—Por supuesto. Te mando un wasap con la dirección cuando cuelgues.

—Mándame también un número de cuenta. Me he estado informando sobre la cantidad estándar que corresponde a un padre para la manutención de un hijo. Ni que decir tiene que la multiplicaré por dos.

—Cristian, ven a conocer a tus hijas, eso es lo importante. No lo estropees con dinero. Hoy no.

—De acuerdo, no mencionaré ese tema esta tarde, pero manda el número.

Lorena suspiró.

—Como quieras.

—Hasta luego.

—Adiós.

Apenas terminó de hablar, se permitió expresar la emoción que sentía. Cristian no había renegado de sus hijas, estas iban a tener a su padre, aunque fuera en la distancia. Eso era lo importante. Porque estaba segura de que se dejaría seducir por esas caritas sonrientes y los preciosos ojos verdes que habían heredado de él.

Se apresuró a terminar su trabajo antes de recogerlas en la guardería y, después de la siesta, ponerlas muy guapas para la visita que recibirían esa tarde.

Puntual, como solía serlo, Cristian aparcó en los alrededores de la dirección que Lorena le había enviado. Medía un metro noventa, había recorrido medio mundo enfrentándose a innumerables situaciones difíciles, pero jamás había sentido tanto miedo como en aquel momento.

El portal de Lorena era muy diferente al de Mónica, en cuya casa había estado dos veces; tan diferentes como lo eran ellas. Una vez más se reprochó a sí mismo no haber comprendido antes que no eran una sola mujer, sino dos.

Llamó al timbre y, como si Lorena se hubiera encontrado justo al lado de la puerta, esta se abrió.

—Pasa. —Fue lo único que le dijo, después de que sus miradas se encontrasen durante unos breves segundos.

El piso de Lorena no era un espacio abierto como el de su hermana, sino mucho más tradicional. Un corto pasillo con un par de puertas cerradas llevaba hasta un amplio salón con un ventanal grande y luminoso. Bajo el mismo, recibiendo unos tibios rayos del sol de la tarde, había un parque infantil y dos niñas se encontraban sentadas en el mismo, jugando con unas pelotas de tela de colores vivos. No estaban vestidas iguales y eso le gustó.

Había tratado de prepararse para ese momento durante toda una semana, pero la imagen le impactó de lleno. Eran sus hijas... no se trataba solo de unas niñas... tenían sus genes, su sangre y sus ojos. También el pelo castaño de Lorena, su boca llena y su barbilla voluntariosa... eran una mezcla de ambos... y para eso sí que no estaba preparado.

—Puedes cogerlas, si quieres —ofreció ella, al ver la inmovilidad de Cristian.

—Son tan pequeñas... no sé si sabré.

—Pequeñas eran cuando nacieron, ya están en su peso. Si las hubieras visto en las enormes manos de César... casi cabían enteras en ellas.

Cristian sintió una leve envidia de su hermano, que había vivido aquellos momentos mientras él estaba lejos, pero no podía culpar a nadie más que a sí mismo de eso.

Viendo su indecisión, Lorena se inclinó sobre el parque y cogió a una de las gemelas.

—Ven a conocer a papi... —dijo dándole un ligero beso en la mejilla regordeta. Después se la tendió a Cristian, que la cogió con cierta torpeza—. Esta es Maite, la más sociable de las dos.

La cría se revolvió un poco y él le sujetó la espalda con la otra mano.

—Tranquilo, que no se rompe. Tampoco te va a comer, apenas tiene dientes —trató de bromear para hacer menos tenso el momento.

—No es eso... solo me siento raro, no es una niña más —confesó.

—Lo sé. Tómate tu tiempo para familiarizarte con ellas... puedo irme a la cocina y dejarte solo, si lo prefieres.

—No, quédate, por favor.

Lorena volvió a inclinarse y sacó a la otra gemela.

—Aquí tenemos a Ángela. Es la más tranquila, y también la más tímida. Ella no se te revolverá.

Con destreza cogió a Maite y le puso a Ángela en los brazos, en un movimiento fluido que sorprendió a Cristian.

—Las manejas muy bien.

—Cuestión de práctica. Suelen llorar a la vez, sobre todo de noche.

—¿Y te las apañas sola? —preguntó con cierto sentimiento de culpa.

—Moni se mudó a vivir conmigo cuando supo que estaba embarazada. Y sigue aquí, supongo, hasta que me las pueda arreglar con las niñas sin ayuda. Nunca podré pagarle lo que está haciendo por mí, por nosotras.

—¿Y tu novio? Siempre imaginé que habías vuelto con él.

—No lo hice, habían pasado demasiadas cosas.

—Lo siento.

—No quiero hablar del tema, pertenece al pasado. Maite y Ángela son el presente... ellas son toda mi vida ahora.

—Yo... te ayudaré en lo que pueda. Si necesitas...

—No vuelvas a ofrecerme dinero... Sé solo su padre.

—Lo seré, te lo prometo.

Lorena volvió a meter a las niñas en el parque y le pidió:

—Voy a prepararles la merienda. ¿No te importa vigilarlas mientras?

—Claro que no.

Salió del salón. Necesitaba hacerlo, no quería traicionarse ni que él viera la emoción que la embargaba. Se había imaginado mil veces el encuentro de Cristian con sus hijas y creía estar preparada para ese momento, pero no podía aguantar las ganas de llorar que sentía. Tampoco las de abrazarse a él y pedirle que la incluyera en esa promesa de futuro. Pero él solo se había referido a las niñas y ella debía aceptarlo, si no quería que el frágil e incipiente lazo que se estaba formando entre Cristian y sus hijas se rompiera.

Bebió un vaso de agua y controló las lágrimas que estaban a punto de salir. Después preparó la papilla de frutas que iban a tomar las pequeñas y salió con el cuenco en las manos y una sonrisa en los labios. Nadie podría imaginar al verla los sentimientos que la corroían.

Cristian estaba en cuclillas delante del parque y les hablaba en voz baja mientras las niñas le observaban con atención.

—La merienda, señoritas... —anunció.

Se dirigió hacia una trona doble y colocó sobre ella el cuenco de papilla.

—Coge a Ángela, por favor, y siéntala.

—Ángela es la de azul.

—Sí.

—No las vistes iguales.

—Claro que no, son dos personas diferentes, no tienen por qué vestir iguales. Mi madre lo hacía a veces cuando éramos pequeñas y yo lo odiaba.

Con poca maña Cristian cogió a la niña y logró sentarla. Lorena hizo lo mismo con Maite, que se resistió. Después comenzó a darles cucharadas de papilla, de forma alternativa. Mientras él las miraba fascinado.

—¿Quieres intentarlo tú? —le ofreció al ver su expresión.

—No, creo que por hoy ha sido suficiente. Más adelante.

—De acuerdo.

En aquel momento, viendo cómo Lorena alimentaba a las niñas, con tanta ternura, con tanto amor, Cristian sintió que el enfado y el rencor que aún sentía contra ella se mitigaban un poco. Solo un poco.

Cuando hubo terminado la merienda, ella le ofreció un café, que rechazó, para despedirse a continuación. Había sido una tarde demasiado extraña, demasiado intensa. Necesitaba salir de allí y respirar hondo. Quizá pasarse por casa de su hermano y compartir con él unas cervezas y un rato de charla.

Besó las cabecitas suaves de las niñas y se dirigió a la puerta, acompañado de Lorena.

—¿Puedo volver? —preguntó.

—Cuando quieras.

—Ya te llamaré.

—Gracias por venir.

Él frunció levemente el ceño.

—¿Pensabas que no lo haría?

—Te has tomado tu tiempo, no sabía qué pensar. El otro

día estabas tan enfadado, que temí que ellas pagaran por mis errores.

—Sigo enfadado, pero las niñas no tienen la culpa de tus errores, ni de los míos. Ellas son lo más importante.

—Claro.

—Te llamaré en unos días.

—De acuerdo.

Se dio media vuelta y salió de la vivienda. Lorena cerró la puerta tras él y regresó al salón. Miró a sus hijas y les sonrió mientras se limpiaba unas lágrimas furtivas con el dorso de la mano.

—Chicas, habéis impactado a papi. Todo va a ir bien.

25

Lorena enferma

Lorena consiguió convencer a Mónica de que asistiera, en nombre de las dos, al curso sobre catalogación de obras de arte al que habían sido invitadas. Antes de que nacieran las niñas, solían acudir a todos los cursos, eventos y congresos relacionados con su profesión y mantenerse al día, pero hacía ya más de dos años que no se dejaban ver en ninguno de ellos.

Al recibir la invitación, Mónica se había mostrado reacia a dejar a Lorena sola con las gemelas, que estaban a punto de cumplir un año, y comenzaban a dar los primeros pasos, agarrándose de un mueble a otro. Pero esta había expuesto con su lógica habitual la conveniencia de retomar unas actividades de vital importancia para su empresa. No hizo referencia a su inexistente vida social y personal, que también necesitaba con urgencia un cambio en la rutina, aunque se tratara solo de cuatro días. Desde hacía casi dos años, no tenía vida más allá del despacho, su casa y sus hijas, ni más relación personal que con ellas, César y, en ocasiones, Cristian, aunque este la evitaba siempre que podía. Mónica necesitaba esos cuatro días para cambiar de ambiente, relajarse lejos de pañales y biberones y también actualizar unos conocimientos necesarios para el desarrollo de la profesión de las dos.

Para que se fuese tranquila, Lorena le había prometido llamar a César o a Cristian en caso de emergencia y le había ocultado el incipiente dolor de garganta que estaba comenzando a sentir. Dolor que había ido en aumento a lo largo del día y la noche.

Cuando César la llamó aquella mañana para preguntarle cómo se las apañaba en ausencia de su hermana, apenas pudo entender sus palabras, pronunciadas con voz ronca.

—Hola, César.

—¿Cómo va todo?

—Bien —respondió, aunque no era cierto. Se sentía enferma y la tarea de cuidar de sus hijas se le antojaba una dura prueba—, todo controlado.

—¿Seguro? Esa voz me dice lo contrario. ¿Estás enferma?

—Un poco acatarrada, no te preocupes, no es nada serio. —Lo último que quería era que él se lo contase a Mónica si hablaba con ella, de lo que no tenía ninguna duda. Por mucho que ninguno hablase de ello, Lorena había visto cómo se miraban y su mutuo interés era muy evidente.

—Trabajo de noche, pero si te sientes mal puedo intentar cambiar el turno y echarte una mano con las enanas.

—No te preocupes, César; no tengo nada que un paracetamol no alivie. No le digas nada a Moni si hablas con ella.

César sonrió antes de preguntar:

—¿Qué te hace pensar que voy a hablar con ella?

—¿No vas a llamarla?

—Ya lo he hecho —rio—, se lo está pasando de maravilla. ¿No te ha llamado a ti? Porque si te escucha esa voz, no vas a poder engañarla.

—Me las estoy arreglando con el wasap. Le he dicho que las niñas están dormidas para que no llame. Mañana espero estar mejor y no parecer un camionero borracho.

—Bien, no le diré nada, pero si necesitas ayuda, llámame a mí o a Cristian.

—Tranquilo, estoy bien.

—De acuerdo.

Cortó la llamada, se recostó de nuevo en el respaldo del

sofá y se cubrió con la manta que tenía en las rodillas. Las niñas jugaban en el parque dándole un respiro, pero no confiaba en que este durase mucho. Ya no querían estar encerradas, sino moverse por la casa a su antojo, y la sola idea de perseguirlas para que no se hicieran daño, en aquel momento, se le antojaba una tortura. Pero se moriría antes que llamar a Cristian. Las veces que había estado en su casa, se lo veía incómodo con ella y hacía casi dos semanas que no aparecía para ver a las niñas. Aunque sabía que las tardes en que César se las llevaba a dar un paseo se reunía con él y disfrutaba de sus hijas en el parque al que su hermano solía ir con ellas a tomar el aire. En los tres meses transcurridos desde que Cristian regresó a su vida, solo le había visto cuatro veces, todas ellas durante una corta visita, y siempre correcto, frío y poco amigable.

El llanto de Ángela la despertó del sopor en que, a su pesar, había caído y se dispuso a prepararles el baño. Se mareó al levantarse y decidió limitarse a un cambio de pañales aquella noche, se sentía incapaz de controlar a la juguetona Maite dentro de la bañera. Les cambió el pañal y les puso el pijama, les dio el biberón, que ya sostenían solas, y se dispuso a acostarlas, rogando que dieran una buena noche.

El timbre la sobresaltó por un momento, pero luego pensó que César había cambiado el turno para echarle una mano. Sin embargo, era Cristian quien se encontraba al otro lado de la puerta, con expresión seria y circunspecta.

—César me ha dicho que no te encontrabas bien y que Mónica está fuera de Madrid. He venido a ver si necesitas algo.

—Estoy un poco pachucha —admitió—. Pasa, estaba a punto de acostar a las niñas, pero puedo retrasarlo un poco para que las veas un rato.

La mirada penetrante del hombre vio mucho más allá de sus palabras. La piel pálida, los ojos brillantes y febriles le hizo tender la mano y cubrirle la frente.

—¿Un poco pachucha? Estás ardiendo.

Entró resuelto hasta el salón, donde Maite había dejado

caer el biberón vacío y se dirigía hacia él con los brazos tendidos y pasos vacilantes.

—Pa...

Sintió una vez más la emoción que le embargaba cuando las niñas le tendían los brazos. La cogió y se dirigió a Lorena, que recuperó el biberón del suelo.

—Dime qué tengo que hacer para acostarlas. Y, de paso, tú también deberías hacerlo; apenas te tienes en pie. ¿Por qué no me has llamado?

—Podía ocuparme, no es la primera vez. Los niños no entienden de madres enfermas, hay que atenderlos igual.

—Para eso estamos también los padres.

Lorena se mordió los labios para no decirle que no era un padre normal, que solo venía de visita, pero él lo captó sin necesidad de escucharlo.

—Sé que no he venido mucho por aquí, y no estoy muy al tanto de sus comidas ni sus horarios, pero dime qué tengo que hacer. —Se dirigió a las niñas y dijo alegre—: Hoy os acuesta papá.

—Ya han cenado, llévalas a la habitación y mét005 en las cunas. La de la derecha es la de Ángela.

Cristian se agachó y, cogiendo también a su otra hija, se dirigió con ellas, cada una en un brazo, hacia la habitación que lindaba con la de Lorena. Esta le siguió y contempló como las metía en la cuna y las arropaba.

—¿Se duermen solas?

—Sí.

—Pues a la cama tú también.

—Esperaré a que cojan el sueño, a veces tardan un poco.

—Yo lo haré, tranquila. Yo cuidaré de vosotras esta noche.

Lorena sintió que se le secaba la boca. Era la primera frase amable que le dirigía desde su regreso.

—No es necesario...

Él alargó la mano y la colocó sobre el cuello esta vez. El pulgar le rozó la mejilla mientras decía:

—Claro que lo es, tienes mucha fiebre. No sé cómo puedes mantenerte en pie.

—Si quieres que te diga la verdad, a duras penas —admitió.

—Acuéstate, yo me ocuparé de todo. ¿Te preparo algo de cena? Necesitas tomarte un antitérmico.

—Un poco de leche, no podría tomar nada más consistente.

—¿Tengo permiso para hurgar en tu cocina?

—Por supuesto.

Pocos minutos después, se tomaba un vaso de leche templada con una mueca de disgusto y un paracetamol. Cristian esbozó una ligera sonrisa.

—La leche te gusta tan poco como el café, ¿no?

Era la primera vez que él hacía alusión al pasado.

—Me gusta fría, pero tal como tengo la garganta no es aconsejable.

La bebió a pequeños sorbos bajo la atenta mirada de él y luego preguntó:

—Entonces, ¿vas a quedarte?

—Nada de lo que digas me lo impedirá. Acuéstate y olvídate de todo. ¿Qué hago si las niñas se despiertan?

—Solo cambiarles el pañal, ya no comen de madrugada.

—Eso sé hacerlo, alguna vez cuando César y yo las llevamos de paseo me he ocupado. ¡Venga, a la cama!

—Gracias... muchas gracias, Cristian. La habitación de Mónica es esa de ahí, hay sábanas limpias en el armario.

—Estaré bien en el sofá, así os escucharé si me necesitáis.

Mientras se dirigía a su habitación sintió en la espalda la mirada de Cristian. Se puso el pijama y se acostó notando la frialdad de las sábanas en su cuerpo enfebrecido. Y, a pesar del malestar, tuvo una sensación de calidez por dentro, porque hacía mucho que no veía amabilidad en los ojos de él.

A pesar del antitérmico, la noche supuso una auténtica pesadilla. Se sentía como si estuviera acostada sobre cristales, la cabeza le latía con fuerza y el sudor le empapaba el pijama, mientras daba vueltas en la cama sumida en un sopor inquieto.

Desde el salón, Cristian la sentía removerse y toser. Acudió a verla y tocarla con cuidado para comprobar que la fiebre apenas bajaba, pero Lorena no se percató de ello.

Se alegraba de haber cedido a su instinto de acudir a comprobar si estaba bien, cuando César le llamó. Lorena no estaba en condiciones de ocuparse de dos niñas revoltosas, y aunque él prefería no implicarse demasiado con ella, era la madre de sus hijas y necesitaba cuidados.

En un momento de la madrugada volvió a escucharla gemir y entró de nuevo en la habitación. Le tocó la frente, que ardía, y le apartó unos mechones de pelo húmedos de la cara. Ella abrió los ojos, sorprendida de verlo allí. Sorprendida también de sentir su mano en el rostro. Cristian la retiró con presteza.

—¿Cómo te encuentras?

—No muy bien.

—No te ha bajado la fiebre en todo el rato, he entrado varias veces a comprobarlo. Espero que no te importe.

Ella negó con la cabeza, porque la voz le salió como un graznido seco momentos antes.

—¿Te ha visto el médico?

Volvió a negar.

—Me ocuparé mañana de llamar para que venga. Quizá deberías darte ahora una ducha templada, ayudaría a bajar la temperatura y te sentirás más cómoda. Estás empapada.

—No me encuentro con fuerzas de levantarme y meterme en la bañera —susurró.

—Yo te ayudaré.

Lorena levantó los ojos y observó los de él.

—No irás a sentir pudor conmigo a estas alturas, ¿verdad? Ya te he visto desnuda.

—Hace mucho tiempo de eso.

Cristian no respondió, solo levantó la sábana y la cogió en brazos, para llevarla hasta el cuarto de baño. Allí la ayudó a desvestirse como si fuera una de sus hijas y la metió en la bañera, abriendo el grifo de la ducha a continuación.

Lorena se estremeció por la diferencia de temperatura, cuando al agua comenzó a caer sobre su cuerpo tembloroso. Cristian la contempló sin asomo de deseo sexual, y advirtió los cambios que se habían producido en ella. Estaba más delgada, tenía los pechos más redondos y plenos y una ligera cicatriz rojiza cruzaba la parte baja de su vientre. Una sensación de ternura lo invadió, y se afanó en graduar la temperatura para evitar el nudo que se le había formado en la garganta. Todos aquellos cambios eran fruto del embarazo, un embarazo que él no había vivido con ella.

—¡Tengo frío!

—Un poco más, pequeña, solo un poco más.

Tiritaba bajo la ducha, el pelo empapado caía sobre la espalda y el cuerpo se le encogía a causa del frío. Al fin él cerró los grifos y la envolvió en la toalla que había en una estantería, sin preguntar siquiera si era suya o de Mónica. Después, la acunó contra su cuerpo, y se dispuso a secarla con suavidad.

Las grandes manos se deslizaban por la espalda palpando las costillas bajo la tela rugosa.

—Estás muy delgada —no pudo evitar comentarle—. ¿Te alimentas bien?

—Sí, Mónica se ocupa de ello, es muy insistente con eso. Es el estrés, dos niñas de la misma edad absorben todo el tiempo, y ellas son lo primero.

—Pero tú debes mantenerte fuerte y sana, para cuidarlas.

—No como esta noche, que soy un pingajo humano, incapaz de atender a mis niñas.

—Lo habrías hecho si yo no estuviera aquí.

—Por supuesto.

—Pero estoy, y no es necesario. Puedes permitirte sentirte enferma. Verás como ahora, tras la ducha, te encuentras mejor.

Se sentía mejor, claro que sí, y no solo por la fiebre que había bajado. Los brazos de Cristian a su alrededor, sus atenciones, eran algo que no había esperado volver a sentir, aunque se tratara solo de cuidados de enfermero. Quizá su enfado se fuera diluyendo con el tiempo... quizá podrían al menos ser amigos.

Terminó de secarla, y Lorena se sentía demasiado enferma para pensar siquiera en las manos de Cristian recorriendo partes de su cuerpo que hacía mucho que no tocaban, aunque fuera a través del rizo del paño. Después volvió a tomarla en brazos y la llevó al dormitorio, aún envuelta en la toalla.

—Mientras te pones un pijama limpio, cambiaré las sábanas. ¿Dónde puedo encontrarlas?

—En el armario.

Se volvió para hacer la cama, dándole un poco de privacidad para cambiarse. Algo innecesario puesto que ya la había visto desnuda, pero también él necesitaba centrar su atención en una tarea que excluyera el cuerpo de Lorena, sin ropa y tembloroso por la fiebre. Porque hasta ese momento había gestionado muy bien su enfado para mantenerse alejado de ella y deseaba seguir haciéndolo, pero verla indefensa y enferma no le ayudaba en absoluto.

Cuando terminó su tarea, ya estaba lista para meterse en la cama.

Los escalofríos habían cesado, de modo que la dejó acostarse y regresó al salón, para intentar dormir unas horas recostado en el sofá.

No lo consiguió, las niñas se despertaban cada poco rato, obligándole a levantarse a atenderlas. Comprendió entonces el cansancio que reflejaban los ojos de Lorena, las permanentes ojeras y también su delgadez, donde antes había tenido curvas redondeadas.

Se prometió a sí mismo participar más en el cuidado de sus hijas, para permitirles tanto a Lorena como a Mónica un descanso que ambas necesitaban, además de algo de vida social. Por lo que César le contaba, las dos vivían solo para las niñas. Mónica ni siquiera era su madre, la tarea de ayudar a Lorena le correspondía a él, y pensaba asumirla.

Apenas despuntó el alba, Ángela se despertó y reclamó su

atención con risas y gorgoritos. Desde su habitación, Lorena le comentó:

—Es la hora de su desayuno. Me levanto en un segundo.

Cristian sacó a la niña de la cuna para que no despertase a su hermana, que aún dormía, y se dirigió a la habitación de Lorena.

—¿Cómo te encuentras?

—Como si me hubiera pasado una apisonadora por encima, pero ya está bien de hacer el vago. —Levantó la sábana para sentarse en la cama.

—¿Adónde vas? Ni se te ocurra moverte.

—Hay que levantar a las niñas, darles el desayuno y llevarlas a la guardería. Luego me puedo meter en la cama otra vez unas horas.

—Yo me ocuparé de todo. También de que te vea el médico, sigues teniendo la mirada febril.

Lorena se recostó, cerró los ojos y le dejó hacer. Aunque estuviera enferma iba a disfrutar de aquello, de ver que por primera vez él se implicaba de verdad con las niñas, y con ella.

—Gracias —susurró mientras Cristian salía de la habitación.

Durante tres días permaneció en la casa, ocupándose de las gemelas y de Lorena, tiempo en el que comprendió la dura tarea que significaba atender a unas criaturas de un año y llevar adelante, además, una actividad laboral. Tres días en los que tuvo que luchar consigo mismo para mantener el enfado que aún conservaba hacia Lorena. Cuando esta le miraba agradecida por sus cuidados, cuando le sonreía al verle cambiar un pañal o dar una papilla en la que todos acababan llenos de salpicaduras, pensaba que no podía ser la mujer sin corazón que había jugado con él en el pasado. Tenía que recordarse una y otra vez que sí lo era, que sí lo había hecho.

Cuando al fin Mónica regresó, Lorena se había recuperado bastante, ya no tenía fiebre, aunque aún se sentía débil y cansada. Cristian se negó a marcharse hasta que llegase su hermana, a media tarde del viernes.

Esta se sorprendió al verlo allí. Las pocas ocasiones en que había ido a la casa, se había marchado antes de que ella llegase. Estaba sentado en el sofá con una niña en cada rodilla, mientras Lorena se recostaba contra el respaldo, sonriente.

—¡Hummm! ¿Reunión familiar? —preguntó abriendo mucho los ojos.

—Hola, Mónica —saludó él con frialdad—. Lorena ha estado enferma y vine a echar una mano.

Esta desvió la vista hacia su hermana.

—¿Por qué no me has avisado? Habría vuelto enseguida.

—No ha sido necesario, Moni. Cristian ha cuidado de nosotras a la perfección. Además, necesitabas unas merecidas vacaciones.

—¿Vacaciones? No diría yo tanto. Traigo toneladas de apuntes y después de las clases íbamos juntos a cenar. La media de edad de los asistentes era de cincuenta años, con lo que te puedes imaginar la marcha que teníamos.

—Al menos, has cambiado la rutina.

—Y he extrañado a mis preciosidades. —Se dirigió a las niñas—. Y vosotras, ¿habéis echado de menos a la tita?

La sonrisa franca de ambas le hizo comprender que sí.

—Cógelas —dijo Cristian—. Ahora que estás aquí, yo debo marcharme.

—No es necesario que te vayas tan pronto, no muerdo.

—He tenido mis asuntos muy descuidados estos días.

Les dio un beso a las niñas, cediéndoselas a Mónica, y luego se dirigió a Lorena.

—Te llamaré. Espero que te recuperes pronto.

—Ya estoy bastante mejor. Gracias por todo, Cristian.

Había emoción en la voz, y él se irguió y trató de ser inmune a ello.

—No hay de qué, son mis hijas. Mi obligación es cuidarlas.

—Claro.

—Ya hablamos. Adiós, Mónica. No hace falta que me acompañes, conozco el camino.

Cuando sintieron la puerta cerrarse tras él, Mónica se volvió hacia su hermana.

—¿Así de seco ha estado estos días?

—Para nada. Yo creo que le ha costado marcharse, que no sabía cómo despedirse.

—Podía haberse quedado a cenar.

—Dejémosle a su aire. Creo que esto le ha acercado a las niñas muchísimo.

—¿Y a ti?

—A ratos. Pero ellas son lo importante, Moni.

—Por supuesto. Y como lo son, ahora la tita las va a bañar, ¿verdad? Y vamos a jugar en la bañera un ratito.

Lorena sonrió agradecida de poder quedarse un poco más recostada en el sofá. Los días pasados habían sido una prueba no solo física sino también emocional.

26

Obligaciones y deberes

Si Lorena imaginó que Cristian la llamaría al día siguiente para preguntar por su estado de salud, se equivocaba. Las ligeras esperanzas que había sentido de que se estaban haciendo amigos se evaporaron por completo a medida que pasaba la semana y no tenía noticias de él. Se resignó a aceptar que lo ocurrido se trataba solo de un deber cumplido y que, una vez que hubo delegado este en Mónica, Cristian continuaría con su alejamiento. Por eso, cuando diez días más tarde, él se presentó en su casa a las doce de la mañana, se sorprendió sobremanera. Las niñas estaban en la guardería, y él debía de saberlo.

Ella trabajaba aquella mañana en un cuadro grande, instalado en un armazón sujeto con poleas al techo, en la habitación acondicionada en su casa como taller y estudio. Vestía un pantalón vaquero viejo y manchado de pintura y disolventes, y llevaba el pelo recogido con su habitual aguja de marfil, como solía trabajar en la ermita, dos años atrás.

Cristian recordó aquel momento en cuanto ella le abrió la puerta. Se limpiaba las manos en un trapo sujeto a la cintura, mientras le contemplaba absorta al otro lado del umbral.

—Hola, Lorena. Tienes buen aspecto, veo que ya estás recuperada.

—Estoy mucho mejor, gracias.

—¿Puedo pasar? —preguntó ante la inmovilidad de ella.

—Claro. Pero las niñas están en la guardería, hasta las tres y media no las recojo.

—Ya lo sé, no he venido a verlas, sino a hablar contigo.

Ella se apartó del umbral.

—En ese caso, pasa. Disculpa mi atuendo, no esperaba visitas.

—Tu ropa de trabajo; lo recuerdo. ¿Qué restauras ahora?

—Un cuadro enorme, deteriorado por el humo de un incendio forestal. Lo tengo en el estudio. ¿Quieres verlo?

—Más tarde, ahora quisiera comentarte algo.

—Disculpa entonces un momento, que me lavo las manos en condiciones. Siéntate, estás en tu casa. ¿Te apetece tomar algo?

—No, gracias; no deseo entretenerte, sé lo ocupada que estás.

—Puedo tomarme un descanso, no te preocupes —propuso ilusionada ante la posibilidad de pasar un rato con él, incluso de compartir un té o un refresco.

—No, de verdad, no quiero nada.

Lorena entró en el pequeño aseo situado junto al taller y, tras lavarse las manos con meticulosidad para eliminar cualquier resto de pintura u otro producto químico, regresó al salón.

Cristian se había sentado en el sofá y mantenía la espalda rígida, en una pose que denotaba incomodidad, sin lugar a dudas. Ella se acomodó en una silla, lo bastante lejos para evitar cualquier roce y no tanto como para mostrar descortesía.

—Tú dirás...

—Iré al grano. Los días que pasé aquí mientras estuviste enferma, me di cuenta de lo duro que debe de ser para ti cuidar de las niñas y trabajar a la vez. Me dijiste una frase que se me quedó muy grabada, y a la que he estado dando muchas vueltas.

—No recuerdo qué dije, Cristian, no estaba bien. Si te molesté en algo, no fue mi intención.

—No me molestó, pero comentaste que soy un padre que solo viene de visita, y es cierto. Quiero dejar de serlo.

Lorena se puso pálida. ¿Quería la custodia de las niñas? Jamás. La voz le salió tensa cuando preguntó:

—¿Qué tratas de decirme? Explícate mejor, Cristian.

—No te pongas en guardia, pareces una leona dispuesta a matar por sus cachorros. No es mi intención quitarte a las niñas, sino compartir contigo más responsabilidades y obligaciones.

—¿Qué tipo de obligaciones? Ya aportas suficiente dinero.

—No me refiero a la cuestión económica. Me gustaría ocuparme de algunas tareas de forma continuada, como bañarlas, llevarlas o recogerlas de la guardería, preparar sus comidas. Lo que suele hace un padre. Ayudarte a que todo sea más fácil para ti.

Lorena respiró hondo. Eso significaba tener a Cristian en su casa con regularidad. El corazón le empezó a latir con fuerza.

—¿No te parece buena idea? No quiero forzarte a nada, desde luego, pero me gustaría mucho. No quisiera que mis hijas, cuando sean mayores, vean en mí solo a ese hombre que las lleva de paseo. Quiero saber qué comen, la talla que tienen de ropa, a qué hora se acuestan o se levantan.

—Por mí no hay ningún problema. Es lo que deseo yo también, que Ángela y Maite tengan a su padre, en todo el sentido de la palabra, aunque no vivan con él. Si no lo hubiera querido, nunca te habría hablado de su existencia.

—¿No te molesta tenerme por aquí a menudo?

—En absoluto. Eres tú el que aún está enfadado, no yo.

—Eres la madre de mis hijas, podré con ello.

Lorena sintió que era el momento de explicarse, de cerrar una herida que llevaba abierta dos años.

—Cristian, no fue por diversión. Mónica y yo nuca quisimos reírnos de ti.

Él alzó una mano para impedirle continuar.

—Déjalo estar, Lorena. Pertenece al pasado y a estas alturas no me interesa saberlo.

—Pero solo si te lo explico podrás perdonarme y librarte de ese enfado que aún te corroe. Debes hacerlo por el bien de las niñas.

—El que siga o no enfadado contigo no influirá en mi trato con ellas. Olvida el asunto, no tiene sentido removerlo más.

—De acuerdo. ¿Puedo hacerte una pregunta personal?

—Depende de cuán personal sea.

—¿Estás con alguien? Comprende que me interese, porque puede afectar a las niñas en el futuro.

—Ha habido una mujer mientras estuve en África, pero lo dejamos cuando regresé. En este momento no hay nadie, mi vida sentimental no les afectará, si es lo que te preocupa.

—De acuerdo. Dime entonces de qué te quieres encargar.

—Puesto que mis horarios son bastante flexibles quizá podría llevarlas o traerlas de la guardería, para comenzar.

—Me parece bien, eso me ayudaría mucho. Pierdo media hora de trabajo con cada viaje. Pero para que puedas hacerlo antes debo presentarte yo, para que te conozcan. No les dan los críos a cualquiera que vaya a buscarlos.

—Me alegra escuchar eso. Puedo acompañarte luego. ¿A qué hora debo estar aquí?

—A las tres.

—Bien, llegaré puntual. Ahora no te molesto más, te dejo que continúes con tu trabajo.

—Hasta luego, Cristian.

Cuando se marchó, Lorena se recostó contra la puerta. Le decepcionaba saber que había pasado página durante su estancia en África, aunque siempre lo había intuido. El hombre que juraba que lucharía por ella no había tardado en entregar su corazón a otra mujer. Por mucho daño que le hubiera hecho, si de verdad le importaba tanto como decía, debería haber tardado más en olvidarla. O quizá era cierto que para los hombres las cosas funcionaban de otra manera. Porque para ella él aún era mucho más que el padre de sus hijas. Entró en la cocina y se preparó un té, para calmar la decepción que le habían producido sus palabras. Porque, aunque se dijera lo contario, los días que había pasado con ellas, su forma de cuidarla e incluso de mirarla habían abierto un rayito de esperanza, el mismo que acababa de destruir con su confesión.

Cuando regresó a las tres, ya estaba recuperada, aunque hubiera adelantado poco trabajo esa mañana. La acompañó a la guardería y, tras ser presentado a las cuidadoras, rellenó una pequeña ficha que le permitiría recoger a las niñas cuando fuera necesario.

Juntos regresaron a casa de Lorena, donde se despidieron y quedaron en que las recogería a la mañana siguiente.

El nuevo acuerdo hizo la presencia de Cristian mucho más frecuente en casa de Lorena. Acudía puntual por las mañanas, ella bajaba a las niñas y las acomodaba en el coche de él, acondicionado con sillas para bebés. A mediodía volvía a traerlas y, en ocasiones, las acostaba a dormir la siesta. Si por cuestiones de trabajo no podía ocuparse de esa tarea, acudía por las noches a bañarlas, pero era raro el día en que no viera a sus hijas. Y a Lorena.

Cuanto más tiempo pasaba con ella, más extraña le resultaba la idea de que hubiera jugado con él por diversión. Le parecía una mujer íntegra, responsable y tierna. La imagen de arpía despiadada que había creado en su mente a raíz de la mentira se evaporaba poco a poco, para ser sustituida por la de madre cariñosa y, a su pesar, mujer atractiva. También Mónica estaba consiguiendo vencer su reticencia hacia ella al ver la devoción que sentía por Maite y Ángela, a las que dedicaba todo su tiempo libre.

Una tarde, tras acostar a las niñas y sin ninguna gana de marcharse a su casa, se sorprendió preguntándole a Lorena:

—¿Tienes mucho trabajo hoy?

—No, estoy restaurando unas miniaturas, pero voy bien de tiempo. ¿Quieres verlas?

—¿Puedo pedirte que me invites a un café? Lo necesito, apenas he dormido esta noche.

Una amplia sonrisa iluminó la cara de ella ante la petición, y no quiso pensar si lo que le había impedido dormir había sido una mujer.

—Por supuesto, a mí también me vendrá bien un descanso. Aunque ya sabes que yo prefiero el té.

—Sí, lo sé. —El recuerdo de aquel café compartido en la explanada de la ermita acudió a la mente de ambos sin que pudieran evitarlo.

—Ponte cómodo, lo preparo en un momento.

Él se sentó y Lorena entró en la cocina y se dirigió a la cafetera, con las mariposas aleteando en el estómago como si fuera una adolescente. Era la primera vez que Cristian quería pasar un rato con ella, sin que las niñas estuvieran presentes, aunque trató de acallar sus esperanzas. Tal vez él solo quisiera hablar de algo sobre sus hijas y prefiriese hacerlo con un café delante.

Pero fuera lo que fuese, no la había mirado con cara de palo, como solía, ni se había marchado en cuanto las niñas se durmieron.

Preparó la bandeja con una taza de café y otra de té, la jarra de leche y el azucarero. Añadió unos sobres de sacarina y salió a reunirse con él.

Cristian estaba sentado en el sofá con aspecto relajado, mirando el móvil con atención, y se sentó a su lado, tras depositar la bandeja en la mesa de centro. Él le tendió el teléfono para que viese lo que había captado su atención minutos antes, que no era otra cosa que unas fotos de sus hijas tomadas unos días atrás.

—¡Están preciosas, Cristian!

—Son muy fotogénicas, son buenas fotos a pesar de estar tomadas con el móvil. Muy naturales.

—Pásamelas, por favor.

—Luego, cuando tomemos el café. Me gusta caliente.

Lorena señaló la bandeja.

—Ahí tienes leche y azúcar, sírvete a tu gusto.

Cogió su té y le echó un sobre de sacarina.

—¿Sacarina? —bromeó él—. No estás tan gorda como para no poder permitirte un poco de azúcar.

—Cuando tuve a las niñas me quedé con bastantes kilos de más. Durante el embarazo apenas podía moverme, la presión sanguínea me subió de forma alarmante y el único ejercicio que me permitían hacer era dar cortos paseos. Me puse enorme, no podía ni vestirme sola, y tras el parto me vi obligada a hacer dieta. Me acostumbré a la sacarina y la tomo desde entonces.

Cristian bebió un sorbo de su taza, a la que había añadido azúcar y un poco de leche y, tras dejarla sobre la mesa, clavó en Lorena una mirada cargada de intensidad. Ella se sintió un poco nerviosa y bebió a su vez para disimularlo.

—Perdóname —pidió él, con voz ligeramente ronca.

—¿Que te perdone? —Trató de bromear para salvar la tensión que de pronto se había instalado entre ambos—. ¿Por qué? ¿Por echarle leche y azúcar al café?

—No, por dejarte sola durante el embarazo. Por no estar ahí cuando tenías la presión alta y estabas tan enorme que no te podías vestir. Tú estabas aquí, gestando a mis hijas. y yo en la otra punta del mundo ayudando a gente extraña. César me ha dicho que el parto fue duro y al final debieron hacerte una cesárea.

—Eso no ha sido culpa tuya, hubiera sucedido de todas formas. Y mereció la pena, cada uno de los momentos duros.

—Hubiera querido estar contigo en esos momentos, compartirlos.

—No habrías estado, el enfado te lo hubiera impedido. Quizá hubiese estado tu cuerpo, pero no hubiéramos compartido nada.

Cristian recordó su estado de ánimo tormentoso de aquellos días y reconoció:

—Es posible. Aun así, te pido perdón, y te doy las gracias.

Lo más razonable en tu situación hubiera sido abortar y no lo hiciste. Gemelas y sin padre, es para asustar a cualquiera; yo habría salido corriendo.

—Las gemelas Rivera tenemos muchas agallas.

—Ya lo veo.

Lorena apuró su taza y dijo sonriente:

—Aún recuerdo tu cara cuando te dije que eras padre de dos niñas. Dabas miedo.

—En aquel momento tuve ganas de estrangularte, si te soy sincero. Confiaba en no volver a verte nunca más y aquello me ataba a ti de forma irremediable y para siempre. No se trataba solo de las niñas, aunque dos de golpe imponen.

—Lo sé. Aunque yo estaba preparada, porque mi madre siempre nos dijo que los embarazos dobles eran frecuentes en nuestra familia, supuso una fuerte impresión saber que venían dos bebés. Dudé mucho si decírtelo o dejarte seguir con tu vida, en una bendita ignorancia. Al final entró César en la ecuación y ya no hubo alternativa, él no hubiera permitido que te lo ocultáramos. Quería decírtelo enseguida para que vinieras, pero logré convencerle de que esperase a que estuvieses preparado para regresar. Y para que me permitiera contártelo yo.

—¿Y arriesgarte a que no volviera? ¿A que conociera a alguien en África y me quedase allí para siempre?

—Sí. Supe que te había perdido el día que nos citaste a Mónica y a mí en tu casa; había tanta rabia en tu mirada que pensé que todo había acabado entre nosotros sin siquiera empezar, que nunca podrías perdonarnos. Si no volvías tampoco era tan terrible, Moni y yo criaríamos a las niñas sin ti. Pero si lo hacías, si volvías a España, me armaría de valor, te lo contaría, y sufriría tu enfado, si aún persistía. Comprobé que sí, que seguía tan arraigado como cuando te marchaste, pero al menos las niñas iban a tener a su padre.

—No estoy orgulloso de lo que hice aquel día, Lorena. Debí haberte pedido explicaciones, en vez de tratar de humillarte. Quizá las cosas hubieran sido diferentes, y solo puedo decir en mi disculpa que estaba muy enfadado.

—Lo sé, y lo entiendo. Los dos hicimos cosas mal, y todo eso nos ha llevado a esta situación. A pesar de todo, yo estoy muy contenta de que hoy estemos aquí tomando un café juntos... quizá con el tiempo lleguemos a ser amigos, por el bien de nuestras hijas.

Cristian asintió. Estuvo a punto de preguntar los motivos que años atrás la habían impulsado a hacerle creer que Mónica y ella eran la misma persona, pero se contuvo. De repente sintió temor a que su respuesta trajese de nuevo el enfado que se estaba disipando lentamente.

—Yo también lo espero.

Hacía rato que habían terminado el café, y ahora que la conversación había llegado también a un punto muerto, Cristian sintió que debía marcharse. Aunque no le apeteciera, no podía seguir abusando del tiempo de Lorena, ella debía aprovechar las horas que las niñas dormían para trabajar. Cuando se despertasen y empezaran a corretear por la casa, sería imposible hacer nada más que ir detrás de ellas.

Se levantó del sofá, dispuesto a despedirse.

—Gracias por el café —dijo—. Ahora debo irme.

—Yo también tengo que seguir con mis miniaturas. En invierno hay menos horas de luz natural y debo aprovecharlas. Aparte de que me gusta disfrutar un rato de las niñas antes de acostarlas. No quiero que el trabajo me haga perder la infancia de nuestras hijas.

—A mí me espera una larga tarde de retocar fotos. Anoche me dieron las cinco de la mañana y no quiero que hoy me pase lo mismo.

Lorena no pudo evitar que su pecho se expandiera. Cuando él habló de insomnio, había pensado en una mujer. Ella sabía bien de los maratones de Cristian en la cama. El recuerdo de las noches que había pasado con él la asaltó de repente, traicionero, y un ramalazo de deseo la recorrió a su pesar. Desde que se acostaron juntos en casa de Mónica no había estado con nadie, ni siquiera lo había echado de menos. Pero en aquel momento, todo lo vivido con él acudió a su memoria. Apartó la mirada para que él no lo advirtiese, y ofreció:

—Si mañana estás muy cansado yo llevo a las niñas a la guardería. No tienes que tomártelo como una obligación. Si debes trasnochar solo avísame y yo me ocupo.

—No es una obligación, me gusta hacerlo. Te veo mañana, y gracias por el café.

El invierno estaba en su apogeo y Cristian se puso el grueso anorak antes de salir.

Mientras bajaba en el ascensor se preguntó qué había pasado aquella tarde, pues la gruesa capa de hielo que había creado entre Lorena y él se había empezado a resquebrajar.

27

El rescate

Aquel día Cristian había estado trabajando en una sesión de fotos que le había impedido llevar y recoger a las niñas de la guardería. Por la mañana tuvo que desplazarse hasta un pueblo cercano a Madrid para realizar el reportaje de una preboda y eso le había ocupado toda la jornada. Cuando al fin se despidió de los novios, recogió todo el material de cámaras, trípodes y demás elementos empleados para la sesión y regresó a su casa, era de noche.

Estaba cansado, pero eso no le impidió, tras descargar todo del maletero y dejarlo a buen recaudo en el laboratorio, desplazarse hasta casa de Lorena para bañar a las niñas y pasar un rato con ellas.

Fue Mónica quien le abrió la puerta, con Ángela en los brazos.

—¡Ah! Eres tú.

Él enarcó una ceja, ante la evidente decepción.

—¿Esperabas a otra persona? ¿Mi hermano quizá?

—A Lore —comentó ella ignorando la alusión.

Cristian entró, sintiendo también que su ánimo se desinflaba un poco, mientras su otra hija se abrazaba a sus piernas. Había esperado pasar un rato agradable con el baño de las gemelas y quizá tomar una cerveza después. Desde que iba de forma asidua a la casa, siempre había en el frigorífico una cerveza que ofrecerle, aunque Lorena y Mónica prefirieran una copa de vino.

—¿No está? —preguntó mientras cogía a Maite, que se agarró a su cuello con presteza.

—No; se marchó esta mañana a Piornal, para evaluar unas pinturas en una propiedad que necesitan restauración. Debía presupuestar el trabajo.

—¿Para Patrimonio?

—Se trata de un encargo privado. Pero ya debería haber vuelto, me tiene un poco preocupada. A Lore no le gusta conducir de noche y menos por carreteras de montaña.

—Llámala. Seguro que se ha entretenido más de lo esperado. Cuando trabajas, no siempre puedes decidir el momento de regresar.

—La he llamado varias veces y no pude contactar con ella. Tiene el teléfono apagado o fuera de cobertura.

—Debe de ser lo segundo. Conozco la zona, es el pueblo más alto de la provincia de Cáceres y las carreteras para llegar hasta él son estrechas y llenas de curvas. Dudo que haya mucha cobertura en ellas.

—Hace una hora de la estoy llamando y mandándole wasaps y nada. ¿Tanto tiempo para llegar a un sitio con cobertura?

—En una hora debería haber recorrido lo peor.

El rostro de Mónica se veía muy preocupado y, por lo que sabía de ella, no era de las mujeres paranoicas que se inquietaban sin motivo.

—Además —añadió—, y puedes reírte todo lo que quieras, lo que cuentan de los gemelos es cierto, existe ese lazo invisible que nos permite estar conectadas en la distancia por un sexto sentido. Y en este momento, el mío me dice que Lore está en dificultades, puedo sentir su angustia, su temor...

Cristian, que también había comenzado a inquietarse, cuando escuchó esa última frase, se preocupó en serio.

—Pensaba bañar a las niñas, pero en lugar de eso, voy a buscarla. ¿Sabes qué ruta ha tomado?

—La recomendada por Google maps, que cruza la comarca de La Vera; la estuvimos mirando anoche. Al menos para ir, imagino que regresará por el mismo camino.

—Bien, me pongo en marcha. ¿Puedes preparar alguna bebida caliente y echarla en un termo? Y también dame una manta, no sé qué me puedo encontrar. Debe de hacer un frío del demonio en aquella zona a estas horas. Son las ocho y media, pero tardaré en llegar un par de horas.

—Te preparo un termo con café y otro con té. Por si encuentras a Lorena.

—La encontraré. Si llega antes que yo, o tienes noticias suyas, avísame para dar la vuelta.

—Por supuesto. Gracias, Cristian; hubiera ido yo, pero con las nenas no me puedo mover de aquí.

Había dejado a la niña en el suelo, que se acercó a su padre junto con Maite, y se apresuró a preparar lo que él le había pedido. Veinte minutos más tarde veía con alivio como Cristian salía en busca de su hermana. Antes comprobó el móvil por si tuviera noticias de Lorena pero, aunque volvió a llamarla, esta continuó sin responder.

Con una sensación opresiva en el pecho se dispuso a esperar noticias de una u otro en las próximas horas.

La preocupación de Cristian no era menor que la de Mónica cuando se sentó en el coche dispuesto a recorrer los casi doscientos cincuenta kilómetros que le separaban del pueblo enclavado en plena sierra de Gredos. El salpicadero del coche marcaba cuatro grados en Madrid en aquel momento, temperatura que iría descendiendo a medida que avanzara la noche y se adentrase en la sierra. El camino que recorría la comarca de La Vera no presentaba ninguna dificultad, pero a medida que se acercase a Piornal la carretera empezaría a subir y a estrecharse hasta convertirse en una vía de montaña empinada y traicionera. Rogó por que Lorena no hubiera tenido ningún percance y solo se hubiese quedado sin batería en el móvil mientras recorría el camino de vuelta. Pero a pesar de que esto era lo más probable, se había sentido incapaz de permanecer quieto en espera de su llegada o de noticias.

Se concentró en la carretera para no pensar, para no imaginar siquiera que hubiese tenido un accidente, que estuviese herida o lastimada. Recordó el aspecto desvalido que presentaba el día que estuvo enferma, consumida por la fiebre y temblorosa en la bañera y, sin ser consciente de ello, apretó el pie sobre el acelerador.

Lorena había salido de Piornal un poco más tarde de lo que había pensado. Tras evaluar los cuadros y su diferente estado de deterioro, se había visto casi obligada a aceptar un almuerzo y más tarde un café por parte del administrador de la propiedad para no parecer descortés. Aun así, enfiló la carretera que bajaba hasta La Vera con las primeras sombras del crepúsculo, esperando que cuando se hiciese de noche ya hubiera recorrido el tramo de montaña. No le gustaba conducir por ese tipo de vías y mucho menos en la oscuridad.

Contra sus deseos, la noche cayó rápidamente sobre ella, y redujo la velocidad. La carretera estrecha y serpenteante bajaba de forma pronunciada obligándola a conducir con el pie sobre el freno para no estamparse contra el fondo del barranco. Cuando calculaba que llevaba recorrida algo menos de la mitad de la distancia, el coche se detuvo con una sacudida y un ruido seco. No entendía mucho de mecánica, pero imaginó que la reducida velocidad y las frecuentes frenadas habían ahogado el motor haciendo que se detuviera. Esperó cinco minutos y trató de arrancar de nuevo, pero el coche permaneció silencioso e inmóvil. Se empezó a preocupar. Una avería en esa carretera por la que no se había cruzado con nadie desde que salió no era ninguna tontería. Una grúa tardaría mucho tiempo en rescatarla. Aun así, cogió el teléfono para llamar al servicio de ayuda en carretera, pero la raya indicadora de la cobertura brillaba por su ausencia.

—¡Mierda! —masculló. De todas formas, no quiso desanimarse, segura de que un poco más adelante encontraría algo de señal y podría avisar de su situación.

Bajó del vehículo, sintiendo el frío de la noche morder su cuerpo con fuerza. No estaba vestida para soportar temperaturas nocturnas en la sierra, sino como una ejecutiva que va a dar un presupuesto: traje de chaqueta con falda, medias y zapatos de tacón bajo, pero tacón, al fin y al cabo. Se cerró la chaqueta todo lo que pudo sobre el pecho, levantó las solapas sobre el fino jersey ajustado que llevaba debajo y colocó los triángulos reflectantes delante y detrás del coche averiado, para avisar a cualquier posible vehículo que circulase del peligro de colisión.

Después, comenzó a caminar con el teléfono en la mano, y la esperanza de no verse obligada a recorrer demasiado trayecto para encontrar la suficiente cobertura con que avisar a la grúa y a Mónica. Conocía a su hermana lo bastante para saber que estaría inquieta.

Tras recorrer unos doscientos metros hacia abajo sin ningún resultado, decidió intentarlo en sentido contrario. La falda estrecha, los tacones y el frío reinante le hicieron muy difícil el empinado ascenso. Tomó nota mental de hacer algo de ejercicio, para aumentar su forma física, y continuó andando. De repente un extraño sonido, emitido sin duda por algún animal, le hizo dar un brinco.

—Vamos, maldito... un poco de cobertura... solo un poco. No quiero ser la cena de alguien —suplicó al móvil, como si pudiera oírla.

Continuó caminando otro poco, con los oídos bien alerta. Los sonidos del bosque y de la noche se repetían sin cesar a su derecha, mientras el barranco caía a pico a su izquierda. Por primera vez el enfado por la situación dio paso al miedo. El suelo irregular del asfalto la hizo tambalear y, después de dar un traspiés, entró en razón. Si se caía en la oscuridad o se torcía un tobillo y no podía regresar al coche, sería sin duda pasto de algún animal o perecería congelada. Las manos se le habían quedado ateridas por el frío mientras sujetaba el inservible teléfono y no había la más mínima señal de cobertura.

Dio la vuelta y regresó al coche, enfadada consigo misma por no ser capaz de salir por sí sola de aquella situación.

Cuando de nuevo se sentó ante el volante, aliviada por el leve ascenso de temperatura que le brindaba el vehículo, miró la hora. Las nueve, y desde antes de las ocho no se había cruzado con nadie. Se mentalizó para pasar la noche acurrucada en el asiento, helada y hambrienta. Pero lo que más le agobiaba era la preocupación de Mónica cuando fueran pasando las horas y no regresara.

A medida que transcurrían los minutos la temperatura del coche descendía más y más. Se encogió en el asiento y metió las manos bajo los brazos tratando de retener el calor de su cuerpo, pero no era suficiente

Temblaba como una hoja cuando el sonido de un motor en la distancia la obligó a levantar la cabeza. ¿El ruido se acercaba o era su imaginación que le estaba jugado una mala pasada? Cuando el resplandor de unos faros iluminó la carretera, minutos antes oscura como boca de lobo, no tuvo dudas. Se precipitó a la portezuela del coche y la abrió con presteza, para salir y detener a quienquiera que pasara por allí.

Cristian vio los triángulos reflectantes y disminuyó la velocidad. Después, la portezuela del coche parado en mitad de la curva se abrió y vio salir del mismo una figura que reconoció al instante. Detuvo su coche detrás y bajó de un salto. Ella hacía gestos desesperados con las manos sin reconocerlo, hasta que él se situó delante de la luz de los faros.

—¿Cristian? ¿Eres tú? No es posible, el frío me hace ver visiones...

No obstante, se precipitó hacia él, que abrió los brazos para recibirla.

Estaba helada, temblaba no sabía sí de frío o de miedo, probablemente de las dos cosas. Cuando la atrajo contra su cuerpo un inmenso alivio se apoderó de él. De saberla a salvo, no herida ni despeñada por un precipicio,

Durante unos minutos eternos estuvieron abrazados, en silencio. Después, Lorena alzó la cara hacia el rostro que permanecía en sombras.

—¿Qué haces aquí? —preguntó.

—Mónica estaba preocupada por tu tardanza, y porque no respondías al móvil. Decidí venir y averiguar si habías tenido algún contratiempo. ¿Qué ha pasado?

—He tenido una avería en el coche, y no hay ni una raya de cobertura en muchos metros a la redonda. Intenté caminar hasta que lograse un poco de señal, pero esto está lleno de animales, he escuchado sus ruidos y, la verdad, me he asustado bastante. Decidí esperar metida en el coche a que amaneciera, o pasara alguien que me pudiese ayudar a conseguir una grúa.

—Estás helada. —Le recorrió con las manos la espalda para hacerla entrar en calor, pero a quien le estaba subiendo la temperatura era a él, sin ninguna duda. El cuerpo de Lorena contra el suyo, a pesar del tiempo transcurrido, seguía despertando sensaciones y recuerdos, que prefería olvidar.

—No puedo arrancar el coche y por lo tanto la calefacción no funciona. Tampoco vengo vestida para esto.

—Entra en mi coche —invitó soltándola a regañadientes—, iremos al pueblo más cercano para avisar a una grúa. Es peligroso dejar el tuyo aquí en medio de una curva. A pesar de los triángulos reflectantes cualquiera puede estamparse contra él.

—Creo que Piornal está más cerca.

Se acomodó junto a él, que subió la calefacción. Antes de arrancar, contempló el pulcro moño que debía de haber lucido por la mañana y que en esos momentos estaba medio deshecho, la chaqueta arrugada y las medias rotas. Presentaba un aspecto terrible... y estaba preciosa.

Del asiento trasero cogió la manta y el termo con té.

—Envuélvete y bebe un poco, te ayudará a calmar el frío. Estoy seguro de que sufres hipotermia, tienes los labios amoratados.

Lorena obedeció, y después se sintió mejor.

—Gracias por venir a buscarme, Cristian. Ya me había hecho a la idea de pasar la noche en medio de la montaña.

—Yo también estaba preocupado —admitió—. Vigila el móvil y en cuanto tengas cobertura llama a tu hermana, debe de estar histérica.

Recorrieron varios kilómetros para ello, solo al acercarse al pueblo el móvil dio una leve señal de vida y varios wasaps y llamadas perdidas de Mónica y del propio Cristian empezaron a inundar la pantalla.

Lorena se apresuró a devolver una de ellas.

—Hola, Moni.

—¡Lorena! Por fin... ¿Dónde estás?

—En el coche de Cristian, de regreso a Piornal. El mío me ha dejado tirada en medio de la montaña, en una zona sin cobertura.

—Te ha encontrado entonces...

—Sí.

—¿Estás bien?

—Sí. Muy bien, sobre todo ahora con la calefacción conectada y envuelta en una manta. ¡No había pasado tanto frío en mi vida! La próxima vez que venga a la sierra me traigo un traje de esquimal en el maletero.

—Te he mandado un poco de té caliente.

—Lo he bebido. Solo me falta la tortilla de patatas —bromeó.

—Buscaremos un sitio donde cenar cuando lleguemos al pueblo, y también donde dormir. Salvo que sea muy necesario, no me gustaría bajar esa carretera helada otra vez esta noche; si mi instinto no me falla, dentro de poco esto estará cubierto de niebla —comentó Cristian—. Díselo a Mónica, que no nos espere.

—Lo he oído —dijo la aludida. Luego bajando el tono de voz, añadió—: Dile que te haga entrar en calor.

Lorena ignoró el comentario y cambió de tema.

—¿Cómo están las niñas?

—Ya dormidas desde hace rato. Y yo voy a hacer lo mismo, ahora que al fin me he quedado tranquila. Disfrutad de la noche.

—Que descanses, Moni.

Cortó la llamada justo cuando entraban en el pueblo.

—¿Estás de acuerdo en dormir aquí?

—Sí. Tampoco me apetece bajar de nuevo esa carretera en estos momentos.

Cristian detuvo el coche delante de un bar en que un hombre solitario bebía una copa de vino en la barra. Bajó dejando a Lorena en el vehículo y, tras pocos minutos de conversación con el parroquiano, regresó.

—La grúa va a ser imposible esta noche, según me ha dicho el hombre de la barra, opina como yo que dentro de poco esto estará cubierto de un banco de niebla. Ninguna grúa podrá maniobrar hasta mañana, pero tampoco es de esperar que ningún vehículo se aventure en la carretera de madrugada. Respecto al alojamiento y la cena, me ha dicho que, siguiendo la carretera, a pocos kilómetros del pueblo hay un complejo hotelero donde con toda seguridad encontraremos habitación para esta noche.

En efecto, apenas hubieron dejado atrás las últimas casas, hallaron el cartel indicador. Entraron en lo que parecía un alojamiento rural, a esas horas oscuro y sin vida. Solo una pequeña luz proveniente de una de las ventanas inferiores les indicó que había alguien despierto en el lugar.

Lorena se despojó de la manta para salir del coche y con paso apresurado se dirigió hacia la puerta, donde ya Cristian estaba llamando al timbre. Un hombre con aspecto de no querer que lo molestasen les abrió la puerta.

—Buenas noches —saludó Cristian—. Venimos del pueblo. En el bar nos han dicho que podríamos alojarnos aquí esta noche.

—¿Tienen reserva?

—No, lo siento. No pensábamos dormir por aquí, pero venimos con dos coches y uno de ellos ha tenido una avería bajando la montaña. Necesitamos quedarnos hasta solucionarlo mañana.

El hombre suspiró resignado y les cedió el paso.

—Veré qué puedo ofrecerles. Es temporada baja y no solemos tener habitaciones preparadas, salvo que exista una reserva previa.

—Cualquier cosa nos valdrá. Estamos ateridos y hambrientos —musitó Lorena, cerrándose con las manos la chaqueta sobre el cuello.

—Hay una habitación individual —comentó el hombre tras comprobar el ordenador—, el resto está sin preparar. ¿Les sirve?

—¿No habría posibilidad de dos habitaciones? —preguntó Cristian.

—Me temo que no.

Estaba claro que el hombre no quería tomarse ninguna molestia, que deseaba volver a la novela que había dejado abierta sobre el mostrador de recepción.

—De acuerdo, la tomamos. Tiene ducha, supongo.

—Sí, baño completo.

—¿Y posibilidad de colocar una cama supletoria? La cargaría yo mismo si es necesario.

—Hay un sillón cómodo, pero la cama es lo bastante grande para dos personas.

—Bien, nos apañaremos.

Lorena sintió que de repente todo el frío que sentía se empezaba a evaporar. La idea de compartir la cama con Cristian aquella noche, sentir el calor de su cuerpo contra el de ella, y quizá... Se obligó a pensar en otra cosa, y preguntó:

—¿Existe la posibilidad de que nos preparen algo de comer?

—La cocina está cerrada, pero yo mismo les serviré una cena fría de la despensa. ¿Un poco de chacina y algo de pan y fruta?

—Estupendo.

—El comedor está cerrado, pero si quieren se lo abro.

—No es necesario, si nos lo sirve en la habitación cenaremos allí.

Cogieron la anticuada llave con el número impreso en madera y subieron la escalera hasta la primera planta.

La habitación no era grande, pero apenas abrieron la puerta el sonido de la calefacción, que con seguridad el recepcionista había activado, los acogió. Cristian se acercó al termostato y lo puso al máximo con la esperanza de calentar la estancia en el menor tiempo posible.

Tal como les habían dicho, tenía una cama individual en la que cabrían dos personas... si se acercaban mucho. Lorena sintió el calor recorrerla sin necesidad de que la estancia estuviera caldeada aún. Cristian, en cambio, se sentó en el sillón, sopesando su comodidad.

—No está mal; he dormido en sitios peores.

Ella desvió la mirada hacia él.

—Podemos compartir la cama, si quieres.

Cristian la miró con intensidad, con un brillo en sus ojos verdes que hacía mucho tiempo que Lorena no veía en ellos.

—¿Podemos? ¿Estás segura?

—Somos adultos —sentenció con un leve encogimiento de hombros.

—Pero tenemos un pasado sexual en común y no estoy seguro de que no nos juegue una mala pasada si compartimos la cama esta noche.

La respiración de ella se hizo más agitada.

—¿Usas algún tipo de anticonceptivo? —siguió preguntando Cristian.

—No. Con las niñas no tengo mucho tiempo ni energía para mantener una relación ni siquiera de índole sexual.

—Y yo no tengo en la cartera ni un mísero condón. Mejor no nos arriesgamos, hay ya en el mundo dos niñas fruto de la última vez que tú y yo compartimos una cama. Dormiré en el sofá.

Lorena se mordió los labios para no decir que en el pasado habían realizado prácticas sexuales que no conllevaban riesgo de embarazo, pero al ver la decisión reflejada en los ojos de Cristian, calló.

—Bien. Si quieres que cambiemos a media noche, dilo.

—Soy un caballero, te cedo la cama de forma absoluta. Como te dije antes, he dormido en sitios peores. Ahora date esa ducha caliente que necesitas, mientras yo espero la comida.

—De acuerdo. Gracias.

«Yo debería dármela fría», pensó en cuanto Lorena desapareció tras la puerta del cuarto de baño. La imagen de ella desnuda bajo los chorros se instaló en su mente y le hizo desear colarse en la bañera y compartir con ella esos momentos. Pero estaba decidido a que no pasara nada entre ellos esa noche, no podía dejarse llevar por el deseo que empezaba a sentir por Lorena otra vez. Ahora todo había cambiado, era la madre de sus hijas y no quería enredarse con ella en un encuentro sexual y mucho menos en una relación estable. No después de lo sucedido hacía dos años, nunca podría perdonarle aquello.

Lorena puso el agua todo lo caliente que pudo aguantar, y permaneció bajo los chorros hasta que la piel se le enrojeció, no solo para calmar el frío sino también la excitación que se había apoderado de su cuerpo ante la idea de dormir con Cristian. Si él pensaba que la cercanía podía jugarles una mala pasada, tal vez fuera porque aún se sentía atraído por ella. Lamentó una vez más el error cometido en el pasado y se preparó para afrontar una noche difícil.

Tuvo que ponerse de nuevo la ropa de la que acababa de despojarse, con excepción de las medias y la chaqueta, innecesarias con la calefacción. Se vistió con la falda y el jersey con cuello de pico que se le ajustaba como una segunda piel, y se ahuecó el pelo con los dedos.

Cristian estaba sentado en el sillón que sería su cama y entre él y la de Lorena había un carrito del servicio de habitaciones. Una bandeja con queso y embutidos, una cesta de pan y una botella de agua, dos platos, dos vasos y cubiertos ocupaban toda la superficie.

—No es gran cosa, pero nos llenará el estómago. He pedido agua, pero si prefieres otra cosa llamaré a recepción.

—No, agua está bien. —No quería añadir alcohol a aquella cena improvisada. Las dos noches que pasaron juntos ella había bebido más de lo que acostumbraba y en esa ocasión, sucediera algo o no, quería conservar el control de sus sentidos.

Empezaron a comer en silencio, en medio de una tensión que hacía tiempo no existía entre ellos. Durante meses se habían visto casi siempre en casa de Lorena, con las niñas jugueteando alrededor o dormidas, pero siempre con su presencia flotando entre ambos. Esa noche solo estaban ellos, y una situación atípica, que ninguno había buscado, pero que ambos disfrutaban por igual.

Lorena lanzó una leve risita mientras pinchaba una loncha de jamón y unas rodajas de tomate, y las colocaba sobre su plato.

—¿Qué te hace tanta gracia?

—Que lo último que imaginaba esta mañana cuando salí de casa era que acabaría pasando la noche contigo en un hotel cutre en plena sierra.

Cristian sonrió a su vez.

—El hotel no es cutre, solo está vacío. Y el recepcionista debe de ser pariente de Norman Bates. Solo le ha faltado sacar el machete cuando le hemos pedido alojamiento —añadió para aliviar la evidente tensión que flotaba entre ambos.

—Para mí, que pensaba pasar la noche encogida en el coche, helada y hambrienta, es un planazo. Comida, calefacción y compañía es mucho más de lo que esperaba. Y tú, ¿cómo pensabas pasar la velada?

—Esta mañana estuve haciendo una preboda y pensaba ir a tu casa, bañar a las niñas y jugar un rato con ellas. También un planazo.

—¿Una preboda? ¿Qué es eso?

—Una sesión de fotos para una pareja que se va a casar. Se ha puesto de moda hace poco, los novios y el fotógrafo se desplazan a algún sitio bonito y se hacen una serie de fotos, casi todas en actitudes acarameladas y cariñosas.

—Uf, cada vez se hacen más tonterías en las bodas. Si alguna vez me caso, algo que dudo mucho, sería la novia más aburrida y criticada del mundo.

—¿En serio?

—Pues sí. Estaríamos el novio, Moni, las niñas y yo. Todo lo demás sobra.

Cristian mordisqueó un trozo de queso antes de preguntar.

—¿Y el fotógrafo? ¿No piensas invitarle? Conozco uno que te haría precio de amigo.

—No sé si querría fotos de mi boda.

—¿Por qué? Todas las novias quieren fotos de recuerdo del día más bonito de su vida.

—El día más bonito de mi vida fue el que nacieron mis niñas. No creo que ningún otro pueda igualarlo. Pero, aparte de eso, tampoco espero casarme.

—¿Por algún motivo?

—Dos motivos, en realidad. Una mujer con dos gemelas asusta a cualquier hombre, y por muy enamorada que pudiera estar, ellas son lo primero en mi vida.

—¿Fue eso lo que pasó con tu novio? ¿No te quería lo suficiente para aceptarte con las hijas de otro?

—Cuando descubrí que estaba embarazada rompí con él. Ernesto cree que tú y yo estamos juntos criando a nuestras hijas, me encontré con él estando embarazada y se limitó a felicitarme; no le conté que me dejaste.

—Yo no te dejé, Lorena. Estaba dispuesto a cambiar muchas cosas en mi vida por ti, pero vosotras me estuvisteis mintiendo y jugando conmigo durante meses. Según pude entender el día que os cité en mi casa, tú parecías creer que también me había acostado con ella. No fue así, no pasamos de un beso. La química que tenía contigo no existía entre Mónica y yo, y no lo entendía. Pensaba que eras bipolar e incluso esquizofrénica, con una doble personalidad, y estaba dispuesto a mantener una relación contigo, a pesar de eso. Sin embargo, yo solo fui una diversión para vosotras, uno más de esos jueguecitos típicos de gemelas, que pillan a un pobre diablo y lo vuelven loco. Como hicisteis conmigo. No puedes reprocharme que me marchara, que pusiera toda la distancia posible entre nosotros. Si hubiera sabido que estabas embarazada, no lo habría hecho, puedes estar segura.

—No te reprocho nada, Cristian, pero has dicho que estabas dispuesto a muchas cosas. También decías que lucharías por mí contra Ernesto, que no te ibas a rendir, y ni siquiera quisiste escuchar lo que tuviera que decirte. Te llamé infinidad de veces y cortabas mis llamadas, te mandé mensajes que nunca tuvieron respuesta.

—Los borré sin leerlos.

—Lo supuse. No fue lo que tú piensas, Moni y yo no jugamos contigo, ni fue nuestra intención burlarnos de ti. De hecho, me advirtió más de una vez de que el asunto me podía estallar en la cara, como así fue. Ella no tuvo nada que ver, fue todo cosa mía, pero te aseguro que tenía poderosas razones. Razones que tú nunca has querido saber, ¿verdad?

Cristian desvió la mirada, y sintió que pisaba terreno resbaladizo. ¿Quería saberlas? ¿Podrían esas razones destrozar la frágil relación de amistad que se estaba fraguando entre Lorena y él? Cogió una loncha de fiambre y se la llevó a la boca para ganar unos segundos. También Lorena centró su atención en la fuente de comida que tenía delante, aunque había perdido el apetito.

—Mejor dejamos las cosas como están —dijo él al fin—. No tiene sentido averiguar nada ya, han pasado demasiado tiempo y demasiadas cosas.

Lorena asintió. Por un momento había esperado sincerarse con él, que al menos entendiera sus motivos, aunque ya fuera tarde para los dos. El hecho de que se encontraran cenando juntos en una habitación de hotel y tuviera la firme intención de dormir en un sillón se lo demostraba.

—Sí, mejor.

Cristian cambió de tema para aliviar la tensión que se había generado entre ambos.

—¿Cómo te ha ido la evaluación de las pinturas? ¿Habéis llegado a un acuerdo?

—Todavía tengo que hacer el informe. Algunos cuadros necesitan una gran inversión para devolverlos a un estado aceptable y no sé si los propietarios estarán dispuestos a realizarla. Otros, en cambio, con pocas horas recuperarán todo su esplendor. He quedado con el administrador en que haré un informe de cada uno incluyendo el precio de la restauración y él se lo hará llegar a los dueños.

—¿Son muchos?

—Dieciocho. Cuatro, en muy mal estado; el resto, bastante mejor.

Durante un rato la conversación se centró en el trabajo de Lorena, un tema neutro y poco comprometido. El ambiente se relajó y terminaron de cenar en medio de una agradable charla. Después, se acomodaron para acostarse. Cristian entró en el baño con el fin de ofrecerle intimidad para desnudarse. Lorena se quitó la estrecha e incómoda falda y el sujetador, y se metió en la cama con el jersey. Cuando él salió, ya estaba tapada hasta el cuello.

Se esforzó por no echarle más que un vistazo de pasada al cuerpo que se adivinaba bajo el edredón y a la cabellera castaña desparramada sobre la almohada, y acomodó lo mejor que pudo su metro noventa de estatura en el sillón. Se tapó con una manta que había encontrado en el armario y se dispuso a pasar una noche nada fácil. Porque una vocecilla traviesa desde el fondo de su cerebro no dejaba de decirle que aceptase la oferta de Lorena de compartir el lecho, y que ya solucionarían al día siguiente lo que pasara. Porque si se metía en aquella cama estrecha, algo iba a pasar. O mucho.

Mientras daba vueltas para encontrar una postura aceptable, su mente estaba aún más inquieta que su cuerpo. La Lorena con la que había compartido la cena no era la malvada arpía que su mente se empeñaba en ver. Era la mujer que había conocido en Oviedo, la de la ermita que se encogía de deseo al tenerle cerca, la madre entregada que llevaba sin sexo mucho tiempo porque no lograba compaginar una relación con el cuidado de sus hijas. De las hijas de los dos.

Si en los días que la había cuidado cuando estuvo enferma se había abierto una grieta en su enfado, lo sucedido desde la tarde anterior estaba cavando una brecha que le costaría trabajo cerrar. Aun así, se resistía a dar ese paso. No mientras quedara un resquicio de rencor, de enfado y de decepción. Ahora Maite y Ángela estaban entre ambos y no se arriesgaría a tener nada con su madre que pudiera afectar a las niñas. Si se dejaban llevar esa noche, algo de lo que no tenía duda si él daba un paso hacia la cama, la relación amistosa podía resentirse, y no quería eso. Las gemelas estaban por encima de todo.

Tampoco la noche fue fácil para Lorena. Sentía a Cristian revolverse en el sillón tan insomne como ella, y quizá preso del mismo deseo. No pudo dormir, esperando por si él hacía algún movimiento para acercarse, para tenderle los brazos.

Pero el alba se filtró por los resquicios de las cortinas y los encontró a ella en la cama y a él en el sillón. Cuando Cristian se levantó para desentumecer los doloridos músculos, Lorena se incorporó en el lecho.

—Buenos días —saludó—. ¿Ha sido muy duro?

—Hasta las tres de la mañana, no. Luego empeoró bastante. —Rio—. Ahora la prioridad es un buen desayuno y solucionar el asunto de tu coche.

—Gracias.

Lorena cogió la falda y se la puso con dificultad debajo de las mantas presa de un extraño pudor. Como si nunca la hubiera visto desnuda. Como si no quisiera que se la arrancase de las manos en aquel momento. Él se volvió de espaldas, discreto, y cuando se giró de nuevo ya Lorena estaba de pie junto a la cama, vestida, atusándose el cabello y tratando de recomponer el peinado con los dedos.

—¿Tienes un peine? —preguntó.

Cristian lanzó una carcajada y, abriendo la mochila que siempre le acompañaba, sacó un pequeño peine de uno de los bolsillos.

—Una mujer que no lleva un peine en el bolso es algo muy extraño...

—Tanto como un hombre que no lleva un preservativo en la cartera.

—¿Es un reproche? —preguntó alzando la ceja.

—Solo un comentario.

Cogió el peine que le tendía y entró en el cuarto de baño. Una amplia sonrisa se extendió por la cara de Cristian. A pesar de los músculos entumecidos se sentía bien, contento, feliz. Orgulloso de haber controlado sus instintos. Ya solo le faltaba una buena taza de café acompañada de un suculento desayuno para que la mañana fuera perfecta.

Tras saciar el apetito, se dirigieron al centro del pueblo donde contactaron con una grúa para que remolcase el coche de Lorena hasta el taller más próximo. Después, enfilaron la carretera hacia la comarca de La Vera, en dirección a Madrid. Ambos iban un poco silenciosos, tratando de encontrar un tema de conversación que una vez comenzado no se agotara a las pocas frases. De repente, Cristian espetó:

—Me gustaría saberlo.

Lorena, pillada por sorpresa, lo miró extrañada.

—¿Saber qué?

—Por qué Mónica y tú me hicisteis creer que erais una sola persona. Anoche me acusaste de no querer escuchar tus motivos. Pues bien, ahora deseo oírlos.

—¿Estás seguro? ¿Qué ha cambiado desde anoche?

—Que me gustaría dejar de verte como a una hija de puta que me mintió y jugó conmigo y con mis sentimientos por diversión.

—De acuerdo. —Respiró hondo y se dispuso a decirle toda la verdad—. Cuando regresé de Oviedo me sentía muy rara. Aquella mujer que pasó la noche con un desconocido no era yo, no la Lorena que yo conocía. Por una parte, me sentía avergonzada por lo que había hecho, por haber perdido el control de aquella forma, y por otra, lo había disfrutado enormemente. El sexo nunca había sido así antes y lo achaqué al alcohol que había bebido. Lo enterré en mi recuerdo y no le hablé a nadie de ello, ni siquiera a Moni. Empecé una relación con Ernesto y llegué a olvidarme de aquella noche, como si nunca hubiera existido. Pero de repente apareciste de nuevo, y con solo oír tu nombre todo volvió a mi memoria. El deseo salvaje que compartimos, las cosas que hicimos... todo. Cuando te vi en la ermita comprendí que nada había cambiado en esos dos años, saltaron chispas cuando te acercaste a mí.

—También a mí me ocurrió...

—Irrumpiste en mi vida arrasando con todo; de repente mi novio pasó a segundo plano, me hiciste sentir que lo traicionaba porque solo podía pensar en ti. El sexo con él, que hasta entonces había sido satisfactorio, se me antojó mediocre y aburrido. Tuve miedo de perder mi vida y a Ernesto por un calentón, por una aventura pasajera. Porque tú eras un trotamundos y estaba segura de que, si lo dejaba todo para liarme contigo, no duraría más que unos cuantos revolcones y al final te marcharías y yo me quedaría sin nada. Estaba aterrada y le pedí a mi hermana que no te dijera que éramos dos, que quedara contigo e incluso te llevara a la cama y tratara de decepcionarte, con la esperanza de que te olvidaras de mí. Porque tú insistías en repetir la noche de Oviedo y yo me sentía incapaz de rechazarte durante mucho tiempo. Moni me hizo creer que os habíais acostado juntos después de la sesión de fotos y los celos me devoraron. Hablé con Ernesto, le confesé lo que me estaba pasando y le pedí un tiempo para aclararme. Pero en realidad esperaba que tú acabaras el encargo y te marcheses para retomar mi vida y mi relación porque yo estaba convencida de que lo que sentía por ti no era más que un calentón. Ni siquiera después de volver a pasar la noche contigo. No me di cuenta de que eras mucho más que eso, que estaba empezando a tener sentimientos por ti, hasta que te fuiste. No hubo ninguna diversión en aquello, Cristian, para ninguna de las dos. Mónica me advirtió más de una vez que te lo contara, que acabarías por averiguarlo, como así fue. El resto, ya lo sabes.

Cristian guardó silencio, la atención puesta en la cinta gris que se deslizaba ante él. Lorena continuó.

—Gracias por permitirme decirte todo esto, no lo he hecho para justificarme ni para que dejes de pensar que soy una hija de puta, solo necesitaba que lo supieras. Que entendieras mis motivos para hacer todo aquello. Que lo hice, es cierto; te mentí. Moni y yo planeamos que te sedujera y que luego te marcharas sin saber nunca lo que había pasado; soy culpable de todo lo que me acusas, menos de hacerlo para divertirme.

—Lamento no haberte escuchado entonces.

—Yo también; quizá las cosas hubieran sido diferentes y hubiéramos podido tener una relación más allá del sexo. Pero, como bien dices, ha pasado mucho tiempo y todo ha cambiado.

Cristian no dijo nada, solo trataba de asimilar lo que acababa de escuchar, y sobre todo las últimas palabras de Lorena. Era cierto, todo había cambiado, incluidos ellos mismos.

El móvil de la mujer con una llamada entrante rompió el tenso silencio que se había apoderado del interior del automóvil.

Tras una breve conversación con el taller mecánico, en la

que Lorena aceptó el presupuesto y dio orden para la reparación del coche, la tensión se disipó y el resto del camino la charla entre ambos giró en torno al vehículo y a cómo Lorena se iba a apañar sin medio de transporte durante una semana.

Se despidieron un rato después ante la puerta de ella.

—Gracias por todo —dijo tras bajarse.

—De nada. También yo te doy las gracias por sincerarte conmigo. No estoy libre de culpa por lo que pasó; no quise ver que estaba rompiendo tu vida con mi insistencia, solo sabía que te deseaba y quería conseguirte. Lo siento.

—No lo lamentes, me has dado lo mejor que tengo: Ángela y Maite.

—Vendré a verlas esta noche, si te parece bien.

—Por supuesto. Hasta luego.

Se dio la vuelta para alejarse del coche, cuando la voz de Cristian la detuvo.

—¡Lorena!

—¿Sí?

—No eres ninguna hija de puta.

Sintió la emoción subirle por la garganta y la voz se le estranguló. Se sintió incapaz de musitar más que un leve «gracias» antes de entrar en el portal.

Cristian la contempló desde el asiento perderse en el edificio y suspiró. Ella se había sincerado, pero en esta ocasión era él quien había mentido. Porque sí llevaba un preservativo en la cartera y estaba convencido de que Lorena lo sabía.

28

Una tarde especial

La noche en Piornal marcó un antes y un después en la relación entre Lorena y Cristian. Para ambos supuso librarse de un lastre; ella, porque al fin había podido explicarle los motivos de su comportamiento, y él, porque cada vez le costaba más trabajo asociar a la Lorena que veía cada día con la mujer que había sido capaz de engañarle en el pasado. Saber que había tenido poderosas razones y que él no estaba del todo exento de culpa le hizo relajarse y disfrutar más de cada momento que pasaba con ella y con sus hijas.

También hizo que se reconciliara con Mónica, a la que durante mucho tiempo había considerado instigadora del engaño. Sí, la noche en Piornal había cambiado muchas cosas para Cristian.

Cuando aquel día recogió a las niñas de la guardería, deseaba quedarse toda la tarde a jugar con ellas. Tenía un encargo que le llevaría a Castellón durante al menos dos semanas y deseaba estar con sus hijas todo lo posible antes de marcharse.

Entró en casa de Lorena con una gemela en cada brazo.

—¿Te importa si me quedo un rato? —preguntó una vez que las hubieron acostado a dormir su siesta—. Tengo que salir de viaje y estaré unos días sin venir.

Ella disimuló su decepción lo mejor que pudo.

—¿Mucho tiempo?

—Al menos quince días, quizá más. Depende de muchos factores.

—¿Muy lejos?

—No, a Castellón, pero serán sesiones de trabajo muy intensas y, aunque la distancia no es muy grande, me alojaré allí el tiempo que dure el encargo. Sería una locura ir por las mañanas y regresar cada noche.

—¿Quieres un café? Y me cuentas con detenimiento de qué se trata.

Se había convertido en una costumbre compartir una taza de café y té respectivamente los días que él no tenía prisa y comentar experiencias del trabajo. Desde que aclararon las cosas entre ambos, esa pequeña sobremesa había pasado a ser un momento muy agradable que ambos disfrutaban sobremanera. Lorena, además, agradecía que se ocupara de las gemelas cuando se despertaban porque podía adelantar trabajo que de otra forma debía cortar a media tarde. Cristian aceptó la invitación.

—Si no estás muy ocupada, me encantaría. Pero en caso contrario, trabajaré un poco buscando localizaciones para las fotos —señaló la tablet que acababa de sacar de la mochila.

Tras preparar las bebidas, y ya acomodados en el sofá, Lorena preguntó:

—¿Son paisajes lo que tienes que fotografiar?

—No, es una sesión de moda, para una revista especializada. Moda deportiva y casual, pero las fotos se tomarán en exteriores. Llevamos organizándola ya un par de semanas, solo esperábamos a que el tiempo se anunciara estable durante el número suficiente de días.

—Supongo que disfrutarás mucho haciéndolo.

—Me encanta hacer fotos al aire libre, pero las modelos son difíciles para trabajar con ellas en general. Con frecuencia se empeñan en posar con poca naturalidad y a mí me gusta hacer fotos sin una actitud rígida. Prefiero que se muevan con libertad y sacar muchas instantáneas para luego seleccionar las que me interesen.

—Debe de ser estupendo trabajar con mujeres guapas y sexis.

—Siempre es un regalo para la vista, desde luego.

Cristian calló que con frecuencia las fotos salían mejor después de llevárselas a la cama, que las modelos se relajaban lo suficiente para ser naturales y espontáneas, pero eso solo sucedía de vez en cuando. No era el típico fotógrafo que se liaba con sus modelos, salvo que alguna le interesara de forma especial.

—Pero tengo que reconocer que las sesiones más difíciles son las de los niños. Por fortuna hace tiempo que ya no las hago.

Lorena rio.

—¿Porque no están quietos?

—No, por los padres. Se meten en todo, no les permiten ser ellos mismos. Cuando me dejan al crío y se van salen unas fotos geniales, pero eso es muy raro. En general la presencia de los progenitores coarta a los niños y les intimida. Y luego están las madres que se pasan todo el rato alisándoles arrugas imaginarias o colocándoles bien el pelo. Me dan ganas de echarlas del estudio, pero no puedo hacer eso, porque son las que pagan.

—Yo prometo marcharme cuando les hagas una sesión a las niñas.

—Ya les he hecho varias cuando he pasado un rato con ellas. Cuando estén terminadas te las enseñaré. Sí me gustaría pedirte permiso para hacer una cosa.

Lorena se puso en guardia.

—¿Fotos desnudas?

Cristian lanzó una carcajada.

—No. Peor. Que me permitas ponerles un tazón con chocolate delante y las deje hacer. Tienes que asumir que la ropa y todo lo que haya alrededor acabará inservible. Si quieres la hacemos en mi casa.

Lorena imaginó cuánto se divertirían sus hijas con aquella experiencia, y aceptó sin dudarlo.

—De acuerdo. Podemos hacerla en la cocina, allí se puede fregar todo.

—Cuando vuelva de Castellón lo organizamos.

—Las nenas te van a extrañar. Se han acostumbrado a ti—. «Y yo también», pensó.

—No creas que para mí será fácil. Pero ya he rechazado algún trabajo que me obligaba a marcharme fuera y no debo seguir haciéndolo. Hay que pagar las facturas, y con dos hijas aún más. No es barato tener niños —bromeó.

—¿Quiere eso decir que a partir de ahora te ausentarás con frecuencia?

—Espero que no sea muy a menudo, pero mi trabajo es así. Te prometo que no será año y medio a África, ahora tengo una familia y mi vida de trotamundos terminó.

Lorena sintió que se le encogía el corazón. No había dicho dos hijas, sino una familia.

—Te comprendo. Yo también he dejado de hacer restauraciones que me obliguen a permanecer lejos de casa mucho tiempo. Lo de la ermita también se acabó.

—Los hijos te cambian la vida.

—Así es. Pero como te sucede a ti, de vez en cuando tendré que ausentarme por breves periodos de tiempo. No puedo permanecer alejada de cursos y congresos para siempre, es vital para mi profesión mantenerme al día.

—Puedes contar conmigo para cuidar de las niñas cuando sea necesario.

—También con Moni. Y César.

Cristian había apurado su café y sonrió al escuchar el nombre de su hermano.

—Hablando de nuestros hermanos... ¿Hay algo entre ellos?

—No, que yo sepa —se apresuró a responder Lorena. Pero no le había pasado desapercibido el brillo en los ojos de su gemela cuando el «tito César» acudía a ver a las nenas.

—Mi hermano habla a menudo de Mónica, por eso pensé que podrían gustarse.

—Se caen bien, eso es innegable.

Un leve sonido procedente del dormitorio de las niñas les hizo poner fin a la sobremesa. Nunca dormían mucho, solo lo suficiente para recobrar energías y continuar toda la tarde jugando y corriendo por el salón.

—Creo que nos reclaman. Si tienes trabajo, yo me ocupo.

Lo tenía, pero no estaba dispuesta a desperdiciar la posibilidad de una tarde con Cristian cuando tardaría al menos dos semanas en verlo de nuevo.

—Nada urgente, esta tarde me apetece disfrutar de las peques.

Antes de ir a buscarlas, Cristian colocó la tablet a buen recaudo en un estante alto del mueble. A continuación, ambos se dirigieron a sacar a las gemelas de las respectivas cunas.

Pasaron una tarde divertida, sentados en la alfombra jugando con las niñas. Lorena imaginaba que eran una familia, como él había dicho un rato antes, y que cuando la tarde terminara y Ángela y Maite se fueran a dormir, Cristian y ella cenarían y se irían juntos a la cama. Por mucho que trataba de apartar esa imagen de su cabeza, volvía tozuda, una y otra vez. A menudo encontraba los ojos verdes clavados en ella, como si adivinaran sus pensamientos, y trataba de centrar su atención en otra cosa. Porque cuando sus hijas se bañaran y se acostasen, él se marcharía a su casa y tardaría bastante en volver. No eran una familia.

También él disfrutó del rato de juego. En absoluto se le hizo cansado o repetitivo montar bloques de plástico para que las niñas los derribasen. También sacó algunas fotos con la pequeña cámara que llevaba en la mochila, fotos familiares y divertidas y un pequeño vídeo de Lorena jugando con sus hijas. Era un vídeo entrañable y familiar, que estaba seguro le ayudaría a soportar la ausencia durante los días que no pudiera verlas.

Así les sorprendió Mónica cuando llegó del trabajo. Lorena despeinada y sentada en la alfombra, con Ángela a horcajadas sobre sus piernas, Maite haciendo trotar un caballito de plástico, y Cristian frente a ellas grabando la escena.

—Veo que estáis distraídos.

—Así es. Lo hemos pasado de maravilla, ¿verdad, chicas? —comentó el improvisado fotógrafo apagando la cámara—. Pero ya es la hora del baño y papi se tiene que ir.

Lorena le miró decepcionada. Había esperado que se quedase para el baño y a continuación invitarle a cenar. Después de una tarde tan especial, se resistía a decirle adiós. Él pareció entender su mirada, y declinó la muda invitación.

—Tengo mucho que preparar para mañana, quiero salir antes de que amanezca y debo cargar las cámaras y organizar el equipo. Me encantaría quedarme a bañarlas, pero me resulta imposible. Os compensaré a la vuelta, lo prometo. Haremos esa sesión con chocolate.

—Será estupendo.

Alzó a sus hijas, una tras otra, y las abrazó con ternura.

—Portaos bien... no le deis guerra a mamá y a la tita.

A continuación, se volvió hacia Lorena y se agachó para darle un beso de despedida. Tuvo que contener las ganas de rozarle los labios en lugar de hacerlo en la mejilla, pero era muy consciente de la presencia de Mónica en la estancia. Aun así, el beso duró un poco más del consabido roce de labios. Lorena giró la cabeza y le rozó la mejilla a su vez. La respiración de ambos era agitada cuando se separaron.

Salió del piso ante la mirada de las dos hermanas. Cuando la puerta se cerró tras él, Mónica comentó divertida.

—Ha estado a punto de comerte los morros.

—Lo sé. Ha sido una tarde muy especial, se va de viaje y tardará un par de semanas en volver.

—Lamento haber estado aquí.

—No te preocupes, es mejor de esta forma. Si me hubiese besado no habría dejado de darle vueltas y especular sobre ello el tiempo que estuviera ausente. Vamos a bañar a estas señoritas.

Al girarse para coger a Maite en brazos vio la tablet de Cristian sobre el mueble.

—¡Vaya! Cristian se ha olvidado esto, la puso en alto para evitar que las niñas la cogieran.

Mónica agarró el móvil al instante.

—Bájasela, yo le llamo para que vuelva; no creo que esté demasiado lejos.

Lorena cogió el aparato y sin pensárselo salió del piso corriendo rauda hacia el portal. Una vez en él, se detuvo. No se había puesto ropa de abrigo y tampoco sabía en qué dirección tendría el coche. Aguardó con la esperanza de que Mónica lo hubiera localizado.

Pocos minutos después le vio llegar. Levantó la mano mostrando el dispositivo, con una sonrisa.

—Menos mal que te has dado cuenta, sin ella no podría trabajar, y hubiera tenido que regresar y molestaros quizá de madrugada. No sé dónde tengo la cabeza...

Cogió la tablet y la guardó a buen recaudo dentro de la mochila.

—Gracias.

—De nada. Buen viaje.

—Y tú cuida de las enanas y cuídate tú. Os voy a echar de menos.

—Nosotras también. Llama de vez en cuando, a las niñas les gusta ponerse al teléfono, aunque apenas hablen.

—Por supuesto.

Por un momento se quedaron en silencio, mirándose y sin saber qué decir. No tenían ganas de separarse, pero ya estaba todo dicho, ya se habían despedido dos veces. En aquel momento la luz automática de la escalera se apagó, dejando el portal en penumbra. Sin pensárselo siquiera, Cristian se abalanzó sobre la boca de Lorena, y la besó con una intensidad que a ambos les trajo recuerdos del pasado. La pasión, el deseo voraz volvió a apoderarse de ellos de nuevo. Él la empujó contra la pared mientras ella le echaba los brazos al cuello. La levantó por el trasero para que sus cuerpos encajaran y siguió besándola como un loco. Lorena le rodeó la cintura con las piernas y se frotó contra él, mientras sus lenguas se enredaban sin cesar.

La luz de la escalera y el sonido del ascensor les hizo separarse con brusquedad y tratar de recomponerse.

—Creo que es mejor que me vaya antes de que baje alguien... —dijo Cristian, que aún no terminaba de creerse que se hubieran enrollado en el portal como dos adolescentes.

—Sí.

La depositó en el suelo y la miró con intensidad.

—Hasta la vuelta —susurró con voz ronca.

—Adiós, Cristian.

Él se marchó con rapidez y Lorena se atrevió a despegarse de la pared y con paso vacilante se dirigió al ascensor. Cuando una pareja salió del mismo, subió a su casa, incapaz de hacerlo por las escaleras.

No pudo engañar a la mirada escrutadora de Mónica. El pelo aún más desordenado que cuando bajó, los labios hinchados y los ojos brillantes arrancaron una sonrisa a su gemela.

—Parece que te ha pasado una apisonadora por encima.

—De uno noventa.

—Al fin te comió los morros, ¿eh?

—Más bien me los ha devorado. —Se pasó la lengua por ellos para rememorar su sabor—. Y no sé qué habría pasado si los vecinos del tercero no hubieran bajado en ese momento. Todavía me tiemblan las piernas.

—Ya tienes algo para comerte la cabeza hasta que vuelva.

—Eso me temo.

—Ahora, baja de la nube y vamos a bañar a estas señoritas.

Con una amplia sonrisa se dirigió a preparar la ropa de las niñas.

Mientras conducía hacia su casa, con el cuerpo ardiendo como un quinceañero lleno de hormonas, Cristian trataba de analizar lo que acababa de ocurrir entre Lorena y él en el portal. ¡En el portal, por Dios! Y lo que hubiera pasado de no encenderse la luz que anunciaba la presencia de algún vecino. No tenía dudas de que se habrían dejado llevar hasta el final porque pocas veces en su vida había sentido un deseo tan intenso y tan incontrolable. Aquella sonrisa que le había dedicado, con la tablet en la mano, lo había encendido como un bidón de gasolina al que le arrojan una cerilla.

La atracción física entre Lorena y él, desaparecida durante el tiempo que estuvo enfadado, había vuelto y de forma tan brutal que no había sido capaz de controlarla minutos antes. Pero debía tener cuidado, porque ya no eran las personas de cuatro años atrás en Oviedo, libres de enrollarse, disfrutar de una noche de sexo brutal y pasar página al día siguiente. Ahora había dos niñas que sufrirían si la relación entre Lorena y él se agriaba por cualquier motivo. Y acostarse juntos podría ser uno muy poderoso. Antes de dar ese paso debía estar muy seguro de que era más que sexo. Sin embargo, la sensación de familia experimentada durante toda la tarde le hacía muy difícil marcharse al día siguiente, dejar de ver a sus hijas y también a la madre.

Llegó a su casa y se metió en el baño para calmar su estado de excitación. Hacía mucho que no le ocurría, era un hombre adulto que controlaba sus deseos sin necesidad de duchas frías. Sin embargo, era consciente de que esa noche no conseguiría dormir sin ella.

Después se sintió mejor y se encontró capaz de ocuparse de los preparativos para el viaje, tratando de enterrar en el fondo de su mente lo ocurrido en el portal para analizarlo con calma, más adelante.

29

Castellón

Tal como la previsión atmosférica anunciaba, el tiempo era inmejorable en Castellón cuando Cristian se reunió con el equipo de modelos, modistos y demás personal que formaría parte de las sesiones de los días siguientes.

Lo primero que debía hacer era conocer a los hombres y mujeres que iba a fotografiar, porque él no se limitaba a mostrar ropa, él quería hacer auténticos retratos en los que sacaría la personalidad de cada uno. Siempre trabajaba de esa forma, por lo que el primer día lo dedicó a confraternizar con todo el equipo, principalmente modelos, pero también peluqueros y maquilladores que deberían seguir con fidelidad sus indicaciones. Sobre la ropa que cada modelo vestiría no le daban opción a opinar, pero en el resto, él mandaba.

Cinco chicas y cuatro chicos lucirían todo tipo de atuendos, algunos de los cuales les harían pasar frío. Cristian estudiaba con detenimiento a cada uno de ellos, tratando de adivinar no solo el mejor ángulo desde donde fotografiarlos sino la profesionalidad que les permitiría posar de forma adecuada y seguir sus directrices.

Había un chico, el más joven, que intuía le daría problemas. Era la segunda sesión de fotos de Eduardo Esquivel, y ya pensaba que se había comido el mundo. Se permitía dar consejos a otros compañeros con más experiencia y mucho más profesionales que él. Y atraía a las chicas como la miel a las moscas con su enorme flequillo y su mirada lánguida.

La mañana en que iban a comenzar el trabajo, Cristian observaba con una taza de café caliente en la mano como, ya desde la sesión de maquillaje, el sujeto en cuestión estaba rodeado de mujeres que se desvivían por atenderlo. Esperaba equivocarse, pero intuía disputas y problemas en aquel trabajo, algo que no le apetecía en absoluto en ese momento. Deseaba terminar cuanto antes el encargo sin tener que lidiar con el ego de un niñato creído y prepotente y con un montón de mujeres que se disputaban unas a otras su atención.

Advirtió una presencia cerca y giró la cabeza. Bela Márquez, una de las modelos más veteranas, estaba a su lado y sonreía mientras miraba la misma escena que contemplaba él desde hacía rato.

—Son tontas —comentó con una sonrisa.

Aunque sabía a qué se refería, preguntó:

—¿Quién?

—Todas esas chicas. Las maquilladoras, peluqueras y modelos que se están asesinando con la mirada por ese chico. No es más que un crío con un ego demasiado grande.

—¿Tú no estás impresionada por él?

Ella rio.

—En absoluto. —Colocó una mano sobre su brazo antes de añadir—. A mí me gustan los hombres. Y mejor si no tengo competencia.

Cristian suspiró. Más problemas. La miró un segundo con detenimiento y no tardó en catalogarla. Era de las que sabían lo que deseaban e iban a por ello. Guapa, complaciente y un polvo sin complicaciones, algo que hacía bastante que no tenía. Su cuerpo se tensó ante la idea y su ingle reaccionó, pero no era el momento de decidir aquello, había que trabajar.

—Deberías ir a maquillaje también tú. Empezamos en media hora.

No había aceptado ni rechazado la oferta, por lo que la chica se despidió con una sonrisa.

—Bien. Nos vemos luego.

La jornada fue agotadora; entre preparativos, maquillaje, peluquería y constantes retoques solo pudieron aprovechar unas pocas horas de trabajo. Aunque él prefería el alba y el atardecer para hacer las fotos, porque la luz era más suave y no recortaba sombras en las caras ni en los paisajes, se vio obligado a trabajar con la luz intensa del mediodía. La mañana se les había pasado sin mucha labor productiva y el atardecer en invierno duraba muy poco; la noche cayó con rapidez sobre ellos obligándoles a finalizar la sesión. Con frecuencia el primer día de trabajo solía ser el peor, el menos gratificante, algo a lo que ya estaba habituado. Si no fuera porque en aquella ocasión quería terminar pronto el encargo para regresar a casa, a sus hijas. Solo llevaba unas pocas horas lejos de ellas y ya las echaba de menos. Y no quería pensar en Lorena ni en si la extrañaría a ella también.

Mientras recogían el material desvió la vista hacia la modelo que tan claramente se le había insinuado, dudando si aceptar su proposición. Llevaba sin sexo con una mujer hacía ya bastantes semanas. Implicado como estaba con sus hijas y decidido a recuperar el tiempo perdido con ellas, pasaba todos sus ratos libres en casa de Lorena, sin quedar con ninguna chica. Quizá eso le había llevado a la situación de la noche anterior, a abalanzarse sobre ella en el portal de su casa. Sin duda debía disculparse por eso. Tal vez sería buena idea echar un polvo aquella noche para relajarse y volver a ver a la madre de sus hijas con la distancia que habían establecido desde que se volvieron a encontrar.

Cuando llegaron al hotel en el que todo el equipo se alojaba, se dirigió a su habitación, donde había instalado el potente ordenador portátil en el que descargaría las fotos realizadas a diario.

Conectó la cámara y esperó a que se transmitieran los archivos. Quería echarles un vistazo antes de reunirse con los demás para la cena, pero no tenía muchas esperanzas de encontrar material aprovechable. Los modelos estaban rígidos y, aunque hubiera sacado buenas instantáneas, no era lo que él pretendía entregar a la revista que le había contratado.

Antes de meterse en la ducha, cogió el móvil y llamó a Lorena. Deseaba saber de las niñas y también disculparse por su comportamiento del día anterior. Si iba a pasar la noche con Bela debía antes dejar las cosas claras con Lorena y asegurarse de que ella no había interpretado de forma equivocada su escarceo en el portal.

—¡Hola! —La voz alegre le saludó al descolgar.

—Hola, Lorena. ¿Cómo va todo por allí?

—Muy bien. Las nenas están jugando en la alfombra, como siempre. Echan de menos a su papi, aunque no sepan decirlo.

—También su papi las echa mucho de menos a ellas.

—¿Cómo ha ido el trabajo?

—Como es de esperar el primer día. Toma de contacto, conocer al equipo y sacar algunas fotos que con toda seguridad no se podrán aprovechar. El trabajo en serio comenzará a partir de mañana.

—¿Alguna modelo que pueda dar problemas? —preguntó, sin poder evitar que los celos la asaltaran. No era eso lo que quería saber en realidad, sino si alguna de ellas le había gustado, si pensaba llevársela a la cama.

—Más bien un modelo. Hay un chico joven que tiene revolucionadas a la mayoría de las mujeres del equipo, tanto modelos como maquilladoras, peluqueras y modistas. Esperemos que esto no acabe en una batalla campal, porque todas se asesinan con la mirada cuando él les dirige una palabra o una sonrisa.

Lorena respiró un poco más tranquila. Si había un modelo que acaparaba la atención quizá Cristian se dedicara solo a trabajar. Quizá...

—¿Quieres hablar con las niñas?

Él sonrió en la distancia.

—No creo que podamos mantener una conversación muy interesante. Son demasiado pequeñas para reconocer mi voz, solo deseaba saber cómo estáis.

—Estamos bien.

—También quiero... —respiró hondo antes de seguir. Le costaba decirlo, pero tenía que hacerlo—, disculparme por lo sucedido anoche.

Lorena sintió que toda la alegría que la había embargado al recibir la llamada se desinflaba.

—No hace falta, Cristian.

—Yo creo que sí. No sé qué me pasó para asaltarte así en el portal, fue imperdonable por mi parte.

Ella se mordió los labios para no preguntar si se refería al lugar o al asalto. Porque no podía dejar de pensar en ello. En el deseo y la pasión con que se habían enrollado, en si eso significaba que volvía a desearla como en el pasado y, lo más importante, si la había perdonado.

—No le des más vueltas, no hubo nada de lo que te debas arrepentir, puesto que no me resistí. Somos adultos y nos dejamos llevar.

—Me tranquiliza que lo veas de esa forma. Me preocupaba que pensaras...

—¿Qué?

—Que te falté al respeto.

Lorena elevó los ojos al techo. ¿Después de las cosas que habían hecho juntos pensaba que le había faltado al respeto por unos cuantos besos tórridos? No cabía duda de que las cosas habían cambiado y ahora solo la veía como a la madre de sus hijas.

—No te preocupes, no pienso nada de eso.

—Gracias. ¿Amigos, entonces?

—Por supuesto. Amigos.

—Bien. Tengo que dejarte ahora, he quedado con el resto

del equipo para cenar y aún debo arreglarme un poco. Este hotel es de los que exigen vestirse para el comedor, nada de vaqueros y camiseta.

—Que disfrutes tu cena.

Lorena cortó la comunicación y se dejó caer en el sofá. Amigos, había dicho. Acalló las esperanzas que desde el día anterior bailaban locas por su corazón y su mente y asumió la decepción. Nada había cambiado y lo sucedido solo la llevaba a pensar que, al menos, Cristian ya no estaba enfadado con ella.

Este se quedó mirando el teléfono que aún conservaba en la mano con aire pensativo. Asunto zanjado. Para ella no había sido nada importante y no le haría daño si se acostaba con Bela, si le daba a su cuerpo el desahogo que necesitaba con desesperación.

Se metió en la ducha y, tras echar un vistazo rápido a las fotos tomadas, comprobó que no se había equivocado y poco material se podía aprovechar. A continuación, bajó al comedor.

Algunos compañeros estaban ya sentados a la larga mesa reservada para ellos y degustaban una bebida en espera del resto. A los cinco minutos, llegó Bela y se acomodó a su lado con naturalidad. Llevaba un vestido ajustado y sexi, con un escote sugerente que no dejaba ninguna duda sobre sus intenciones de seducirle.

—Hola. ¡Qué guapo te has puesto! —le saludó con una sonrisa.

Él respondió también sonriente. Se había vestido con pantalón, camisa y chaqueta informal, lejos de su sempiterna y ajada cazadora de cuero. El mismo tipo de ropa que llevaba en Oviedo, cuatro años atrás. Sacudió estos pensamientos de su mente, no quería pensar en aquella noche y tampoco en Lorena.

—También tú estás preciosa.

Al instante sintió la pierna de Bela acercarse a la suya por debajo de la mesa y rozarle la pantorrilla.

En aquel momento «míster supermodelo» hizo su aparición en el comedor rodeado de su cohorte de admiradoras. Cristian sonrió, al igual que su vecina de mesa. Divertidos, contemplaron cómo se disputaban las dos sillas colindantes a la que ocupó el chico.

—¿Cómo ha ido el día de trabajo? —preguntó Bela tras estudiar la carta con detenimiento para decidir un menú apetecible y que no se saliera de su dieta habitual. La guerra contra las calorías no estaba reñida con disfrutar de una buena cena, antes de la prometedora noche de sexo con aquel hombre que se sentaba a su lado—. ¿Ha habido suerte?

—¿A qué te refieres?

—Ya soy veterana en esto y he observado que ninguna de las fotos que se toman el primer día acaban publicadas.

—Pues tienes razón, no ha ido muy bien. Pero como es lo habitual, no me preocupa.

—Mañana irá mejor. —Acercó de nuevo la pierna hacia la de él, que sonrió divertido.

—No tengo ninguna duda.

La cena transcurrió entre insinuaciones más o menos veladas y, tras los postres, que Bela rechazó y sustituyó por un café solo y sin azúcar, se levantaron de la mesa.

—¡Vamos a tomar una copa! —propuso alguien, pero Cristian les aguó la fiesta.

—Sois adultos y yo no me considero vuestro padre, por lo tanto, no puedo deciros qué podéis o no hacer. Pero mañana os quiero a todos desayunados y en maquillaje a las seis y media de la mañana.

—¿Cómo? Imposible, a esa hora yo no soy persona, todavía es de noche.

—Pues tendrás que serlo —dijo inflexible a la modelo que había hablado—. Hay que aprovechar las primeras luces del alba.

—Es demasiado temprano —protestó Eduardo, que se prometía una maratón sexual con varias de las chicas que le rodeaban.

—Somos profesionales, y hay que cumplir unos plazos. A las seis y media, y quien no esté presente, se puede ir a su casa. Hay una larga lista de modelos esperando ocupar vuestros puestos.

—No puedes hacer eso, tenemos un contrato.

—Que se puede anular si incumplís los horarios, y estos los establezco yo. Hasta mañana.

Giró hacia la salida del comedor dejando un cúmulo de cuchicheos detrás. Bela lo siguió con discreción.

—¿Tu habitación o la mía? —preguntó cuando estuvieron lejos de oídos indiscretos.

—Mejor la tuya.

Hacía tiempo que Cristian había dejado de ofrecer su dormitorio o su casa para encuentros esporádicos, porque eso le permitía marcharse cuando le apeteciera y decidir el punto final. Sin compromisos ni mañanas incómodas.

Apenas la puerta se cerró tras ellos, Bela dejó caer su vestido y, mostrando un seductor conjunto de encaje, se acercó a él. Le bajó la chaqueta de los hombros y, a continuación, empezó a desabrocharle la camisa con lentitud. Cristian sintió que no podía esperar, el largo periodo de abstinencia se hizo patente y se quitó la camisa por la cabeza con rapidez.

Se dejó llevar por la necesidad y en breves minutos se hallaron en la cama enredados en besos y caricias llenas de urgencia. Bela tomó la iniciativa, sabía lo que quería y no se detuvo para conseguirlo. El primer polvo fue rápido y salvaje; el segundo, tras un breve momento de recuperación, lento y decepcionante para Cristian. Ella lo disfrutó, pero a él le costó llegar al orgasmo; una incomodidad latente en el fondo de su cabeza le impedía concentrarse en lo que estaba sucediendo. Al fin, con un esfuerzo supremo, eyaculó entre suspiros ahogados y se dejó caer al lado de la mujer que aún gemía.

—Ha estado fantástico —susurró Bela con una mano sobre el pecho cubierto de ligero vello—. Eres un *crack* en la cama, ¿lo sabías?

«Puedo hacerlo mucho mejor», admitió para sí mismo.

—Gracias. No es para tanto.

—No seas modesto.

Levantó la cabeza y lo miró. Cristian le devolvió una sonrisa desvaída.

—Me alegro de que hayas disfrutado.

—¿Tú no?

—Por supuesto que sí. Has podido comprobarlo.

—Va a ser una noche memorable.

—Me temo que la noche termina aquí —dijo incorporándose y sentándose en el borde del colchón. Mañana tenemos que estar despiertos y en plena forma a las seis y media de la mañana.

—¿También tú?

—Debo dar ejemplo. Nunca le exijo a mi equipo lo que no estoy dispuesto a hacer yo mismo.

—Eso te honra, y hace que me gustes más. Pero no tienes que irte, puedes quedarte a dormir; prometo comportarme.

—No lo dudo, pero me gusta dormir solo. No descanso bien si lo hago acompañado.

—¿Por la tentación?

—Pues claro.

Bela sonrió complacida. Cristian se puso los pantalones y la camisa y, tras darle un beso apresurado en los labios, se marchó a su habitación.

Se tiró en la cama con una sensación culpable, en parte porque no había estado a la altura con aquella chica pero, sobre todo, porque se sentía como si le hubiera puesto los cuernos a Lorena. Por mucho que se repetía que entre ellos no había nada, que el besuqueo de la noche anterior no era importante ni marcaba el comienzo de ninguna relación, no podía dejar de sentirse un traidor. Quizá fuera porque el sexo con Bela, por mucho que lo hubiera necesitado y le apeteciera, no podía compararse con lo que la madre de sus hijas le hacía sentir. Se cubrió los ojos con un brazo y se preguntó a quién quería engañar. Hacía bastante que Lorena había dejado de ser solo la madre de sus hijas, para convertirse de nuevo en una mujer a la que deseaba como no había deseado a ninguna otra. Que la noche pasada en Piornal había cambiado muchas cosas.

A la mañana siguiente, a las seis y media en punto, ni un minuto antes ni uno después, se encontraba en maquillaje a la hora requerida para controlar quién había sido puntual. Todos, para su satisfacción, incluido Eduardo Esquivel y sus admiradoras. Este no presentaba muy buen aspecto, como no debía de tenerlo él mismo después de la noche de insomnio que había pasado. Tras dejar la habitación de Bela, los remordimientos le habían impedido dormir, pero allí estaba, cumpliendo con su deber.

Ella le sonrió con coquetería cuando pasó por delante para entregarse a los maquilladores, y se dijo que debía encontrar una razón válida para rechazarla a partir de entonces sin que se ofendiera. Porque si algo le había dejado claro su noche insomne era que quería a Lorena y a nadie más en su cama y en su vida, y que iba a poner todo su empeño en conquistarla.

A la hora establecida, todo el equipo estaba listo para comenzar el trabajo. Las fotos, con la luz idónea, fueron considerablemente mejores que las del día anterior, y Cristian ignoró el coqueteo solapado de Bela a lo largo de la mañana. Se centró en el trabajo y solo le dirigió la palabra para darle las indicaciones necesarias con que llevarlo a cabo.

Cuando a la hora de hacer un descanso para el almuerzo, servido por un *catering* del hotel en el lugar de trabajo, ella se acercó y trató de buscar complicidad, solo encontró un jefe que hablaba de tomas y de posados.

—¿Te ocurre algo? —preguntó extrañada.

—No. ¿Por qué lo dices?

—Estás un poco frío esta mañana.

—Estamos trabajando.

—Pero esta noche nos volvemos a encontrar en mi habitación, ¿verdad? Para continuar lo que dejamos ayer.

—Me temo que no.

Ella le sondeó con la mirada.

—¿No te gustó?

—Claro que sí, y por eso lo dejaremos ahí.

—¿No quieres repetir?

Cristian bebió un largo trago de la botella de agua que tenía al lado.

—Nunca repito. Al menos, no con mujeres con las que trabajo.

—¿Tienes otra oferta? ¿Algunas de esas que se han sentido decepcionadas por Eduardo?

—No. Es solo una norma mía. Más de una noche con una modelo significa problemas en las sesiones, y yo estoy aquí para trabajar.

—¿Y por qué te acostaste conmigo anoche?

—Porque me apetecía. ¿Por qué lo hiciste tú?

Ella sonrió, vencida.

—También porque me apetecía.

—Entonces está todo claro —y añadió—: Esta mañana han salido unas fotos tuyas estupendas.

Agarró la cámara y le mostró tres instantáneas de una calidad extraordinaria. No solía enseñar las imágenes hasta que estaban terminadas, pero con Bela hizo una excepción.

—Hummm, sí que están bien. Será porque he pasado una buena noche.

—Es muy posible.

Ella se levantó dando por terminado su frugal almuerzo.

—Si quieres conseguir buenas fotos, ya sabes dónde encontrarme.

—¿Significa eso que vas a boicotear el trabajo si no me

meto en la cama contigo? Creí que eras una profesional, no como esas que rodean al «nene».

—Soy una profesional. Hemos echado un par de buenos polvos, y eso no va a hacer que se resienta nuestra relación laboral. Solo quiero que sepas que, si te apetece repetir, sabes dónde encontrarme. Sin compromisos ni malos rollos.

—Perfecto. Lo tendré en cuenta.

Bela se alejó, pero Cristian estaba seguro de que no aceptaría su oferta.

Tardó dos días en reunir el valor necesario para llamar a Lorena. Esta aguardó impaciente y se acostó decepcionada por mucho que se repetía una y otra vez que él estaba trabajando y que tampoco había prometido telefonear a diario.

Cuando al fin la pantalla del teléfono se iluminó con el nombre de Cristian, se apresuró a responder, salió de la habitación y dejó a su hermana al cuidado de las niñas.

—Hola, Lorena.

—¡Hola!

—¿Cómo estáis por ahí?

La voz le sonó fría y distante, pero trató de ignorarlo.

—Muy bien. Ángela un poco resfriada, pero nada serio; debe de estar a punto de salirle un diente, y ya sabes que siempre se acatarra.

—Y después se lo contagiará a Maite.

—Seguro. ¿Y tú? ¿Cómo va el reportaje?

—A buen ritmo, pero nos llevará bastante terminarlo.

—¿El modelo está dando problemas, como temías?

—No, he conseguido que deje la bragueta cerrada mientras estemos aquí. —«Lo que debería haber hecho yo», pensó.

—Estupendo.

—Perdona que haya tardado tanto en llamar, pero termino muy cansado y muy tarde por las noches.

—No estás obligado a telefonear cada día, Cristian.

—De todas formas, si surge algún contratiempo me lo harás saber, ¿verdad?

—Por supuesto, no te preocupes por eso.

—Os compensaré a la vuelta, lo prometo. ¿Y tú, estás muy ocupada?

—Un poco. He empezado a restaurar los cuadros de la casona de Piornal y, aunque he puesto un plazo de entrega bastante cómodo por lo que pueda surgir, trato de adelantar lo más posible.

—Seguro que haces un buen trabajo. Cuando regrese yo me ocuparé de las niñas durante más tiempo para que puedas cumplir tu encargo.

—Gracias.

—Tengo que dejarte, es tarde y mañana me levanto al alba.

—Adiós, Cristian.

—Buenas noches.

A través del aparato había notado la voz de él fría y distante. Al regresar al salón, su hermana se percató de su ceño fruncido.

—¿Era Cristian?

—Sí.

—¿Algún problema con él?

—No lo sé. Estaba muy seco, como si no le apeteciera hablar conmigo. Supongo que se siente incómodo después de que nos besáramos en el portal. Me pidió disculpas la última vez que hablamos, y hoy estaba raro. Creo que ha sido un error que ha ensombrecido la relación amistosa que empezábamos a tener.

—Los tíos son así, Lore. Se calientan, se dejan llevar y luego llega el arrepentimiento y la frialdad. ¡Todos son iguales!

—¿Lo dices por alguno en especial?

—No.

—¿Seguro?

—Seguro.

—¿César y tú os habéis enrollado?

—¿Qué te hace pensar eso? No hay nada entre él y yo. Es cortés, educado y amable, como corresponde comportarse con la tía de sus sobrinas.

—Entiendo.

Mónica enfrentó la mirada de su hermana.

—Está bueno, ¿vale? Y es simpático y divertido, pero nada más. Además, hace tiempo que no viene por aquí.

—Tiene turnos raros.

—Sí, eso debe de ser. Antes de que regresara Cristian venía con más frecuencia, ahora pensará que es él quien tiene que ocuparse de sus hijas.

—Seguro que se trata de eso.

—Cambiemos de tema, no me apetece hablar de César.

—Ni a mí de Cristian.

Por un minuto sus miradas se encontraron y se entendieron más allá de las palabras. Se echaron a reír al unísono.

30

De vuelta

El viaje a Castellón se le hizo a Cristian muy largo. El tiempo empeoró la segunda semana y le fue imposible cumplir los plazos, además una modelo se puso enferma a consecuencia del frío y de la ropa ligera que debía vestir. Todo ello contribuyó a que las dos semanas previstas en un principio se alargaran a tres, y su paciencia se vio colmada en más de una ocasión.

También contribuyó a ello la incomodidad que le causaba la presencia de Bela, cada vez más insinuante, pero estaba decidido a no acostarse con ella de nuevo. Por primera vez en mucho tiempo tenía las cosas claras, y una sola mujer ocupaba sus pensamientos y se colaba en su cama cada noche, aunque fuera en la distancia. Lorena y su recuerdo poblaban sus vigilias y sus sueños, aunque no le hubiera dicho nada en las conversaciones telefónicas que mantenían cada dos o tres días. En ellas ponía sumo cuidado en no traslucir las ganas que tenía de verla, ni lo que pensaba decirle al regresar.

Al fin el trabajo terminó y, tras pasar por la ciudad y comprar unos juguetes para sus hijas, volvió a Madrid. No lo comentó con Lorena cuando la telefoneó tres días atrás, quería darles una sorpresa.

Se sentía feliz cuando llamó al timbre, la impaciencia le carcomía las entrañas. Impaciencia por abrazar a sus niñas y también por perderse en los ojos de Lorena, por volver a besarla y preguntarle si en realidad lo sucedido en el portal no había significado nada para ella.

Fue Mónica quien le abrió la puerta.

—¡Hola! Menuda sorpresa; Lore no me dijo que venías hoy.

—No lo sabía —dijo, y la siguió al interior del piso—. No le comenté nada cuando hablé con ella por teléfono.

—Lo imagino. Habría esperado un poco más para marcharse.

Su entusiasmo se desinfló un poco.

—¿No está?

—No. Se ha ido a Piornal.

Cristian sonrió al imaginarse yendo a buscarla y pasando con ella la noche en el hotel medio vacío. Pero compartiendo cama esta vez.

—¿Debo ir a rescatarla de nuevo? —preguntó esperanzado.

—No, en esta ocasión permanecerá allí un par de días, y se aloja en la casona. Uno de los cuadros que tiene que restaurar es demasiado grande para trasladarlo, y Vicente la ha invitado a realizar allí su trabajo. Se marchó ayer y tiene previsto regresar mañana o pasado, cuando complete la primera fase de la restauración.

Todas las alarmas saltaron en la mente de Cristian.

—¿Quién es Vicente?

—El administrador de la casona y el resto de las propiedades del dueño. Un hombre muy aficionado al arte y que ha convencido a su jefe de la necesidad de reintegrar a las pinturas su condición primitiva.

—Hablas de él con mucha familiaridad.

—Ha venido en un par de ocasiones a comprobar cómo avanza el trabajo que Lorena realiza en casa. Le conozco en persona.

Ahogó su decepción, y también reprimió la pregunta que

le quemaba en los labios sobre si el tal Vicente era joven o viejo. Él era el menos indicado para cuestionar con quién estaba Lorena puesto que llevaba rodeado de bellezas tres semanas, e incluso se había acostado con una de ellas. Algo de lo que se arrepentía con toda su alma.

—¿Y las niñas? —preguntó al fin.

—Están con tu hermano. Yo tenía trabajo esta tarde y César se ofreció a recogerlas de la guardería y darles un paseo. No tardarán en llegar, puedes esperarlas si quieres.

—No, gracias. Le llamaré y me reuniré con ellos.

—Como prefieras.

Salió del piso y pensó en llamar a su hermano, pero antes subió al coche y marcó el número de Lorena. Necesitaba escuchar su voz, aunque fuera en la distancia.

—Hola —saludó en cuanto ella descolgó.

—Hola, Cristian.

—Estoy de vuelta.

—Estupendo. ¿Por qué no me avisaste de tu regreso cuando hablamos el otro día?

—Porque no estaba seguro de la fecha exacta. —No quiso hablar de la sorpresa que pensaba darle, y que en realidad se había llevado él.

—Estoy en Piornal.

—Lo sé, Mónica me lo ha dicho. Si necesitas que te rescate solo tienes que decirlo —propuso esperanzado.

—Esta vez no estoy en peligro. —La escuchó reír a través del teléfono—. Me encuentro en la casona, calentita y Vicente me cuida de maravilla.

A través del teléfono Cristian escuchó una voz agradable de hombre en absoluto viejo.

—Dile que no se preocupe, que estás en buenas manos.

Los celos le quemaron como cal viva, sobre todo al escuchar la risa alegre de ella.

—No tienes que preocuparte, Cristian. ¿Has visto ya a las niñas? Imagino que se han alegrado mucho de verte.

—No, aún no. César las ha llevado de paseo, enseguida me reuniré con ellos. ¿Cuándo tienes previsto regresar?

—Creo que el trabajo de la primera fase estará terminado en un par de días, como mucho. Luego debe secar, y regresaré para continuar con los cuadros que tengo en casa.

—No hay ninguna prisa. —La voz volvió a sonar demasiado cercana puesto que Cristian la escuchó con nitidez. El hombre debía de estar justo al lado de Lorena—. Puedes quedarte el tiempo que desees.

—Volveré lo antes que me permita el trabajo; ayuda a Moni con las niñas mientras estoy fuera, por favor.

—Por supuesto —musitó seco.

—Adiós, Cristian. Me alegra que ya estés de vuelta.

—Hasta la vista, Lorena.

Un humor de perros se apoderó de él. Lorena estaba en Piornal con otro hombre y, por su tono alegre y desenfadado, se lo estaba pasando genial. Y no dejaba dudas de que conocía muy bien a su acompañante.

Incapaz de controlar su enfado y sus celos, no llamó a su hermano, sino que permaneció en el coche, aparcado en la puerta, esperando verle llegar con las niñas. Recordaba lo que Lorena le había contado sobre que hacía mucho tiempo que no se acostaba con un hombre porque sus hijas ocupaban todo su tiempo y sus energías, pero en aquel momento estaba sola y libre. Podía hacer lo que deseara. Entregarse al hombre que compartía el alojamiento con ella, disfrutar del sexo sin trabas ni inhibiciones, como había hecho con él en Oviedo. Sin duda se lo merecía, y no podía reprochárselo por mucho que le doliera, puesto que apenas tres semanas antes él se había ido a la cama con Bela.

Se dijo que era un estúpido, que tal vez si no se hubiera disculpado por besarla en el portal, ese mismo portal que en aquel instante contemplaba desde el coche, ella estaría aguardando impaciente su llegada.

En aquel momento vio aparecer el coche de su hermano y

detenerse unos metros más adelante. Descendió del suyo con rapidez para ayudarle con las niñas.

—Hola —saludó.

—¡Hola! Mirad, es papá...

Abrió la puerta más cercana y Maite le echó los brazos al cuello. Coger a su hija le calmó al instante. César sacó a Ángela de la silla portabebés del lado opuesto, que también mostraba su impaciencia por abrazar al padre. Con una niña en cada brazo se dirigió hacia el interior del bloque, mientras su hermano buscaba aparcamiento.

Permaneció un rato con ellas, les dio sus respectivos regalos, pero rehusó participar en el baño, y se despidió aduciendo cansancio. César se marchó con él y entraron en un bar cercano a tomar una cerveza, algo que hacía bastante que no se permitían por sus respectivos horarios.

Acomodados en una mesa, con sendas jarras delante, el más pequeño de los Valero preguntó:

—¿Cómo ha ido tu viaje?

—Ha habido de todo. —Sacudió la cabeza, pesaroso.

—No pareces muy satisfecho.

—Hemos tenido que ampliar una semana más el tiempo previsto y, por lo tanto, me tirarán de las orejas. Pero ya estoy acostumbrado. Yo trabajo así, y si quieren calidad en las fotos no pueden meterme prisa.

—¿Y el resultado ha sido bueno?

—Yo no entrego trabajos malos ni mediocres. Sí, ha sido bueno.

—Entonces ¿cuál es el problema? Porque tienes cara de todo, menos de contento.

Cristian suspiró. No podía engañar a su hermano y tampoco lo pretendía.

—Lorena.

César dio un sorbo a su cerveza antes de preguntar:

—Ah... ¿Qué pasa con ella?

—Que se ha ido a Piornal.

—Está restaurando un cuadro que no puede ser trasladado. Es su trabajo, Cristian; también tú debes ausentarte a veces para realizar el tuyo.

—Ya lo sé. El problema es que se ha ido con un hombre, y yo me muero de celos.

—Entiendo.

—¿Tú conoces al tal Vicente, el administrador de la casona?

—Sí, lo he visto una vez. Estaba en casa de Lorena una tarde que vine a ver a las niñas. Al parecer es muy aficionado al arte y vigila muy de cerca el proceso de restauración.

—¿Y qué opinión te merece?

César enfrentó la mirada de su hermano.

—¿La verdad?

—Por supuesto.

—Es un hombre joven, de unos cuarenta años, bien vestido, atractivo.

—¡Estupendo! —Terminó su jarra de un trago y le hizo una seña al camarero para que le sirviera otra—. ¿Y su relación con Lorena? Sin paños calientes, por favor

—Pues era cordial. Me parecieron más amigos que empleada y jefe.

—Eso me pareció cuando la he llamado hace un rato. Se escuchaba de fondo la voz de un hombre que le hablaba con mucha familiaridad.

—¿Sigues enamorado de ella?

—Más bien diría que me he vuelto a enamorar y de una forma diferente y mucho más intensa que antes. Ya no es la mujer que me ponía a mil con solo mirarla, a la que estaba dispuesto a conocer para comprobar hasta dónde podíamos llegar juntos. Ahora lo sé, la conozco, y es una mujer maravillosa con la que quiero pasar el resto de mi vida.

—Pues díselo.

—No es tan sencillo. Para empezar, en Castellón he hecho algo de lo que no me siento nada orgulloso.

—¿Como qué?

—Acostarme con una modelo. No puedo presentarme delante de ella y hablarle de mis sentimientos, si hace unas semanas le he puesto los cuernos con otra que no me importa un pimiento.

—¿Se lo piensas decir?

—No lo sé. Ni siquiera sé si hablarle de lo que siento por ella.

—¿Vas a rendirte sin intentarlo?

Volvió a beber un trago de la cerveza que acababan de traerle.

—Si ha encontrado alguien que la hace feliz, no tengo derecho a perturbarla. Hace dos años, cuando la volví a ver después de nuestra noche en Oviedo, la perseguí a pesar de que me pidió que la dejase en paz. Me empeñé en conquistarla, y hace poco me ha confesado que eso destruyó la relación que tenía con otro hombre con el que era feliz, que puse su vida patas arriba y luego me alejé. No quiero hacerlo otra vez, César. Esperaré, y si veo que inicia una relación con ese Vicente, me retiraré y callaré lo que siento. Si, por el contrario, es solo una aventura pasajera, o simple sexo lo que tiene con él, asumiré que es lo mismo que yo he tenido con Bela, y trataré de conquistarla. Aunque los celos me coman vivo, no intervendré hasta estar seguro de lo que tiene con Vicente, si tiene algo.

—Eso te honra, Cristian.

—No, eso me mata. Pero lo soportaré.

César palmeó el hombro de su hermano y ofreció:

—¿Otra cerveza?

—Tengo que conducir.

—Yo solo he tomado media. Te llevo a casa y mañana puedes venir en autobús a recoger tu coche y llevar a tus hijas a la guardería.

—De acuerdo. Con otra jarra seguro que dormiré sin pensar en que Lorena puede estar en brazos de otro hombre.

Pero se equivocaba. No fue suficiente para alejar las imágenes de ella en otros brazos, riendo, gimiendo y temblando de placer.

La noche se le hizo muy, muy larga y el alba le sorprendió sin apenas haber dormido.

Durante dos días no supo nada de Lorena. Tuvo que contenerse para no llamarla, para dejarla realizar su trabajo y cualquier otra actividad que estuviera realizando en Piornal sin intervenir.

Reanudó su rutina con sus hijas, pero era Mónica quien se las bajaba por las mañanas y las recibía al regresar, y todo eso sin mencionar a su hermana en absoluto. Como si no existiera. Como si él no se estuviera muriendo por saber de ella. Sin embargo, se abstuvo de preguntar, limitándose a esperar su regreso sin mostrarse impaciente.

Al tercer día, cuando recogió a las niñas por la mañana, Mónica le advirtió:

—Es muy posible que Lore esté de vuelta cuando las traigas. Anoche me avisó de que regresaría hoy por la mañana, aunque no especificó a qué hora.

—Bien.

Regresó a su casa y trató de trabajar en las fotos de Castellón. Mientras retocaba una de Bela, hermosa, sofisticada y fría, se dijo que era un imbécil. Se mesó los cabellos con pesar, y suspiró hondo. Había sido necesario que se acostara con ella para comprender lo que sentía por Lorena. Para recordar sus labios ardientes devorando los suyos la noche antes. ¿Cómo había podido pensar que un polvo sin complicaciones con una desconocida era lo que necesitaba, cuando la única mujer que lo volvía loco era la madre de sus hijas? Tal vez si no hubiera cometido la estupidez de disculparse, ella no se estaría haciendo amiga de Vicente y le hubiera llamado cada noche para saber cómo le iba. No se habría ido a Piornal sin decirle nada y, en caso de hacerlo, quizá se alojaría con él en el hotel de las afueras.

Desistió de seguir trabajando, impaciente por verla, y también preocupado por la reacción de ambos al encontrarse. La última vez que estuvieron juntos habían protagonizado una escena tórrida, que había quedado interrumpida con brusquedad, y al menos él no estaba seguro de comportarse como si nada hubiera sucedido. Sus manos ardían de deseos de tocarla, su boca quería recorrerla entera, sus ojos anhelaban perderse en los de ella. Sin embargo, era necesario que se contuviera.

Se maldijo una vez más por haber estado tan ciego y permitir que su orgullo herido en el pasado le hubiera impedido ver que Lorena era la mujer de su vida; que siempre lo había sido, desde aquella primera noche en Oviedo y siempre lo sería. Nunca habría otra, por mucho que su enfado le hubiera hecho pasar página. Que se enamoraría de ella una y otra vez, en distintos momentos y etapas de sus vidas.

Incapaz de concentrarse en el trabajo, hizo la única cosa que siempre le relajaba: cogió la cámara y salió a robar fotos por la ciudad.

Eran las tres y media cuando, con una niña en cada brazo, subió a casa de Lorena, con el corazón palpitando de impaciencia y el temor bien oculto en su interior.

—Hola... —saludó ella al abrir la puerta. Sus ojos brillaban cuando se clavaron en los de él, y no supo discernir si era por la alegría de verlo, de encontrarse con sus hijas después de tres días de ausencia o por el fin se semana que había pasado en Piornal en compañía de Vicente.

—Hola —respondió cauteloso.

Las niñas rompieron el momento incómodo, lanzándose a los brazos de su madre.

—¡Eh!, de una en una... Yo no soy tan fuerte como papá.

Entraron en el piso y, tras abrazar a sus hijas y unos breves momentos de juego, las acostaron.

—¿Me invitas a un café? —pidió Cristian, sin deseos de marcharse—. Me muero de sueño, he trabajado la mayor parte de la noche.

—Claro. También yo necesito un té, estoy tan agotada como tú.

Los celos le asaltaron una vez más.

—¿Mucho trabajo en Piornal?

—Sí, bastante. Podía haber llevado un ritmo más lento, nadie me ha impuesto un plazo para terminar, pero tenía muchas ganas de volver. Me cuesta separarme de las niñas, las he echado muchísimo de menos.

La acompañó a la cocina, mientras ella preparaba las bebidas.

—Entonces no ha sido grata tu visita a la casona.

Una amplia sonrisa iluminó el rostro de Lorena.

—Yo no he dicho eso. Ha sido fantástico, Vicente es un anfitrión estupendo que se ha desvivido por hacerme sentir cómoda y como en casa. He disfrutado de que me pongan todo por delante, desde las comidas hasta cualquier pequeño detalle que pudiera desear.

—Te han mimado...

—Pues sí, bastante. Hace mucho que no tenía un rato de relax, ni disfrutaba de una buena cena que yo no haya preparado.

A la mente de Cristian vino el recuerdo de la noche que pasaron juntos en Piornal, y lamentó no haberle podido dar lo que tanto necesitaba.

—Me hubiera gustado ofrecerte eso cuando te rescaté de la carretera. Siento que nuestra cena fuera tan cutre.

Lorena se volvió hacia él con una taza en cada mano.

—No fue cutre, solo un poco improvisada.

—Me alegra que pienses así.

Le cogió el café y se dirigieron al salón, para acomodarse en el sofá dispuestos a disfrutar de un rato de charla.

—Fue una noche rara —comentó Lorena volviendo a retomar la conversación—, una aventura.

—Y tú no eres muy aventurera.

Ella sonrió.

—No, no lo soy. Esa es Mónica, yo soy la gemela tranquila; prefiero las comodidades, los buenos alojamientos, la buena comida.

—¿Me dejarás compensarte? —La idea de que fuera Vicente y no él quien le hubiese ofrecido lo que ella quería le irritaba mucho más de lo que estaba dispuesto a admitir.

—No necesitas compensarme por nada; aquella noche fuiste a buscarme, me recogiste y me libraste de quedarme congelada en el coche. Me conseguiste techo y comida... Cristian, te estoy agradecidísima.

«No quiero tu maldito agradecimiento. Quiero que disfrutes conmigo.»

—De todas formas, ¿me aceptarías una invitación a cenar? Un sitio bonito, comida de calidad que no tendrías que preparar...

Lorena depositó la taza sobre la mesa y escudriñó en los ojos verdes. ¿A qué jugaba? Daba un paso adelante, le hacía creer que las cosas estaban cambiando y se disculpaba a continuación. Ahora la invitaba a cenar, le ofrecía algo parecido a una cita. Le encantaría decirle que sí, disfrutar de una cena y una velada en su compañía, pero no deseaba sufrir por él otra vez. Había conseguido aceptar que solo era el padre de sus hijas y debía mantenerse firme en esa creencia para proteger su corazón.

—Acabo de pasar tres días fuera y Moni se ha ocupado de las niñas todo el tiempo. Habré de irme de nuevo en un par de ocasiones para terminar el cuadro que he preparado durante estos días. No me gusta abusar de ella, no tiene vida propia desde que nacieron Maite y Ángela. Quizá más adelante.

Cristian ocultó su decepción.

—Claro; cuando desees.

—Ahora, cuéntame sobre tu trabajo en Castellón.

—Han salido buenas fotos. El reportaje ha sido todo un éxito y, aunque todavía no las he terminado todas, la muestra que he mandado a mi cliente le ha dejado bastante satisfecho.

—¿Y el resto? ¿La estancia ha sido agradable?

—No tanto como la tuya. —La frase le salió más cortante de lo que deseaba y trató de suavizarla—. Nos levantábamos a las cinco de la mañana, trabajábamos a la intemperie y me ha tocado luchar con un harén de mujeres que se disputaban a un niñato gilipollas.

«Y yo cometí la primera noche la estupidez de acostarme con una de las modelos, que ha intentado de forma sutil meterse otra vez en mi cama durante el resto del viaje.»

Pensarlo le hizo comprender que no tenía nada que reprocharle a Lorena si ella había hecho lo mismo con Vicente. Sonrió para borrar la dureza de su frase anterior.

—Sin ninguna duda, lo tuyo ha sido más agradable porque, además, el hotel nos enviaba un *catering* al lugar de trabajo, que casi siempre llegaba frío. Pero por fin estoy en casa.

—Yo también. —Las miradas se encontraron, intensas y brillantes. Lorena parpadeó para romper el momento y comenzó a recoger las tazas y platillos de las bebidas—. Ahora, me temo que debo trabajar un rato, por muy a gusto que esté en tu compañía. Puedes quedarte si quieres y esperar a que las peques se despierten.

—No, yo también tengo tarea que hacer.

Se levantó sin ganas y se dirigió a la puerta. Antes de abrirla, se volvió y comentó:

—Espero que consideres la cena, cuando lo creas conveniente.

—Por supuesto.

Y se marchó, sin haber conseguido averiguar lo que tanto deseaba.

31

Vicente

Cristian llegó a casa de Lorena dispuesto a proponerle realizar la sesión fotográfica con las niñas tomando un tazón de chocolate. Lo habían comentado la última tarde antes de que él se marchara y, después de varias visitas en que ella se había mostrado un tanto reservada y poco comunicativa, quería intentar algo diferente. Necesitaba romper el hielo y recuperar la agradable atmósfera de ese día, en que habían presentado una estampa familiar, y que se había evaporado tras enrollarse en el portal y el posterior viaje de ambos.

Aquella mañana le había resultado imposible recoger a sus hijas como solía y había llamado a Lorena para comunicárselo. La sesión que estaba realizando se alargó mucho más de lo previsto, y a cambio esperaba pasar una agradable tarde con ellas. Con las tres.

Llamó a la puerta y tuvo que esperar a que ella le abriera durante unos minutos. Cuando lo hizo, pareció sorprendida, como si no le esperase.

—Cristian...

—Hola.

—¿Has venido a ver a las niñas?

—Sí. Puesto que esta mañana no las pude recoger, he querido pasarme ahora. ¿Te importa?

—No, puedes venir siempre que lo desees, ya lo sabes.

Pero no están. Yo también tengo trabajo hoy; las recogió Moni y se las llevó a tu hermano para que pasaran la tarde con él.

Cristian se llenó de regocijo. Un rato a solas con Lorena les acercaría de nuevo.

—¿Puedo esperarlas?

Ella pareció sentirse un poco incómoda, pero se apartó para dejarle pasar.

—Claro.

Le precedió hasta el salón, donde un hombre estaba sentado en el sofá con una copa en la mano.

Tenía el pelo negro y unos penetrantes ojos oscuros. Vestía un pantalón de marca, zapatos italianos y un jersey ajustado que dejaba ver su buena forma física. Cristian lamentó su pantalón desgastado y su camisa de franela, vieja y descolorida. Se había puesto lo peor que tenía en su guardarropa, porque esperaba acabar manchado de chocolate. No contaba con encontrarse frente a este figurín de la moda sentado en el sofá de Lorena.

Esta salvó el momento incómodo, haciendo las presentaciones.

—Cristian, este es Vicente Aranda, administrador de la casona de Piornal. Ha venido a comprobar el estado de las restauraciones que estoy realizando de los cuadros pequeños. —Se dirigió a continuación a Vicente—. Él es Cristian Valero, el padre de mis hijas.

Ambos hombres se miraron con cautela. Como dos rivales prestos a lanzarse uno contra otro por la mujer que tenían delante. Se estrecharon la mano con un gesto seco que apenas duró unos segundos.

Cristian sabía que lo correcto era marcharse, que sobraba en aquel salón, pero se sintió incapaz. Aunque le doliera, necesitaba saber si existía algún tipo de relación entre Lorena y aquel hombre que lo miraba como si le quisiera asesinar. Había roto un momento íntimo y era consciente de eso.

—¿Te apetece una copa? —le ofreció ella cuando tomó asiento en uno de los butacones.

—Sí, gracias. Pero no te molestes, yo me la preparo.

Se levantó y entró en la cocina, para dejarle bien claro a aquel tipo que se sentía en su casa, no como un invitado. Regresó poco después con un vaso con hielo en el que vertió dos dedos del whisky que había sobre la mesa, y que Vicente estaba degustando. Lorena tomaba una tónica con una rodaja de limón, no sabía si sola o con un poco de ginebra. No la había vuelto a ver bebiendo *gin-tonics* desde Oviedo, y eso exacerbó aún más los celos que sentía. Los *gin-tonics* eran algo especial, algo que les pertenecía solo a ellos.

Volvió a ocupar su puesto en el butacón y se estableció un silencio incómodo.

—Perdona por haberte dejado tirada este mediodía. La sesión se complicó más de lo que pensaba y me fue imposible recoger a las nenas.

—No te preocupes, llamé a Moni y ella se encargó. Tampoco yo podía dejar el trabajo en ese momento, estaba en una fase delicada.

Lo dijo con naturalidad, sin asomo de malicia o de que estuviera mintiendo. Cristian clavó la mirada en Vicente, pero tampoco le aclaró nada.

—Lorena me ha dicho que ella y tú mantenéis una relación cordial, a pesar de haber sido pareja. Algo así no es fácil ni habitual.

—Yo no he dicho eso; en realidad Cristian y yo no hemos sido pareja, lo de las niñas fue... un accidente.

A él le molestó que dijera eso, aunque tuviera razón.

—Me tomo muy en serio mi paternidad, y eso incluye tener una buena relación con Lorena. Hoy tenía pensado organizar una sesión de fotos familiar, pero cuando lleguen las crías será muy tarde. Lo dejaremos para otro momento, pero recuerda —dijo clavando una intensa mirada en ella— que tenemos pendiente la sesión con chocolate.

—Eso estará genial. Las niñas se lo pasarán muy bien.

—Yo confío en que tú también participes.

—No me lo perdería por nada del mundo.

La imaginó con la cara cubierta de chocolate y a él limpiándoselo a besos, saboreando la bebida en su boca. Después miró a Vicente y sus celos aumentaron.

—¿Mañana?

—No, imposible. Tengo trabajo urgente mañana, no podrá ser en unos días. Hay procesos en la restauración que no se pueden detener, han de hacerse con rapidez y continuidad, y me encuentro inmersa en uno de ellos.

—Bien, tú me dices cuándo te viene bien.

—Sí.

La conversación continuó sobre el trabajo de Lorena, hasta que poco después llegó César con las niñas y también Mónica. Vicente se despidió y Lorena le acompañó a la puerta.

Cristian aguzó el oído tratando de averiguar cómo de íntima era la despedida, pero solo escuchó unos leves susurros y, cuando Lorena regresó, no pudo detectar en su cara nada de lo que anhelaba saber. Sin ganas de marcharse y contento de haberse librado al fin de la presencia de su adversario, propuso:

—¿Qué tal si pido unas pizzas y cuando las niñas se acuesten cenamos aquí los cuatro?

—Por mí, excelente. No tengo ninguna gana de cocinar —admitió Mónica.

Desvió la vista hacia Lorena esperando su aprobación.

—Ni yo.

—¿César?

—Encantado, hoy libro y no trabajo hasta mañana por la tarde. Además, una pizza en compañía sabe muchísimo mejor que cuando la comes solo.

Una fugaz mirada de su hermano a Mónica hizo sonreír a Cristian y decidir que iba a proponer con más frecuencia reuniones familiares. Reuniones dos más dos, si Vicente no lo estropeaba todo.

Mientras Lorena y Cristian bañaban a sus hijas, César y Mónica permanecieron en el salón, con una copa de vino en la mano. Hacía bastante que no charlaban un rato, en los últimos tiempos se veían solo cuando llevaban o traían a sus sobrinas y apenas coincidían unos minutos.

A la mente de ella vino aquel café que se tomaron en su primer encuentro o las horas angustiosas en el hospital mientras operaban a Lorena para traer al mundo a sus hijas. La complicidad que compartieron se había visto sustituida por la obligación y las prisas de sus respectivos trabajos. Mientras bebía de su copa a pequeños sorbos, observaba al hombre atractivo que tenía delante y se preguntaba cómo sería en la intimidad. Solo le conocía como tío, simpático, divertido y cercano. Aquella conversación chispeante de su primer encuentro había quedado relegada al olvido. Al sentirse a su vez observada, sonrió.

—¿Puedo hacerte una pregunta? —La voz de César la sobresaltó un poco—. No tienes que responderla, si no quieres.

—Prueba...

—Es sobre Lorena.

Se sintió un poco decepcionada.

—Entonces, quizá debas hacérsela a ella.

—No me parece oportuno, podría pensar que me meto donde no debo. ¿Hay algo entre ella y Vicente?

—¿Te interesa? ¿Te gusta mi hermana?

César rio y negó con énfasis.

—No, no... a mí no. Es por Cristian; le conozco lo suficiente para saber que la sonrisa educada que tenía cuando llegamos escondía unas ansias terribles de liarse a puñetazos con Vicente.

—¿Está celoso?

—Ajá.

—Pues si te soy sincera no sé lo que hay entre ellos. Él viene mucho, más de lo razonable, con la excusa de recoger unos cuadros, traer otros, y siempre se queda un buen rato.

Mi hermana estuvo en Piornal varios días y se alojó en la casona, con él.

—¿Vive allí?

—Sí, cuida de la propiedad en ausencia del dueño.

—¿Y no te ha contado si pasó algo?

—Lore y yo no solemos hablar de nuestra vida sexual, salvo que sea algo serio. No me ha dicho nada sobre aquellos días, solo que lo pasó muy bien al margen del trabajo. Venía muy relajada, con aspecto de haber desconectado, pero no sé el motivo. Puede ser por haber dormido de un tirón tres noches seguidas, todo un logro desde que nacieron las gemelas.

—O por no haber dormido en absoluto.

—También podría tratarse de eso. Pero no le voy a preguntar al respecto. Si Lore tiene algo que contarme, ya lo hará. Y tu hermano debería aclararse de una vez, no puede echársele encima en el portal, disculparse al día siguiente y ahora mostrarse celoso.

—¿Eso hizo?

—Sí, eso hizo. Lo único que ha conseguido es confundirla y quizá arrojarla a los brazos de Vicente, que es un hombre sensato, equilibrado y fiable.

—Cristian también lo es.

—No en lo que se refiere a mi hermana.

En aquel momento salían Cristian y Lorena cada uno con una niña en brazos.

Después de que las pequeñas hubieran cenado y estuvieran en la cama, Cristian pidió las pizzas y se sentaron a compartir unos entrantes y unas copas de vino mientras esperaban.

La charla amistosa y distendida, salpicada de risas y bromas despejó el ánimo de Cristian y alegró su humor ensombrecido por la presencia de Vicente un rato antes.

Cuando ambos hermanos se marcharon, al filo de la medianoche, se prometieron a sí mismos repetir aquella experiencia más veces.

32

Chocolate

Lorena estaba preparando a las niñas y vistiéndolas con unos pijamas que les habían quedado pequeños y ya no usaban. Cristian la había llamado un rato antes para proponerle realizar la sesión de fotos con el tazón de chocolate, que habían postergado unas semanas por el trabajo exhaustivo de ella. Mientras las cambiaba, les iba diciendo:

—Esta tarde nos vamos a divertir mucho, ya lo veréis. Papi os va a hacer unas fotos muy chulas.

También ella se había puesto la ropa de trabajo, los vaqueros viejos y la sudadera manchada de pintura que solía llevar. Pensaba disfrutar de la tarde tanto como sus hijas, de revolcarse con ellas sobre el suelo de la cocina, de comer chocolate con las manos y de ensuciarse a conciencia. El fin de semana se marchaba a un congreso que se celebraría en Salamanca y quería una tarde especial antes de irse.

Mónica la había convencido de que debía retomar sus actividades anteriores a la maternidad y, aunque siempre se había escudado en que las niñas eran pequeñas y no quería cargar a su hermana con su cuidado, esta la había convencido para que se inscribiera.

Las pequeñas habían cumplido ya el año y medio, y bastantes noches dormían sin problemas. Para terminar de convencerla le había confesado que durante el día pensaba acudir a Cristian, pero sobre todo a César, para que le echara una mano con las crías.

Lorena sabía que a su hermana le gustaba el bombero más de lo que quería reconocer y decidió poner su granito de arena para que se tratasen más, de modo que confirmó su asistencia y reservó hotel para las dos noches que duraría el congreso.

Cristian llamó a la puerta cuando acababa de terminar de vestir a las niñas.

—¿Lista para la aventura? —preguntó observándola con detenimiento. El aspecto de ella era el mismo que tenía en la ermita, recordaba incluso la sudadera que vestía en aquel momento. También las chispas de deseo de aquella época se apoderaron de él.

—Sí.

Lorena se hizo a un lado para dejarle pasar y le precedió hasta la cocina. Había acondicionado el suelo con unas láminas de goma para evitar el frío y sobre la encimera se enfriaban un par de tazones de chocolate espeso y que desprendían un delicioso olor. Maite y Ángela se abalanzaron sobre las piernas de su padre para darle su particular bienvenida. Este se agachó y las abrazó a la vez.

—¡Mis nenas! ¿Vamos a comer chocolate?

—Tate —dijo Ángela con énfasis.

Lorena se acercó a los tazones y hundió un dedo en uno de ellos, lamiéndolo a continuación para comprobar la temperatura.

—Está en su punto —dijo. Cristian aguantó las ganas de pedirle que le permitiera comprobarlo a él también, ya fuera en su dedo o en su boca. En cambio, sacó la cámara, pequeña y manejable, de la mochila y probó la luz que entraba a raudales por el gran ventanal de la cocina.

Colocó un par de pantallas blancas a ambos lados de la escena y sentó a las niñas en el centro, sobre las planchas de goma. Lorena depositó a su vez los cuencos con chocolate entre sus hijas y se acomodó junto a ellas. Volvió a hundir los dedos en el cuenco y a llevárselos a la boca, mientras Cristian se situaba en posición con la cámara dispuesta para disparar.

No se pudo resistir a que la primera foto fuera de Lorena, lamiéndose los dedos y con una absoluta expresión de placer. La misma que él había contemplado en otras ocasiones y debido a algo muy diferente.

Al instante las niñas imitaron a su madre. Hundieron las manitas hasta las muñecas, manchando el puño del pijama, y comenzaron a darse su festín.

Cristian disparaba sin cesar, divertido ante las risas de las tres mujeres que formaban parte de su existencia. De vez en cuando daba instrucciones a sus hijas, que estas seguían al pie de la letra.

—Maite, dale chocolate a tu hermana.

Y la niña obedecía, manchando la carita regordeta de su gemela con sus manos impregnadas de la deliciosa bebida.

—Ahora al revés.

Los dedos de Ángela también dejaron su huella alrededor de la boca de Maite.

—Ahora, las dos le dais chocolate a mamá.

Con grandes risotadas ambas niñas se abalanzaron sobre los tazones y, tras hundir las manos en ellos, gatearon hasta Lorena para meterle los dedos en la boca. Esta se reía a carcajadas y se dejaba hacer. Las mejillas, el pelo que se había desprendido de la aguja de marfil, los labios, todo estaba impregnado de chocolate.

Cristian no pudo resistirse a participar de la fiesta y decidió que ya había tomado suficientes fotos. Depositó la cámara a buen recaudo en la encimera y se abalanzó sobre el grupo con un grito que pretendía ser amenazador, y que solo provocó más risas en sus hijas.

—Allá voyyy...

De repente la cocina se convirtió en un revuelo de manos y brazos, todos intentaban manchar a todos. Los dos adultos trataban de evitar a toda costa caer sobre las niñas que se metían debajo de sus cuerpos sin cesar, los cuencos de chocolate se volcaron y derramaron el ya escaso líquido y los cuatro se restregaron sobre las planchas de goma con escaso control. Sin saber muy bien cómo, Cristian se encontró tendido sobre Lorena, contemplando como los labios, cubiertos de chocolate, le tentaban sin cesar. No pudo resistirse, inclinó la cabeza dispuesto a probarlos, aunque las niñas estuvieran delante, aunque fuera tan solo un segundo. Pero ella no se lo permitió y, en el último momento, antes de que sus bocas se rozaran, giró la cabeza y evitó el contacto. Después, Cristian se alzó sobre los brazos en un inútil intento de evitar que Lorena se percatara de la tremenda erección que el contacto de sus cuerpos le había provocado, aunque no tenía muchas esperanzas de haberlo conseguido. Lo que sí le había quedado claro era que no deseaba que la besara, no sabía si por la presencia de sus hijas o por otro motivo.

Se giró hacia las niñas evitando la mirada de la mujer, que se apresuró a levantarse.

—Ya no queda chocolate —dijo después de recoger los cuencos vacíos—. ¿Has hecho suficientes fotos?

—Sí. No he podido evitar unirme a la fiesta.

—Yo tampoco habría podido. —La sonrisa divertida que le dedicó le hizo saber que no estaba enfadada y que no le daba importancia a su intento frustrado de besarla minutos antes—. Ha sido genial, Cristian. Tenemos que repetirlo otra vez.

—Cuando quieras.

—Ahora lo mejor será un buen baño para todos, antes de que estas señoritas se escapen hacia el salón y lo pongan todo perdido —dijo cogiendo a Maite de la mano para impedir que saliera de la cocina—. Al baño, chicas...

—Te ayudo.

Compartieron, como muchas noches, la tarea de bañar a las niñas. Nada había cambiado, la tarde familiar que Cristian esperaba les hubiera acercado no había pasado de otro más de los muchos buenos ratos compartidos con sus hijas.

Después él se quedó con las pequeñas mientras Lorena se

ponía presentable. La imaginó desnuda en la ducha, se imaginó a él también bajo los chorros, enjabonándola y acariciando su cuerpo con las manos, con la boca, y se dijo que era un imbécil, por haber permitido que su orgullo masculino lastimado le hubiera impedido ver la realidad. Que se había enamorado de ella de nuevo, y que la iba a perder. Porque estaba seguro de que cuando se volvieron a encontrar y ella le confesó que era padre, en su mirada había un brillo de esperanza de que pudieran retomar la relación donde la habían dejado en el pasado. Pero su orgullo pudo más; con su frialdad y su dureza hacia ella sentía que se estaba vengando del pasado y ahora se arrepentía. Ahora que quizá fuera tarde ya.

Lorena salió de la ducha con el pelo húmedo sobre los hombros, vestida con un chándal holgado, y se acercó al grupo que formaban Cristian y sus hijas. Él les mostraba en el visor de la cámara las imágenes tomadas un rato antes.

—Mamá —dijo Ángela con el dedito sobre una foto.

—Apa —añadió su hermana.

—Sí, muy guapa —corroboró el hombre alzando la mirada hacia ella—. Preciosa.

Lorena sonrió halagada, pero sin dejarse seducir por las palabras de Cristian, como antes no lo había hecho por su mirada.

—Los fotógrafos tenéis un gusto raro. ¿Preciosa con media cara cubierta de chocolate?

—El chocolate es muy sexi... ¿no lo sabías?

—Y muy pegajoso. ¿Quieres darte una ducha tú también? —Se apresuró a desviar la conversación de cualquier tema espinoso que hiciera referencia a lo que había estado a punto de ocurrir un rato antes. Lo contempló con la ropa sucia, aunque ya se había quitado las manchas de rostro y manos. Pero la camiseta y el pantalón vaquero estaban hechos un desastre. Se había sentado en el suelo, para no manchar el sofá—. Aunque no tengo ropa limpia que ofrecerte. Por mucho que lo intentes, nada mío o de Moni te serviría.

—No te preocupes, me ducharé en casa.

—Yo voy a preparar la cena de las niñas, aunque no creo que coman mucho. Se han hartado de chocolate.

—Por un día no supondrá un problema que se salten su dieta habitual. Ha sido tan divertido que ha merecido la pena.

—Por supuesto. Pero antes de poner la cena, me gustaría pedirte un favor.

Cristian se tensó. Estaba seguro de que iba a pedirle que no intentara besarla de nuevo.

—Si está en mi mano... —dijo resignado.

—Se trata del fin de semana. Voy a salir de viaje y me gustaría que ayudases a mi hermana con las niñas, si te necesita.

La mirada de él se oscureció a causa de los celos.

—¿Vas a Piornal de nuevo?

—No, a Salamanca.

Estuvo a punto de decir que a un congreso, pero se calló a tiempo. Los congresos les traían a ambos recuerdos del pasado; recuerdos que los dos preferían olvidar.

—Por supuesto que puede contar conmigo.

—Gracias. No quisiera fastidiarte ningún plan, si lo tienes.

—Nada que no pueda cancelar. Espero que te diviertas mucho.

—Yo también —dijo sonriente, aunque la idea no le apetecía en absoluto. No era más que trabajo.

—¿Estarás fuera mucho tiempo?

—Tres días. Será solo el fin de semana, de viernes a domingo.

El teléfono de Lorena sonó en aquel preciso momento.

—Hola, Vicente.

Cristian sintió que la tarde se estropeaba. Lorena salió de la habitación para atender la llamada y él se dirigió a sus hijas.

—A vosotras tampoco os gusta, ¿verdad? Es un gilipollas incapaz de mancharse de chocolate.

Diez minutos duró la conversación y, cuando regresó, el

rostro de Lorena presentaba una radiante sonrisa. Incapaz de soportarlo, se levantó y se apresuró a despedirse.

—Es hora de irme; como bien has dicho antes, necesito una ducha con urgencia.

—Gracias por una tarde fantástica.

—De nada. Que disfrutes de tu fin de semana.

Estaban a martes, y Lorena se sintió un poco decepcionada.

—¿No nos veremos antes del viernes?

—Solo para recoger a las niñas de la guardería. Tengo cosas que hacer si quiero disponer del fin de semana libre.

—Claro. Muchas gracias.

—No hay que darlas, para eso estamos. Me marcho.

Lo dijo en un tono frío, que contrastaba con la calidez que había demostrado durante toda la tarde.

—Adiós, Cristian.

Él alzó una mano en señal de despedida y se fue, tras besar a las niñas. Lorena se quedó perpleja ante su cambio de actitud.

«Y dicen que las mujeres somos complicadas», pensó.

33

El congreso

Lorena partió para Salamanca con una sensación nostálgica en el cuerpo. Tal como Cristian le anunciara la tarde de la sesión de fotos, solo se habían visto unos pocos segundos para recoger a las niñas durante ese tiempo, y el jueves a mediodía él ni siquiera había descendido del coche. Le había pedido que bajase porque no encontraba aparcamiento y se despidieron a través de la ventanilla del vehículo.

—Que pases un buen fin de semana —le había deseado muy serio.

—Gracias de nuevo por cambiar tus planes para que yo pueda hacer este viaje.

—No hay de qué. Son tan hijas tuyas como mías, y tú te ocupas de ellas mucho más que yo.

Por un momento se miraron a los ojos. Lorena tenía a una niña cogida de cada mano y, ante la inmovilidad de Cristian, se despidió:

—Hasta la vuelta.

—Hasta el lunes.

Ella giró y entró en el portal con la sensación de algo no dicho entre los dos. Algo que quizá deberían aclarar a su regreso. Desde que se besaron en el portal Cristian estaba muy raro, y ella no deseaba más cosas ocultas con él.

Cuando llegó al hotel, se registró y, antes de bajar al comedor para reunirse con sus compañeros, algunos de ellos ya conocidos y otros nuevos, llamó a su hermana.

—Ya estoy en la habitación.

—¿Has tenido buen viaje?

—Sí, muy bueno. ¿Cristian ha recogido a las niñas esta mañana?

—Sí, y traía un humor de perros.

—Creo que tenía planes para este fin de semana. No ha debido de sentarle muy bien que le pidiera ayuda. Hubiera sido mejor decírselo a César.

—Ah, César...

—¿Qué pasa con él? —preguntó divertida ante el tono misterioso de su hermana.

—Me ha llamado para llevar mañana a las niñas al parque de bolas y almorzar por ahí luego. Cristian puede seguir con sus planes sin problema.

—Díselo.

—Lo haré cuando las traiga a mediodía. Y tú diviértete también. Después de las conferencias, sal a cenar y echa una canita al aire.

—Las comidas están incluidas en la inscripción y mis canitas al aire me causan muchos problemas. Mejor me voy a la cama con esa novela que he traído y amanezco mañana descansada y lista para seguir.

—Quizá deberías haberle dicho a Vicente que te acompañase.

—Vicente también me traería problemas, en los últimos tiempos se me está insinuando de forma muy descarada.

—¿Y qué te impide aceptar? Es evidente que le gustas y es muy atractivo.

—Cierto fotógrafo de ojos verdes que me deja temblando solo con mirarme. Y Vicente no me hace temblar más que por el frío que reina en la casona, por muy atractivo que sea. Ya pasé una vez por una relación con alguien que no me hacía sentir la pasión y el deseo que me provoca Cristian, y no me voy a conformar con menos. Aunque sé que él no puede olvidar el pasado y eso impedirá que haya nada entre nosotros, no voy a empezar una relación con un hombre que solo me parece agradable.

—Pues descansa de hombres este fin de semana, pero disfruta del resto. Buena comida, buen hotel y todo lo demás.

—Gracias... y tú de tu bombero.

La carcajada a través del móvil la hizo reír a su vez.

—Hasta mañana. Si hay algún problema, me llamas y regreso de inmediato.

—Relájate, y aprovecha el fin de semana. A lo mejor tu fotógrafo necesita echarte de menos un poco.

—No cuento con ello. Seguro que sus planes incluyen una preciosa mujer, elegante, perfumada y con cuerpo de infarto y no una madre que a veces huele a pis de bebé y de mañana presenta unas ojeras enormes causadas por las malas noches. Por no hablar de la ropa de diseño exclusivo salpicada de manchas de pintura y disolvente.

—Pues tú olvídate de todo eso y durante estos tres días disfruta a tope. Deja de ser madre y restauradora, y saca a la mujer bella y atractiva que eres, aunque solo sea en las cenas. Te haces unas fotos despampanantes, a ser posible acompañada, y luego se las enseñamos a nuestro Cristian, para que vea lo que se pierde.

—Solo quiero descansar, Moni. Y ahora debo dejarte, se acerca la hora del almuerzo y me gustaría departir un poco con los compañeros antes de entrar en el comedor.

—Muy bien. Yo aguardaré a que Cristian traiga a las niñas, y confío en que se le haya pasado el mal humor.

No fue así. Cuando subió a las gemelas a mediodía, Mónica observó su expresión aún más huraña que a primera hora. Clavó en él una mirada penetrante y preguntó:

—¿Y a ti qué demonios te ocurre? Si esa cara de palo es

porque has tenido que cambiar de planes para ayudarme con las niñas, a partir de este momento, te relevo de la obligación. César y yo nos ocuparemos de ellas. Mañana pensamos pasar el día fuera de casa y el domingo no trabajo, de modo que puedo arreglármelas sola.

—No me ocurre nada —dijo serio.

—Y esperas que me lo crea.

—Es personal, no tiene nada que ver con mis hijas.

—¿Ayudará que no vengas a echar una mano?

—No, no ayudará. Y no tengo más planes que retocar fotos.

—Pues si quieres te puedes unir a la excursión al parque de bolas.

—Creo que hay ocasiones en que tres son multitud.

—¿Tres? Seríamos cinco.

—No, mejor no. Si no me necesitas, me voy a casa. Estaré allí toda la tarde, en caso de que haga falta.

—Si esperas a que acueste a las niñas, me gustaría invitarte a un café. A uno de verdad, no a esos flojos que prepara mi hermana.

—No soy buena compañía en este momento, Mónica.

—Ya lo veo, pero es importante. Hace mucho que no hablamos tú y yo.

Cristian enarcó una ceja. ¿Era una proposición encubierta? ¿Se había equivocado al pensar que a ella le gustaba su hermano? ¡Lo último que le faltaba en aquel momento era lidiar con un intento de seducción! Aun así, le pareció demasiado descortés rechazar el ofrecimiento.

Minutos después, sentados cada uno a un extremo del sofá, lo bastante lejos para que no hubiera malentendidos, Mónica le preguntó a bocajarro:

—¿Tu cara de palo se debe a que mi hermana se ha ido a Salamanca a un congreso?

Cristian levantó la cara de la taza que depositaba sobre la mesa baja y preguntó extrañado:

—¿Está en un congreso? Yo creí que se había ido de vacaciones.

—Pues no, es por trabajo. Y me ha costado muchísimo convencerla. No quiere dejar a las niñas, las echa mucho de menos.

Durante unos minutos, él luchó con la pregunta que le quemaba los labios. Bebió despacio tratando de decidirse, pero la voz de Mónica, divertida, le animó a ello.

—Si hay algo más que quieras saber, me pillas con ganas de hacer confidencias.

Él respiró hondo. Y se lanzó.

—¿Está sola?

—Pues creo que el congreso tiene unas setenta inscripciones, de modo que no está sola.

—Sabes perfectamente a qué me refiero.

—Quieres saber si se ha ido con Vicente, ¿no?

Él asintió.

—No, él está en Piornal, por lo que sé.

Mónica observó todas las emociones contradictorias que cruzaron por la cara del hombre, y suspiró. Estaba claro que debería hacerlo todo ella.

—¿No vas a preguntar nada más? ¿No quieres saber si mantienen una relación? Porque tienes todo el aspecto de estar muerto de celos... ¿me equivoco?

—No, no te equivocas —admitió.

—¿Y por qué no haces algo? ¿Piensas esperar a que la tengan? ¿A que a Lore se le acabe la paciencia y se canse de esperarte? Vicente es un tío cojonudo, atento, cariñoso y le gusta mi hermana a rabiar.

—Ya le estropeé una relación al meterme en medio, no quisiera hacerlo otra vez.

—¿Te refieres a Ernesto? Le hiciste un gran favor, y te aseguro que no habrías roto nada si ella no lo hubiera querido. Voy a decirte una cosa, Cristian, y si le comentas a Lore que te lo he contado, lo negaré jurando sobre la Biblia. Para mi hermana no hay más hombre que tú, desde que te volvió a encontrar, hace dos años. Su relación con Ernesto se fue a pique porque no era lo bastante sólida, porque él nunca le hizo sentir lo mismo que tú. Y si te ocurre lo mismo, si estás enamorado de ella, más vale que espabiles, porque si no es Vicente, puede ser cualquier otro el que te la robe. Nadie espera eternamente y todo el mundo, hasta la persona más enamorada, acaba pasando página. De hecho, creo que en dos semanas debe volver a Piornal a terminar el trabajo y se alojará de nuevo en la casona —comentó maliciosa, sembrando un nuevo ataque de celos en el fotógrafo.

—No se alojará en la casona, si yo puedo evitarlo —exclamó decidido, y añadió con sonrisa pícara—. Ahora, favor por favor... A mi hermano le gustan las chicas alegres y divertidas... como tú.

Mónica se echó a reír.

—Y a mí me gustan los hombres altos, con sentido del humor y aventureros como él. Pero no quiero una relación en este momento de mi vida.

—Entendido. Gracias por la información sobre Lorena.

—De nada. Siempre me gustaste como cuñado. Especifico... como pareja de mi hermana —aclaró para que no hubiera malentendidos que incluyeran a César.

Apuró el café y se despidió. Tenía mucho que hacer aquella tarde.

Lorena terminó la última charla, que resultó ser más larga de lo previsto, con un ligero dolor de cabeza. Era debido a la incomodidad del asiento y a las muchas horas de quietud, algo a lo que no estaba acostumbrada. Había tomado infinidad de notas, que debería ordenar a su regreso, pero no lo haría aquella noche.

Subió a la habitación a ducharse y cambiarse de ropa para la cena, aunque no le apetecía en absoluto. Prefería dar un paseo que le despejase la mente después de tantos datos asimilados durante la tarde, y luego encargar una cena ligera al servicio de habitaciones y tomarla en pijama mientras disfrutaba de su novela. La lectura era un placer del que no podía gozar mucho en los últimos tiempos, y lo echaba de menos.

Sin embargo, le hizo caso a su hermana y, tras arreglarse con esmero, bajó al comedor para reunirse con sus compañeros. No descartaba la idea de hacerse alguna foto que llevar de recuerdo y ¿por qué no?, mostrársela a Cristian. Recordarle que, más allá de la madre, aún existía la mujer atractiva que le había seducido una noche en Oviedo, años atrás.

La comida, deliciosa y compuesta por tres platos más el postre, se alargó hasta la medianoche. Los compañeros de mesa resultaron una agradable compañía y Lorena disfrutó de algo que tenía bastante olvidado. Cuando ya la cena estaba dando a su fin y algunos comensales hacían planes para seguir la noche en un local de copas, miró el móvil para comprobar que no tenía ninguna llamada de su hermana. Con el ruido del comedor le habría sido imposible escucharla.

El corazón le dio un brinco y comenzó a latir a toda prisa al encontrar un wasap de Cristian. Se preocupó, él nunca le escribía, siempre la llamaba, y su primer pensamiento fue que había ocurrido algo con sus hijas. Se apartó de sus compañeros para abrirlo y leerlo a solas.

«Si te apetece una copa después de la cena, tienes un *gin-tonic* pagado en el bar del hotel. Juan.»

El teléfono peligró en su mano, leyó de nuevo el mensaje y, tras comprobar que no se había equivocado, se despidió con torpeza de sus compañeros aduciendo un fuerte dolor de cabeza. Y se encaminó a toda prisa hacia el bar, situado en la primera planta del edificio. Las piernas le temblaban tanto que temió no controlar los zapatos de tacón y acabar en el suelo, pero no podía caminar más despacio. Al pasar junto al espejo que rodeaba una columna, se contempló. El vestido se ajustaba a su figura esbelta, los tacones estilizaban sus piernas y la melena suelta sobre los hombros le daban un aire elegante y sofisticado, muy parecido a la mujer de Oviedo. Sonrió y respiró hondo confiando en encontrar en el bar al hombre y no solo un *gin-tonic* pagado. Porque en realidad él no lo había aclarado.

Nada más entrar por la puerta de madera oscura, lo vio. Se había sentado en una mesa algo apartada, al fondo del local, y saboreaba una bebida que tenía en la mano. Un *gin-tonic*, intuyó por el color. Vestía de negro, pantalón y camisa, lo que le hacía parecer más alto aún de lo que era. Los ojos verdes, clavados en la puerta del bar, la divisaron en cuanto entró y la recorrieron de arriba abajo, mientras su boca esbozaba una sonrisa apreciativa. Pareció relajarse, como si hasta aquel momento hubiera estado nervioso, como si hubiera dudado de que ella acudiese.

Lorena avanzó despacio, con la mirada prendida en la de Cristian, que se levantó cuando estuvo a su lado. En lugar del beso de saludo que esperaba, él le tendió la mano, con una sonrisa.

—Cristian Valero, fotógrafo.

—Lorena Rivera, restauradora —respondió estrechándosela. Los dedos de él acariciaron los suyos antes de soltarla, provocándole el estremecimiento que recordaba tan bien.

—¿*Gin-tonic*? —preguntó cuando se hubo sentado en la silla contigua.

Lorena lo miró, nerviosa.

—¿Es necesario tomar algo? No estoy segura de que pueda beber nada en este momento.

—Lo es. Empecemos de cero, sin mentiras, sin misterios y sin rencores. Como si nos acabáramos de conocer y el pasado no existiera.

—Eso es un poco difícil, hay dos niñas en Madrid consecuencia de ese pasado.

—Lo sé, y eso es lo mejor de todo. —Colocó su mano enorme sobre la de Lorena—. Porque me garantiza que no desaparecerás en medio de la noche. Me quedé desolado al despertar en Oviedo y ver que no estabas.

—¿Te dejé desolado?

—Bastante. Me hubiera gustado conocerte mejor, intuí ya entonces que eras la mujer de mi vida.

El camarero se acercó con la bebida de Lorena, que le dio un pequeño sorbo. Sabía diferente, más amargo que los de Oviedo. Tampoco ellos eran los mismos, los casi cinco años transcurridos les habían marcado con arrugas, con estrías y con cicatrices.

—¿Lo crees de verdad?

—Estoy seguro. No olvides que me he enamorado de ti dos veces. Y gracias a tu hermana no he hecho el imbécil dejándote ir de nuevo.

—¿Ella te dijo dónde encontrarme?

—Sí, pero antes me hizo comprender que, si no luchaba por ti, te perdería. Tengo que confesarte que estaba muerto de celos por culpa de Vicente.

—Yo he notado algo raro en tu comportamiento de las últimas semanas, pero no imaginaba que estuvieras celoso.

—Pues lo he estado, y mucho.

—Entonces, si sientes algo por mí, ¿por qué dormiste en el sillón la noche de Piornal? ¿Por qué te disculpaste después de que nos besáramos en el portal? Me dejaste muy confundida.

—Porque soy gilipollas... —La mano grande seguía acariciando la de ella—. Pero te prometo que no me disculparé por nada de lo que pase esta noche... y si me acoges en tu habitación no dormiré en un sillón. De hecho, no creo que duerma demasiado.

—Con una condición.

Él enarcó una ceja y sus ojos chispearon.

—¿Cuál?

—Que no me hagas esperar hasta tomarme esto —respondió señalando la bebida—. Estoy tan nerviosa que no puedo beber nada.

Cristian cogió el vaso de Lorena y le dio un largo trago, dejándolo casi vacío.

—Solucionado. Ahora, si me dices cuál es tu habitación, conozco un método fabuloso para calmar los nervios.

—Doscientos treinta y uno.

Le rodeó la cintura con el brazo y juntos salieron del bar para encaminarse a la planta superior.

La condujo hacia el ascensor vacío, evitando las escaleras y, apenas las puertas se cerraron tras ellos, la empujó contra la pared y la besó con ansia. El hombre calmado del bar desapareció para dar paso al amante impaciente que se había controlado durante semanas. Lorena respondió al instante y el trayecto de apenas unos segundos se les hizo demasiado corto.

Al abrirse las puertas de nuevo, respiraron hondo, se miraron a los ojos cargados de deseo y de la mano caminaron por el pasillo hacia la habitación. Lorena rebuscó nerviosa dentro del bolso la tarjeta que abriría la puerta y, una vez dentro de la estancia, se volvieron a enredar en un beso apasionado. Contra la pared, junto a la madera cerrada, como años atrás en Oviedo. Sentía las manos de él por todo su cuerpo, como si tuvieran vida propia, buscando rincones, haciéndola arder del modo en que nadie más lo había conseguido nunca.

Se apretaba contra su cuerpo como si quisiera fundirse, algo que sin duda sucedería más tarde, pero por el momento solo se frotaba, llenándola de anticipación. Lorena mordió sus labios, se aferró a su cuerpo y enredó los dedos en el cabello encrespado de la nuca masculina para que no dejara de besarla. Hasta ese momento no fue consciente de cuánto había añorado sus besos, de cuánto los había deseado durante los meses anteriores en que solo se habían tratado como padres de Ángela y Maite.

La respiración les faltaba algunos momentos y separaban sus bocas solo lo suficiente para tomar el soplo de aire necesario para continuar. Cristian consiguió quitarle el vestido sin dejar de besarla y Lorena tiró de la camisa de él con fuerza, arrancó los botones sin miramientos y la abrió para descubrir el pecho. Piel con piel, boca con boca, se arrastraron hacia la cama y cayeron sobre ella entre jadeos. Había pasado el tiempo, la vida los había separado y vuelto a unir varias veces, pero el deseo de la primera noche que se conocieron seguía intacto. Incluso aumentado por unos sentimientos fuertes que habían crecido poco a poco durante los últimos meses. En aquel momento volvían a ser Juan y María, sin pasado, sin futuro y sin familia. Solo un hombre y una mujer quemándose en su propio deseo.

A duras penas consiguieron deshacerse de la ropa que les quedaba, era difícil sin dejar de besarse, pero eran incapaces de separar sus labios. Como si temieran que al hacerlo volvieran a alejarse ellos también.

Lorena sintió la boca de Cristian recorrer sus pechos con leves mordiscos que la excitaban y gimió pidiendo más. Con él siempre quería más. La mano grande descendió hasta su sexo, hundió dos dedos hasta el fondo y el fuerte suspiro de placer de ella fue música en sus oídos. Comenzó a moverla despacio, pero ella elevó las caderas pidiendo, exigiendo e impartiendo su propio ritmo hasta alcanzar el orgasmo en pocos minutos. Después, le agarró del pelo y tiró hacia arriba para besarlo.

—Tiéndete —susurró traviesa y con los ojos brillantes.

Y Cristian obedeció.

Arrodillada sobre él, con una pierna a cada costado, comenzó a lamerle el pecho con toques ligeros, juguetones, deteniéndose en los pezones para tirar de ellos con los dientes de vez en cuando. Cristian contenía a duras penas las ganas de tumbarla y hundirse en ella para calmar la necesidad que sentía, pero aguantó. La dejó besarle y lamerle despacio en una tortura agónica, agarrando el pene con la mano y acariciándolo demasiado suave, demasiado lento. Cuando fue incapaz de soportarlo más, la agarró de los hombros y la levantó.

—Basta, por favor. No quiero correrme en tu mano, sino dentro de ti.

Trató de apartarla, pero Lorena se resistió.

—Tengo condones en la cartera... varios —aclaró mientras desviaba la vista hacia la ropa tirada en el suelo.

Ella sonrió traviesa.

—Y yo tomo la píldora desde que nacieron las niñas. Vuelve a tumbarte.

—Ni hablar. No permitiré que sigas con esta tortura, no soy de piedra y llevo demasiado tiempo sin tenerte.

La agarró por la cintura y la tendió de espaldas en la cama, para hundirse en ella a continuación. El grito ahogado de Lorena al sentirlo dentro quedó absorbido por la boca de él, y su único pensamiento coherente antes de sumirse en la vorágine de placer era que el tamaño sí importaba.

Le hizo el amor con fuerza, con pasión, empotrándola contra el colchón con cada envite, como ella pedía y necesitaba. Tiempo habría a lo largo de la noche para la suavidad, en aquel momento eran puro fuego consumiéndose juntos.

No duró mucho, ambos estaban muy excitados y estallaron en un orgasmo devastador a la vez. Cristian trató de aguantar su propio peso con los brazos, que no le sostenían; ella clavó las uñas en sus hombros y se mordió los labios para no gritar.

Se miraron a los ojos, turbios de pasión, y se sonrieron. Él se dejó caer a su lado en la cama y ella se acurrucó contra su costado, mientras trataban ambos de recuperar la respiración y el ritmo normal de sus latidos. En la oscuridad de la estancia, la voz masculina sonó ronca y emocionada.

—Te quiero.

De los ojos de Lorena escaparon unas lágrimas que no pudo controlar. Cristian la rodeó con los brazos y la acunó en ellos.

—No llores... por favor, no.

—Estoy emocionada; todo lo de esta noche ha sido tan sorprendente... No esperaba encontrarte aquí y, mucho menos, que termináramos en la cama. Y si no estoy soñando, creo que acabas de decir que me quieres. Es demasiado.

—No estás soñando. —La apretó un poco más contra él y la besó en el pelo—. Todo es verdad. Lamento si estas últimas semanas te he confundido, no era mi intención. También yo he estado un poco disperso, tenía miedo de precipitarme porque las niñas están en medio y no quería estropear la relación amistosa que había conseguido tener contigo. Un poco tonto por mi parte porque nunca hemos sido amigos tú y yo. Pero me bastó saber de Vicente para que todo quedara claro.

Lorena esbozó una sonrisa contra el pecho de Cristian, donde estaba recostada.

—Entre Vicente y yo...

Él colocó los dedos sobre su boca para silenciarla

—Calla, no lo digas. Si ha ocurrido algo, pertenece al pasado y tampoco yo he sido un santo. Pero te prometo que, de ahora en adelante, serás solo tú, mi dama desconocida y misteriosa. Lo único que deseo es saber si también me quieres, porque lo demás no importa.

Lorena levantó la cabeza y se perdió en sus ojos.

—Con toda mi alma.

Cristian la alzó hacia arriba para tener acceso a su boca y la besó, esta vez despacio, para saborearla a placer. Como pensaba hacer el resto de la noche.

Despertó cuando ya el sol filtraba por la ventana unos rayos intensos y anaranjados y, al instante, una sensación de *déjà vu* se apoderó de él. El cuerpo pesado, los párpados somnolientos y un cansancio extremo le hicieron necesitar unos minutos para situarse. Cuando lo consiguió, se dio cuenta de que no se equivocaba; se encontraba solo en la cama y en la habitación. Lorena había vuelto a marcharse, después de una noche de intensa pasión.

Los recuerdos se apoderaron de él de nuevo. El tacto de su piel, el sabor de su boca, los besos y abrazos compartidos continuaban frescos en su memoria. Pero se había ido.

Se sentó en la cama con las piernas pesadas y el ánimo desencantado. Había esperado despertarla a besos, compartir esas confidencias del amanecer después de una noche importante. Cogió el móvil para ver la hora, y la lucecita blanca indicadora de un mensaje le hizo sonreír.

«Buenos días. Debo estar en la sala del congreso a las nueve y estabas tan dormido que me ha dado pena despertarte. Esta noche te has ganado unas horas más de sueño. Estaré ocupada durante todo el día, pero confío en que nos volvamos a ver cuando termine, sobre las siete de la tarde. Ayer no hicimos planes, pero si estás por aquí me escaparé de la cena conjunta y aceptaré gustosa la invitación que me hiciste. Besos. Lorena.»

Una amplia sonrisa se apoderó de él. Por supuesto que estaría allí, no pensaba ir a ningún lado.

Se permitió una larga ducha y salió a desayunar. Eran las diez y media de la mañana y tenía un largo día por delante, con varias opciones para ocuparlo. Una de ellas, coger la cámara y deambular por Salamanca para hacer fotos e inmortalizar rincones escondidos que no estaban registrados en las guías de la ciudad. Pero no le apetecía en absoluto. Aquel día no era un fotógrafo, sino un hombre enamorado que lo único que deseaba era tener cerca a la mujer que le había robado el corazón. Necesitaba verla, saber que no desaparecería de nuevo de su vida. Y las siete de la tarde se le antojaba una hora muy lejana.

Lorena apenas conseguía tomar notas aquella mañana. Su atención estaba más que dispersa, las palabras del ponente se perdían sin llegar a su cerebro y no podía concentrarse. Las imágenes de la noche anterior lo acaparaban todo y el «te quiero» de Cristian era lo único que podía recordar. Se preguntaba una y otra vez qué haría para distraerse, para ocupar las horas hasta que se volvieran a encontrar. Mientras, hacía dibujitos en el cuaderno de notas como cuando era una adolescente y trataba de concentrar su mente en lo que se exponía en la mesa.

De pronto la sensación de ser observada la asaltó con fuerza, como si alguien la mirase con insistencia. Tapó con una hoja en blanco lo que había estado haciendo, temerosa de que algún compañero hubiera descubierto su falta de atención, y miró con cautela a su alrededor, para descubrir al causante de su incomodidad.

No tardó en hacerlo. Cristian estaba recostado contra la pared, a su derecha, y la contemplaba con una sonrisa. Tenía una cámara colgada del cuello y su atuendo informal contrastaba con la ropa elegante del resto de los asistentes. Al momento le vio coger el móvil y teclear unas palabras, que se transmitieron al suyo con una vibración silenciosa. Con disimulo, metió la mano en el bolso y, sin sacar el aparato, leyó el mensaje.

«Sigue con lo tuyo. No quiero distraerte, pero no me pidas que pase el día lejos de ti.»

Una amplia sonrisa iluminó su boca y un sentimiento cálido la recorrió por entero. Saber que estaba allí cerca hizo que se concentrase algo mejor y empezó a ser consciente de lo que se decía en la mesa de ponencias.

Cuando se interrumpió la actividad para el almuerzo y se desplazaban al comedor, le buscó con la mirada y se acercó a él, que permanecía algo rezagado.

—¿Qué haces aquí? ¿Cómo has conseguido entrar? Para acceder al congreso es necesario estar inscrito y mostrar las acreditaciones.

Cristian tocó la cámara con gesto pícaro.

—Esto abre muchas puertas. Soy el fotógrafo oficial del evento. ¿No lo sabías?

—No hay fotógrafos en este tipo de actos.

—Pero el tipo de la puerta no lo sabe. Me ha dejado entrar sin problemas.

—No vas a poder colarte al comedor.

—Ni lo pretendo. En realidad, iba a pedirte que te escaparas y almorzaras conmigo. Prometo devolverte puntual cuando se reanuden las reuniones.

—Dame un minuto.

La vio dirigirse hacia un grupo de asistentes, musitar unas palabras y, a continuación, regresar junto a él.

Salieron juntos del hotel, cogidos de la mano como dos adolescentes, y se perdieron por las callejas salmantinas en busca de un sitio bonito y típico donde celebrar su primera comida de enamorados.

Cristian buscó en su móvil algún restaurante especial al que ir, con la esperanza de conseguir mesa sin reserva previa. Ante el comentario de Lorena sobre que daba igual el sitio, siempre que estuviera con él, negó con la cabeza.

—Hasta ahora solo te he ofrecido comidas mediocres. Unos filetes empanados fríos en la explanada de la ermita y fiambre con pan recalentado en Piornal. Hoy toca otra cosa, tenemos mucho que celebrar.

—¿Qué celebramos? —preguntó mirándole y deseosa de saber qué había significado para él la noche anterior.

Cristian se inclinó y la besó con suavidad en los labios, sin importarle que estuvieran en medio de la calle.

—Que tú has dejado de ser una dama desconocida, y yo un fotógrafo trotamundos, para convertirnos en una pareja... en una familia.

Una inmensa alegría se apoderó de Lorena al escuchar aquellas palabras.

Cristian echó un vistazo de nuevo al móvil.

—Hay un restaurante que no necesita reserva, pero está un poco lejos. ¿A qué hora tienes que volver?

—No tengo que volver —dijo resuelta.

—Creí que no terminabas hasta las siete de la tarde.

—Les he dicho a mis compañeros que me encontraba mal y me iba a echar un rato. Que si no bajaba me enviaran la información por email. No quiero desperdiciar una tarde contigo, en un sitio tan bonito como este, tomando apuntes. Hoy no.

—Vamos entonces. Te prometo una tarde muy especial; te enseñaré la ciudad y después...

—Después, sorpréndeme.

Y echaron a andar de nuevo cogidos de la mano.

Durante el resto del día se dedicaron a vivir algo que nunca habían disfrutado antes. Después de un almuerzo exquisito, Cristian la llevó a descubrir rincones perdidos de la ciudad que Lorena, a pesar de conocerla, ni siquiera sospechaba que existían. Se alejaron de lo típico y recomendado y se perdieron por callejas escondidas y llenas de encanto. Después de cenar, regresaron al hotel y subieron a la habitación como dos escolares que han hecho novillos y temen ser descubiertos. Por fortuna, no se cruzaron con ninguno de los compañeros de Lorena.

Allí dieron rienda suelta de nuevo a su pasión, después de telefonear a Mónica para saber de las niñas. Apenas una breve llamada en la que ninguna de las hermanas mencionó a Cristian, y tampoco a César, cuya voz pudo escuchar Lorena de fondo.

El amanecer les sorprendió enredados en un abrazo. La alarma del móvil taladró el silencio de la habitación y el sueño profundo de ambos.

Conscientes de que debían dejar la habitación temprano y de que Cristian ni siquiera se había registrado en el hotel, habían conectado el despertador al alba. Porque él no estaba dispuesto a renunciar al placer de demorarse unos minutos antes de saltar de la cama, ese momento íntimo que nunca había tenido con ella.

—Buenos días.

Lorena se acurrucó contra él, mimosa.

—¡No me digas que ya debemos levantarnos!

—Aún tenemos unos minutos para darnos el beso de buenos días antes de entrar en la ducha, pero nada más.

Se giró hacia ella y la besó con ternura.

—¿Nada más? ¿Seguro?

—Seguro —dijo ignorando la velada proposición. El tiempo apremiaba y no podían permitirse enredarse de nuevo.

Se besaron a conciencia, con la certeza de que aquella pequeña luna de miel estaba a punto de terminar. A cambio, comenzaba una vida familiar que pensaban disfrutar al máximo. Regresarían a casa y las noches juntos se harían algo cotidiano, y los desayunos, y también los paseos. El futuro decidiría el resto.

Epílogo

Seis meses después

Cristian descargó la última caja del maletero de su coche y la llevó hasta el vestíbulo de la que sería su nueva casa. La que iba a compartir con Lorena y con sus hijas.

Después de un intenso ir y venir de su piso al de ellas, habían decidido mudarse juntos a una casa en las afueras lo bastante grande para acoger a su ya crecida familia y sus respectivas profesiones.

La vivienda, además de las habitaciones necesarias y un amplio jardín donde las niñas pudieran jugar al aire libre, contaba con una buhardilla que abarcaba la totalidad de la planta baja donde habían instalado, tras una división, los lugares de trabajo de ambos. A la derecha, el laboratorio y estudio de Cristian, y a la izquierda, el de Lorena. Una puerta con su consiguiente cerradura aislaba la escalera que conducía hasta ella y protegía el lugar de la curiosidad e intrepidez de sus hijas.

Las gemelas eran cada vez más traviesas y los líquidos y materiales necesarios para el trabajo de sus padres suponían un serio peligro para ellas.

Lorena salió del interior de la vivienda, hasta la habitación llena de cajas.

—¿Ya está todo?

—Sí, es lo último. Ahora solo queda colocarlo.

—¡No me deprimas!

Él rio con ganas, y saltó por encima de un enorme cajón de madera para acercarse a ella. La alzó en brazos y la besó con ímpetu.

—Voy a darte un incentivo... Puesto que Mónica se ha llevado las niñas a su casa para que podamos desembalar tranquilos, y se quedarán allí hasta mañana, si nos damos prisa con todo esto, podremos disfrutar de unas horas sin interrupciones ni llamadas a media noche. ¿No te atrae la idea?

—Mucho, pero dudo que acabemos hoy con todo.

—Los utensilios profesionales los llevamos arriba y ya los colocaremos en otro momento. Ahora solo lo imprescindible.

—Trato hecho.

Se separó de su abrazo y, cogiendo una caja, la llevó escaleras arriba hacia su estudio.

Tras horas de intenso trabajo el vestíbulo quedó libre de cajas y la vivienda cobró un aspecto habitable. Aún faltaban detalles de decoración que añadirían poco a poco, pero lo más importante ya estaba hecho.

Agotada, se detuvo en el salón donde habían logrado acomodar los muebles de ambos, y contempló la que sería su casa en el futuro. Cristian se acercó a ella y, agarrándola del brazo, la sacó al jardín.

—¿Qué haces? Ya no queda nada, necesito una ducha y algo de comida.

—Hay que hacer las cosas bien.

La cogió en brazos y cruzó el umbral en dos zancadas.

—Bienvenida a tu hogar.

—Ya hemos entrado otras veces... —rio divertida.

—Pero no para vivir. Ahora es diferente... Ahora esta será nuestra casa, y estoy muy, muy feliz.

—Y yo —dijo recostando la cabeza en su hombro.

—Seguro que tu hermana también. Por fin se ha mudado de nuevo a su *loft* y podrá reanudar su vida.

Mónica llevaba viviendo con Lorena desde que se quedó

embarazada, con su vida aparcada y su casa cerrada. En los últimos meses, había comenzado a pasar en ella los fines de semana, puesto que Cristian solía dormir con su familia, y ella se sentía libre de ausentarse. Ahora que se mudaban había vuelto a su casa recobrando su vida y su hogar.

—Va a echar mucho de menos a las niñas —se lamentó Lorena cuando Cristian la depositó de nuevo en el suelo.

—Yo no tengo inconveniente en que se las lleve alguna noche a dormir con ella. ¿Y tú? —preguntó socarrón.

—En absoluto —rio.

—Ha sido todo un detalle ofrecerse a cuidarlas hoy para que pudiéramos estrenar nuestra casa con tranquilidad.

—Lo ha hecho para que nos instalemos. ¿Te imaginas a Maite sacando todo de las cajas? Siempre quiere ayudar.

—Sí. Pero, además, yo tengo intención de estrenarla en condiciones.

Le rozó los labios en una caricia tentadora.

—Necesito una ducha, Cristian.

—Podríamos empezar por estrenar el cuarto de baño.

—Me parece bien.

Riendo y abrazados por la cintura se metieron en la ducha. Un amplio espacio acristalado en el que cabían con holgura. Lo habían acondicionado así porque a sus hijas les gustaba ducharse juntas, o al menos eso dijeron, pero ambos tenían en mente compartirla ellos también.

Apenas los chorros comenzaron a caer sobre ambos, se olvidaron del champú y del gel, las manos frotaban y acariciaban sin necesidad de aditivos. Habían hecho el amor infinidad de veces en los seis meses anteriores y el deseo salvaje que se apoderaba de ambos apenas se tocaban no había disminuido un ápice. Seguían siendo los amantes ávidos de Oviedo y aquella noche pensaban aprovechar las horas de soledad que les proporcionaba el ofrecimiento de Mónica para cuidar a sus hijas. Sin que importase el cansancio ni el hambre que los acuciaba, sin que importase nada más que ellos dos. Por la mañana volverían a convertirse en padres, pero aquella noche eran de nuevo Juan y María, consumiéndose de deseo.

Mónica había sentado a sus sobrinas en el salón de su piso, en el suelo, y se afanaba para que ninguna de ellas subiera la escalera que conducía al dormitorio. Era la primera vez que las gemelas iban a su casa y su curiosidad las impulsaba a recorrer todos los rincones de esta. Pero el *loft* no estaba preparado para niños, y ella se veía en serios apuros para mantenerlas a raya.

Cuando el teléfono sonó, les advirtió muy seria que se quedaran quietas mientras atendía la llamada.

—Seguro que es mamá. ¡No os mováis de aquí!

—Mami... yo quiero hablar —pidió Ángela con la mano extendida.

Se levantó y cogió el móvil, puesto a buen recaudo en el estante alto del mueble. Pero no era su hermana quien llamaba.

—¡Hola, César! Pensaba que era Lore para preguntar por las niñas...

—Nuestros hermanos estarán muy ocupados en este momento para acordarse de sus hijas. —Rio—. Saben que están en las mejores manos.

—Pues me está costando mantenerlas a raya... Solo quieren subir la escalera que no tiene ni barandilla. Espero devolvérselas de una pieza a sus padres mañana.

Él lanzó una carcajada.

—Por eso te llamo... pensé que podrías necesitar ayuda.

—Creí que las controlaría, pero mi casa no es apta para críos... ¡Maite... no!

Soltó el teléfono un momento para agarrar a su sobrina que se colaba en el espacio dedicado a la cocina y trataba de abrir el horno.

—Eso no se toca. ¡Quema!

La llevó de nuevo al salón y retomó la llamada.

—Perdona, pero tenía a Maite hurgando en el horno. Está apagado, pero no quiero que se habitúe a tocarlo.

—Voy para allá, está claro que necesitas refuerzos.

Ella rio.

—Con urgencia.

—Llevaré la cena.

—Gracias.

Cortó la llamada y se dirigió sonriente a sus sobrinas.

—Viene el tito... —Y no sabía quién se alegró más, si las gemelas o ella.

FIN

Nota de la autora

En principio, la bilogía *Dos más dos* era una sola novela que englobaba las historias de las hermanas Rivera y los hermanos Valero. Sé mucho de hermanas casadas con hermanos porque en mi familia hay un caso. Esta circunstancia hace la relación familiar muy estrecha y cercana y me apetecía mostrarla.

Como suele pasar, al presentarla a mi editora, me dijo que una gemela tenía más protagonismo que la otra, y yo, que soy una blanda, me dejé enredar para hacer una bilogía. Fue un reto escribir una segunda novela a la altura de la primera, que me gusta mucho, pero creo que lo he conseguido.

Si os ha enamorado la pareja formada por Lorena y Cristian, sé que estaréis deseando saber más de César y Mónica. No se harán esperar mucho, lo prometo.